101

I edizione: giugno 2012

Via Isonzo 42, Roma

Titolo originale: *Torn*
Traduzione dall'inglese di Silvia Pellegrini

ISBN 978-88-7625-153-5

www.fazieditore.it

AMANDA HOCKING

RITORNO AL REGNO PERDUTO

Torn

traduzione di Silvia Pellegrini

Fazi Editore

Per Michael Wincott,
la più grande canaglia di tutti i tempi

1. Il ritorno

Quando Rhys e io ci presentammo a casa sua, alle otto di mattina, "mio fratello" Matt fu felice... per lo meno di rivedermi viva e per il fatto che non ero sparita per sempre. Pur arrabbiato e lanciandomi occhiatacce furiose e incredule, stette ad ascoltare la vaga spiegazione che improvvisai.

Per fortuna mi toccò affrontare solo Matt. La zia Maggie, la mia tutrice legale, non era in casa al nostro arrivo. Matt mi spiegò che era andata a cercarmi in Oregon. Non so per quale motivo, era convinta che fossi fuggita lì.

Rhys e io ci sedemmo in salotto sul divano in stile *shabby chic*, ancora circondato dagli scatoloni, nonostante avessimo traslocato lì già da due mesi. Matt invece camminava avanti e indietro di fronte a noi.

«Continuo a non capire», disse, poi si fermò e incrociò le braccia sul petto.

«Non c'è niente da capire», insistei accennando a Rhys con la mano. «È tuo fratello! Basta guardarlo per rendersene conto».

Io ho una matassa di ricci scuri e gli occhi castano scuro. Sia Matt che Rhys hanno i capelli tra il biondo e il rossiccio e gli occhi azzurro zaffiro; inoltre, rispetto a me, hanno un carattere molto più espansivo e una maggiore tendenza al sorriso. Rhys fissava Matt con espressione rapita e gli occhi sgranati per la meraviglia.

«Come diavolo fai a saperlo?», mi chiese Matt.

«Non capisco perché non puoi credermi sulla fiducia», sospirai appoggiando la testa sullo schienale del divano. «Non ti dico mai bugie!».

«Sei scappata di casa! Non avevo la più pallida idea di dove fossi finita. Hai tradito la mia fiducia!».

La sua rabbia non riusciva a nasconderlo: Matt si sentiva ancora ferito e portava sul corpo i segni dello stress. Aveva il viso smunto e tirato, gli occhi arrossati e stanchi, e sembrava aver perso almeno cinque chili. La mia scomparsa lo aveva devastato, questo era chiaro. Mi sentivo in colpa, ma non avevo avuto scelta.

Matt era sempre stato troppo protettivo nei miei confronti, probabilmente per reazione al fatto che sua madre aveva tentato di uccidermi. La vita di Matt ruotava intorno a me ai limiti del morboso. Non aveva amici, né un lavoro, né una vita sua.

«Sono stata costretta a scappare! OK?», esclamai passando una mano tra i ricci aggrovigliati e scrollando la testa. «Non posso dirti di più. Me ne sono andata per proteggere sia me che te. Anzi, non so neppure se sia stata una buona idea tornare qui».

«Proteggere? Da cosa sei scappata? Dove sei stata?!», chiese per l'ennesima volta, disperato.

«Matt, non te lo posso dire! Vorrei, ma non posso».

Non sapevo neanche se mi fosse permesso fare un accenno ai Trylle. Immaginavo che tutto ciò che li riguardava fosse segreto, ma d'altro canto nessuno mi aveva espressamente proibito di parlarne con chi non faceva parte della comunità. In ogni caso, Matt non mi avrebbe mai creduto, quindi mi era inutile rischiare.

«Sei mio fratello, è la verità», intervenne Rhys quasi bisbigliando. Poi si protese in avanti per osservarlo meglio. «È così strano».

«Puoi dirlo forte», convenne Matt. Imbarazzato dallo sguardo fisso di Rhys, spostò il peso da una gamba all'altra e si rivolse a me con espressione seria. «Wendy, posso parlarti un momento? In privato?».

«Ehm, certo», risposi lanciando un'occhiata a Rhys.

Lui si alzò, cogliendo l'antifona. «Dov'è il bagno?».

«Da quella parte, devi passare per la cucina», rispose Matt indicando alla propria destra.

Non appena Rhys se ne fu andato, Matt si sedette di fronte a me, sul tavolino, e abbassò il tono della voce.

«Ascolta, Wendy, non capisco cosa sta succedendo. Non so quanto di ciò che mi hai detto sia vero, ma quel ragazzo mi sembra uno svitato. Non lo voglio in casa mia e non so come ti sia saltato in mente di portarcelo».

«È tuo fratello», ripetei stancamente. «Sul serio, Matt. Non mi sognerei mai di mentirti su una faccenda così importante. Sono sicura al cento per cento che si tratta del tuo vero fratello».

«Wendy...», riprese lui massaggiandosi la fronte e sospirando. «Ho capito che ci credi veramente. Ma come fai a esserne sicura? Io penso che questo tipo te l'abbia data a bere».

«No, assolutamente no. Rhys è la persona più onesta che conosca, a parte te. Ed è logico, visto che siete fratelli». Mi chinai per parlargli più da vicino: «Ti prego, dagli una possibilità. Vedrai».

«E cosa mi dici della sua famiglia?», chiese Matt. «Chi è che lo ha cresciuto negli ultimi diciassette anni e mezzo? Non sentono la sua mancanza? E non sono loro la tua "vera" famiglia, o come la vuoi chiamare?».

«Credimi, non soffriranno per la sua assenza. E per quanto mi riguarda, preferisco te», risposi sorridendo.

Matt scrollò il capo con l'aria di chi non sa che pesci prendere. Il suo autocontrollo mi appariva tanto più ammirevole perché sapevo che i suoi sentimenti prevalenti erano la diffidenza nei confronti di Rhys e la voglia di cacciarlo di casa.

«Vorrei che mi parlassi sinceramente di tutta questa faccenda», disse.

«Lo sto facendo, nei limiti del possibile».

Quando Rhys tornò dal bagno, Matt si scostò da me raddrizzando la schiena e lo scrutò con sospetto.

«Non avete appeso nessuna foto di famiglia», osservò Rhys guardandosi attorno.

Era vero. Le decorazioni scarseggiavano in generale, ma in effetti non eravamo molto propensi a conservare ricordi di famiglia. Matt, in particolare, non nutriva molta simpatia per nostra... cioè, per *sua* madre.

Non avevo ancora spiegato a Rhys che sua madre era una pazza rinchiusa in manicomio. È dura fare questo genere di rivelazioni, soprattutto a chi ne ha già sentite abbastanza, come Rhys.

«Sì, siamo fatti così», dissi alzandomi in piedi. «Abbiamo viaggiato tutta la notte. Io sono distrutta. E tu, Rhys?».

«Ehm, sì, direi che sono abbastanza stanco». Rhys parve piuttosto sorpreso da questa mia uscita. Anche se aveva alle spalle una notte di veglia, non sembrava affatto provato.

«Sarà meglio dormire un po'. Possiamo riprendere il discorso più tardi».

«Oh», fece Matt alzandosi lentamente. «Quindi dormirete qui tutti e due?», chiese sogguardando Rhys per poi rivolgersi verso di me.

«Sì», risposi. «Non saprebbe dove altro andare».

«Ah». Matt era palesemente contrario, ma temeva che se avesse cacciato Rhys me ne sarei andata con lui. «Allora direi che per il momento puoi dormire nella mia stanza, Rhys».

«Sul serio!», esclamò Rhys che, per quanto ci provasse, non riusciva a dissimulare il suo entusiasmo all'idea di stare in camera di Matt.

Sempre con un certo imbarazzo, Matt ci accompagnò alle rispettive stanze. La mia non era cambiata di una virgola: tutto era rimasto esattamente come l'avevo lasciato qualche settimana prima. Mentre mi sistemavo, li ascoltavo parlare in corridoio, diretti alla camera di Matt. Rhys gli chiedeva di spiegargli le cose più ovvie, tipo come accendere l'abat-jour, accrescendo il disagio e la frustrazione di Matt.

Quando entrò in camera mia, mi ero già cambiata. Adoravo il mio vecchio e comodo pigiama.

«Wendy, che succede?», sussurrò Matt. Chiuse la porta a chiave, come se Rhys fosse una specie di spia. «Chi è veramente quel ragazzo? Dove sei stata tutto questo tempo?».

«Non posso raccontarti ciò che è successo mentre ero via. Non ti basta sapere che ora sono qui e sto bene?».

«No, non mi basta», rispose scuotendo la testa. «Quel tipo ha qualcosa che non va. Si meraviglia di qualsiasi cosa».

«Si meraviglia di *te*», lo corressi. «Non puoi immaginare l'emozione che sta provando».

«È tutto così assurdo», disse Matt passandosi una mano tra i capelli.

«Ho davvero bisogno di dormire e tu hai parecchie cose da metabolizzare. Perché intanto non telefoni a Maggie per farle sapere che sto bene? Poi, mentre mi riposo, rifletti con calma su tutto ciò che ti ho detto».

Matt fece un sospiro di resa. «D'accordo», disse. A quel punto i suoi occhi azzurri si fecero severi. «Ma faresti bene a dirmi cosa sta succedendo veramente, pensaci!».

«Va bene», risposi facendo spallucce. Ci potevo pure pensare, ma non gli avrei detto nulla.

Il suo sguardo si addolcì nuovamente e le sue spalle si rilassarono. «Sono felice di riaverti a casa».

In quel momento mi resi pienamente conto di quanto aveva sofferto. E seppi che non avrei mai più potuto sparire in quel modo. Mi avvicinai e lo abbracciai forte.

Dopo aver augurato la buonanotte, Matt mi lasciò sola nella mia stanza e io scivolai nell'accogliente lettuccio. A Förening dormivo in un letto gigantesco, eppure il mio materasso singolo mi sembrava molto meglio. Mi rintanai sotto le coperte, provando un gran sollievo al pensiero di essere di nuovo in un luogo dove regnava la normalità.

Avevo sempre avuto il sospetto di non avere nulla a che fare con la mia famiglia, nonostante le affettuose cure di Matt. A sei anni, mia madre era arrivata vicina a uccidermi, convinta che fossi un mostro anziché sua figlia.

E in fin dei conti aveva ragione.

Il mese prima avevo scoperto di essere una changeling: un neonato scambiato di nascosto con un altro. Per la precisione, alla nascita ero stata scambiata con Rhys Dahl. Ed era anche venuto fuori che sono una Trylle. I Trylle sono, in sostanza, imbroglioni dotati di blandi superpoteri.

Tecnicamente sono una troll, ma non ho nulla a che vedere con gli inquietanti mostriciattoli verdi delle favole. Anzi sono piuttosto carina e di statura media.

Nella civiltà Trylle, si fa ricorso da secoli alla pratica dei changeling e per loro è un modo di garantire ai piccoli Trylle la migliore infanzia possibile. A Förening, il comprensorio fortificato del Minnesota dove vivono, ho il titolo di principessa poiché Elora, la mia madre biologica, è la regina dei Trylle.

Dopo aver trascorso qualche settimana a Förening, avevo deciso di tornare a casa. Avevo litigato con Elora perché mi aveva proibito di frequentare Finn Holmes, per il solo fatto che non era un nobile.

Ero fuggita portando con me Rhys. Per ricambiare la sincera gentilezza che mi aveva dimostrato a Förening, avevo deciso di fargli conoscere Matt, che in realtà è suo fratello, non il mio.

È ovvio quindi che non potessi raccontarlo a Matt, altrimenti mi avrebbe preso per pazza.

Sempre più insonnolita, tornai ad assaporare il piacere di essere di nuovo a casa. Purtroppo a Rhys bastarono dieci minuti per intrufolarsi nella mia stanza e rovinare tutto. Nonostante fossi quasi addormentata, il rumore della porta mi ridestò subito. Matt era sceso al piano di sotto, probabilmente per telefonare a Maggie come gli avevo suggerito, ma se si fosse accorto che Rhys era in camera mia ci avrebbe uccisi entrambi.

«Wendy? Stai dormendo?», sussurrò Rhys sedendosi con cautela sul bordo del letto.

«Sì», bofonchiai.

«Scusami. Io proprio non ci riesco», disse Rhys. «Come fai a dormire?».

«Non sono così su di giri. Ci vivevo qui, ricordi?».

«Sì, ma...», s'interruppe, probabilmente perché non aveva argomenti con cui ribattere. All'improvviso s'irrigidì e trattenne il fiato. «Hai sentito?».

«Le tue chiacchiere? Sì, ma stavo cercando di non...». Prima che potessi finire la frase, lo avvertii anch'io: un fruscio proveniente dalla finestra.

Mi allarmai, anche perché di recente mi ero dovuta confrontare con i Vittra, una tribù di troll malvagi. Scrutai la finestra girandomi su un fianco, ma le tende tirate impedivano la vista.

Quando al fruscio si sostituirono colpi vigorosi, saltai su a sedere, col cuore che batteva all'impazzata. Rhys mi lanciò uno sguardo angosciato. Sentimmo il rumore della finestra che si schiudeva e vedemmo le tende risucchiate all'esterno dalla corrente.

2. Interruzioni

Planò in camera mia con un movimento fluido e aggraziato, come se per lui entrare dalla finestra fosse cosa di tutti i giorni.

I suoi capelli corvini erano impeccabilmente lisciati all'indietro, ma aveva il mento velato da un'ombra di barba che lo rendeva ancora più sexy. I suoi occhi, talmente scuri da sembrare neri, fissarono Rhys intensamente e poi si posarono su di me, facendomi fermare il cuore.

Finn Holmes si era intrufolato nella mia stanza.

Riusciva ancora a togliermi il fiato, come era sempre successo. Ero talmente felice che fosse qui che quasi dimenticai quanto ero arrabbiata con lui.

L'ultima volta che l'avevo visto era stato a Förening, mentre sgattaiolava via dalla mia camera da letto, per onorare il patto che aveva stretto con mia madre. Infatti Elora gli aveva concesso un'ultima notte con me prima di andarsene. Per sempre.

Non eravamo andati oltre i baci, ma Finn non si era preoccupato di mettermi al corrente dei piani di Elora né di dirmi addio. E neppure aveva opposto resistenza o cercato di portarmi via con sé. Si era limitato a sgusciare fuori dalla stanza, lasciando a Elora il compito di illuminarmi sull'accaduto.

«Che ci fai qui?», gli chiese Rhys, e Finn distolse lo sguardo da me per fulminarlo.

«Sono venuto a prendere la principessa, ovviamente», rispose con parole gonfie di sdegno.

«Sì, certo, ma... credevo che Elora ti avesse trasferito». Sembrava sconcertato dall'ira di Finn e per un po' non riuscì a far altro che balbettare in modo sconnesso. «Cioè... a Förening, per lo meno, si diceva che non avevi più il permesso di avvicinarti a Wendy».

A queste parole, Finn s'irrigidì visibilmente e contrasse la mascella. Rhys abbassò lo sguardo sul pavimento.

«È vero», ammise Finn un attimo dopo. «Mi stavo preparando alla partenza quando ho saputo che vi eravate dileguati nel cuore della notte. Elora stava scegliendo il cercatore più adatto per ritrovare Wendy e, per il suo bene, ho pensato che la cosa migliore era che mi mettessi io sulle sue tracce, visto che i Vittra la stanno *braccando*».

Rhys aprì la bocca per ribattere, ma Finn glielo impedì.

«Lo sanno tutti come l'hai protetta bene, al ballo», sottolineò. «Sei stato così bravo che se non fossi arrivato io l'avrebbero ammazzata».

«So bene che i Vittra sono una minaccia!», replicò Rhys. «Ma io... siamo venuti qui per...».

Vedendolo disorientato mi alzai in piedi, per intervenire prima che capisse come si fosse fatto convincere a portarmi qui.

La verità era che Rhys non avrebbe mai acconsentito. Aveva voglia di conoscere Matt, ma la mia incolumità era una priorità assoluta anche per lui, e infatti si era opposto categoricamente all'ipotesi che lasciassi il comprensorio. Purtroppo per lui, avevo il potere della *persuasione*. Se fissavo qualcuno pensando a ciò che volevo fargli fare, quello obbediva, volente o nolente.

E proprio in quel modo avevo convinto Rhys a fuggire

insieme. Adesso dovevo distrarlo prima che mangiasse la foglia.

«In quello scontro i Vittra hanno perso moltissimi cercatori», m'intromisi. «Di certo non muoiono dalla voglia di ripetere l'esperienza così presto. In più, sono sicura che si sono stufati di corrermi dietro».

«Non lo credo affatto», asserì Finn osservando con sguardo indagatore l'espressione smarrita di Rhys. Poi si rivolse a me, accigliato: «Wendy, non t'importa nulla della tua incolumità?».

«Probabilmente me ne importa molto più che a te», risposi incrociando le braccia sul petto. «Stavi per andartene a fare un altro lavoro. Se fossi scappata il giorno dopo, non l'avresti nemmeno saputo».

«L'hai fatto per attirare la *mia* attenzione?», sbottò Finn con occhi di fuoco. Non l'avevo mai visto così arrabbiato con me. «Quante volte devo spiegartelo? Tu sei una principessa! Io non conto nulla! Devi dimenticarmi!».

«Che succede?», gridò Matt dalle scale. Se avesse scoperto che c'era Finn, le cose si sarebbero messe malissimo.

«Vado a... creare un diversivo», si offrì Rhys, chiedendomi l'autorizzazione con lo sguardo. Annuii e lui schizzò fuori dalla porta, tempestando Matt di commenti sulla bellezza della casa. Dal progressivo affievolirsi delle loro voci, capii che stavano scendendo al piano di sotto.

Mi sistemai i boccoli dietro le orecchie, evitando con cura di guardare Finn. Era difficile da credere, ma l'ultima volta che ci eravamo incontrati, mi aveva soffocato di baci. Ricordai la sensazione della sua barba ruvida che mi graffiava le guance e della sua bocca premuta sulla mia.

D'un tratto iniziai a odiarlo per quel ricordo e per il desiderio disperato che mi pervadeva di baciarlo di nuovo.

«Wendy, qui non sei al sicuro», insisté lui parlando a bassa voce.

«Con te non ci vengo».

«Non puoi restare. Non te lo permetterò».

«Non me lo permetterai?», gli feci eco sarcastica. «Sono la principessa, ricordi? Chi sei tu per *permettermi* o negarmi qualcosa? Non sei neanche più il mio cercatore. Sei solo un tizio qualsiasi che mi insegue come un maniaco».

Ero stata molto più dura di quanto volessi. D'altro canto, sembrava che le mie parole non avessero il minimo effetto su Finn. Continuava a fissarmi con aria tranquilla e impassibile.

«Sapevo che ti avrei trovato prima di chiunque altro. Se non vuoi venire con me non fa niente», disse. «Fra poco arriverà un altro cercatore, puoi tornare con lui. Mi limiterò ad attendere il suo arrivo insieme a te, per garantire la tua sicurezza».

«Non si tratta di te, Finn!».

Sulla mia decisione di abbandonare Förening, Finn aveva pesato molto più di quanto avrei mai ammesso, ma era vero che non l'avevo fatto solo per lui. Odiavo mia madre, il mio titolo, la mia casa: tutto. Non ero tagliata per fare la principessa.

Mi scrutò per un lungo istante, cercando di capire a cosa mi riferissi. Durante quell'esame feci di tutto per non tradire il mio disagio. D'un tratto, i suoi occhi furono attraversati da un cupo balenio e la sua espressione s'indurì.

«È per via del mänsklig?», mi chiese alludendo a Rhys. «Pensavo di essere stato chiaro: devi stargli alla larga».

I mänsklig erano i neonati umani scambiati con i piccoli Trylle. Occupavano il gradino più basso della società Trylle e, se una principessa veniva sorpresa ad avere una relazione con uno di loro, erano entrambi puniti con l'esilio a vita. Non che questo mi preoccupasse: nei confronti di Rhys nutrivo soltanto sentimenti platonici.

«Rhys non c'entra niente. Ho solo pensato che gli avrebbe fatto piacere conoscere la sua famiglia», spiegai facendo spallucce. «Qui starà sicuramente meglio che in quella stupida casa, con Elora».

«Bene, allora può rimanere qui», replicò Finn annuendo. «Matt e Rhys sono a posto. Ora puoi tornare a casa».

«Quella non è casa mia. *Questa* è casa mia!», esclamai indicando la mia stanza con un ampio gesto. «Non ho intenzione di tornare, Finn».

«Non sei al sicuro». Fece un passo verso di me e, guardandomi negli occhi, mormorò: «Hai visto cos'hanno fatto i Vittra a Förening. Hanno mandato un esercito a rapirti, Wendy». Posò le sue mani calde e forti sulle mie braccia. «Non si fermeranno finché non avranno ottenuto ciò che vogliono».

«Ma perché? Che motivo hanno?», gli chiesi. «Ci saranno dei Trylle meno protetti di me! Sono la principessa, e allora? Se non torno, Elora troverà un rimpiazzo. Non conto nulla».

«Non hai idea del tuo potere».

«Ma che significa?».

Prima che potesse rispondermi, avvertimmo un rumore proveniente dalla tettoia sotto al davanzale. Finn mi prese per un braccio, aprì l'anta dell'armadio e mi ci spinse dentro. In linea di massima, non mi piace essere rinchiusa negli armadi, né farmi sbattere le porte in faccia, ma sapevo che l'aveva fatto per proteggermi.

Socchiusi l'anta per sbirciare e, se necessario, intervenire. Per quanto furiosa con lui, non avrei mai permesso che gli succedesse qualcosa di brutto a causa mia. Non di nuovo.

Finn stava fermo a pochi passi dalla finestra, con lo sguardo agguerrito e le spalle in tensione. Ma, quando lo sconosciuto si affacciò alla finestra, Finn si limitò a sbuffare.

Il ragazzo inciampò scavalcando il davanzale. Indossava dei jeans aderenti e delle scarpe viola coi lacci sciolti. Finn lo guardava dall'alto in basso, con aria seccata.

«Ehi, che ci fai qui?», chiese il tipo togliendosi la frangetta dagli occhi e cercando di risistemarsi il giubbotto troppo corto. La chiusura lampo era chiusa fino al mento e l'orlo inferiore sfiorava a malapena la cinta dei jeans. Ogni volta che si chinava o si muoveva, la giacca saliva.

«Sono venuto a prendere la principessa. Hanno mandato te a cercarla?», gli chiese Finn inarcando un sopracciglio. «Elora pensava davvero che saresti stato capace di riportarla a casa?».

«Ehi, sono un buon cercatore. Ho riportato molta più gente di te».

«Perché hai sette anni di più», ribatté Finn. Quindi quel goffo personaggio aveva ventisette anni. Sembrava molto più giovane.

«Lasciamo perdere. Elora ha scelto me, fattene una ragione», disse il ragazzo scuotendo la testa. «Che c'è? Sei geloso?».

«Non essere ridicolo».

«Insomma, dov'è la principessa?», domandò guardandosi attorno. «E sarebbe scappata per venire *qui*?».

«Stai parlando della *mia* stanza», esclamai uscendo dall'armadio, al che il nuovo cercatore trasalì. «Non è il caso di usare questo tono di sufficienza».

«Ehm, scusa», balbettò arrossendo. «Ti porgo le mie scuse, principessa». Mi fece un sorriso incerto e un mezzo inchino. «Mi chiamo Duncan Janssen, e sono al tuo servizio».

«Non sono più la principessa e non ho intenzione di tornare, come ho appena finito di spiegare a Finn».

«Cosa?». Duncan guardò il suo "collega" con aria perplessa e provò nuovamente a risistemarsi il giubbotto. Finn si sedette sul bordo del letto, senza degnarlo di una parola. «Principessa, devi tornare. Questo posto non è sicuro».

«Non m'interessa», risposi scrollando le spalle. «Preferisco correre il rischio».

«Vivere nella reggia non può essere così orribile». La casa di Elora era, in effetti, una reggia, ma era la prima volta che sentivo usare quel termine senza ironia. «Sei la principessa. Hai tutto».

«Non verrò. Puoi dire a Elora che hai fatto del tuo meglio ma che mi sono rifiutata».

Duncan tornò a cercare con lo sguardo l'aiuto di Finn, che gli rispose con un'alzata di spalle. Quest'improvvisa indifferenza mi allarmò. Mi ero impuntata, però non credevo che si sarebbe arreso.

«Non può assolutamente restare qui», dichiarò Duncan.

«Credi che io non la penso come te?», gli chiese Finn inarcando un sopracciglio.

«Credo che non ti stia rendendo utile». Duncan giocherellava nervosamente col giubbotto mentre tentava di far abbassare lo sguardo a Finn, un'impresa che ben sapevo impossibile.

«Pensi che non le abbia già provate tutte?», controbatté Finn con tono sorprendentemente scoraggiato.

«E che vuoi fare, lasciarla qui?».

«Sono ancora presente, sapete? Non mi piace affatto che parliate di me come se non ci fossi».

«Se vuole restare qui, ci resterà», disse Finn continuando a ignorarmi. «Di certo non la rapiremo, e non rimangono molte alternative».

«Non potresti...», bofonchiò Duncan armeggiando con la chiusura lampo della giacca, «sì insomma, *convincerla* in qualche modo?».

Evidentemente, nella cittadella si era sparsa la voce dell'affetto che ci univa. Irritata, rifiutai l'idea che i nostri sentimenti venissero usati contro di me.

«Non c'è niente che possa convincermi», sbottai.

«Vedi?», gli disse Finn indicandomi. Con un sospiro, si alzò. «Quindi sarà meglio che togliamo il disturbo».

«Davvero?», domandai, incapace di dissimulare lo stupore.

«Già, davvero?», mi fece eco Duncan.

«Non hai detto che non c'è niente che possa fare per convincerti? O hai cambiato idea?», mi chiese Finn volgendo su di me il suo sguardo. Aveva un tono speranzoso ma l'espressione era quasi derisoria. Scossi la testa con decisione. «Allora non abbiamo altro da dirci».

«Finn...», cominciò a dire Duncan, ma lui lo zittì alzando una mano.

«Rispettiamo la volontà della principessa».

Duncan lo guardò con aria scettica, probabilmente perché pensava che stesse mettendo in atto una specie di stratagemma, come pensavo anch'io. C'era sicuramente qualcosa che mi sfuggiva, perché Finn non si sarebbe mai rassegnato ad abbandonarmi. È vero che lo aveva fatto appena pochi giorni prima, ma solo perché era convinto di agire nel mio interesse.

«Ma Finn...», ripeté Duncan, mentre l'altro lo metteva subito a tacere con un gesto sdegnoso.

«Dobbiamo andare. Fra poco suo "fratello" si accorgerà della nostra presenza», disse Finn.

Mi voltai a guardare la porta chiusa, aspettandomi quasi di trovarci Matt in appostamento. L'ultimo litigio di Matt e Finn era andato a finire male e non avevo certo voglia di ripetere l'esperienza.

«D'accordo, ma...». Le parole morirono sulle labbra di Duncan che aveva compreso troppo tardi di non avere alcuna speranza d'intimidirci. Mi fece un altro piccolo inchino. «Principessa, sono certo che ci rivedremo».

«Chissà», risposi con un'alzata di spalle.

Duncan scavalcò il davanzale e, praticamente, precipitò sulla tettoia. Dopodiché scese a terra con un salto che somigliava più a uno scivolone. Finn, tenendo aperta la tenda, rimase per un attimo a guardarlo con espressione apprensiva, ma non lo seguì immediatamente.

Raddrizzò la schiena e si voltò a guardarmi. Rabbia e determinazione mi stavano abbandonando, lasciando il posto alla speranza che Finn non stesse facendo sul serio.

«Appena sarò uscito da questa finestra, serrala», mi ordinò. «Assicurati che tutte le porte siano chiuse a chiave e non uscire mai da sola. Non uscire la notte; se proprio devi, fatti sempre accompagnare da Matt *e* da Rhys». Per un attimo, il suo sguardo pensieroso parve attraversarmi.

«Sono entrambi dei mezzi buoni a nulla, è vero...», affermò tornando a guardarmi negli occhi. Aveva un'espressione implorante e sollevò una mano come se volesse accarezzarmi il viso, ma subito dopo la riabbassò. «*Devi* stare attenta».

«OK», gli promisi.

Era così vicino che riuscivo a sentire il calore del suo corpo e il profumo della sua colonia. Mi fissava negli occhi e ricordai le sensazioni provate quando faceva scorrere le dita fra i miei capelli e mi stringeva tra le braccia fin quasi a soffocarmi.

Era un concentrato di energia repressa. Mai mi ero sentita meravigliosamente sopraffatta come nelle rare occasioni in cui si era permesso di dare libero sfogo alla sua passione.

Non volevo che se ne andasse e neppure lui lo voleva. Ma nessuno dei due era disposto a tornare sui propri passi. Fece un cenno d'assenso col capo, interrompendo così il contatto visivo, poi si girò e uscì dalla finestra senza fare rumore.

Duncan lo stava aspettando ai piedi dell'albero e Finn saltò giù atterrando dolcemente. Rimasi a guardarlo mentre convinceva l'esitante collega ad allontanarsi da casa mia.

Quando raggiunsero le siepi che separavano il nostro prato da quello dei vicini, Finn si guardò attorno per verificare che non ci fosse nessuno. Poi, senza più degnarmi di un'occhiata, si dileguarono entrambi.

Chiusi le imposte con il fermo, come mi aveva suggerito lui. Vederlo allontanarsi era stato uno strazio. Non era la prima volta che accadeva, eppure non riuscivo a credere che avesse davvero deciso di andarsene, convincendo anche Duncan ad abbandonarmi. Se i Vittra lo preoccupavano tanto, perché mi lasciava sola e indifesa?

Finalmente compresi. Finn non mi aveva *mai* abbandonato a me stessa, indipendentemente dal volere mio e di chiunque altro. Appena aveva intuito che non lo avrei seguito, aveva deciso di non perdere altro tempo a discutere. Sarebbe rimasto dietro le quinte ad aspettare che cambiassi idea o che...

Tirai bene le tende. Detestavo essere spiata ma trovavo stranamente confortante l'idea che Finn vegliasse su di me. La finestra era rimasta a lungo aperta e ormai l'aria era gelida, quindi andai all'armadio e m'infilai un maglione pesante.

La scarica d'adrenalina suscitata dall'incontro con Finn mi aveva risvegliato del tutto, ma ero comunque ansiosa di rannicchiarmi sotto le coperte, pur sapendo che non sarei riuscita a dormire.

Mi sistemai nel letto cercando inutilmente di non pensare a lui. Pochi minuti dopo sentii un gran fracasso proveniente dal piano di sotto. Matt emise un suono simile a un urlo che però venne subito soffocato, e la casa precipitò in un silenzio assoluto.

Balzai fuori dal letto e corsi alla porta. La aprii con mani tremanti, augurandomi che si trattasse di Finn che aveva provato a intrufolarsi di nuovo in casa ed era stato sorpreso da Matt.

In quel momento, Rhys si mise a urlare.

3. Esanime

All'improvviso, non udii più Rhys. Appena misi piede fuori dalla mia camera, risuonarono dei passi pesanti che salivano le scale. In men che non si dica me la ritrovai davanti.

Sul pianerottolo si era materializzata Kyra, una cercatrice Vittra con cui avevo già avuto a che fare. Aveva i capelli scuri tagliati corti e indossava una lunga giacca di pelle. Si era acquattata, aggrappandosi al corrimano. Come mi vide, sul suo volto apparve un ghigno disumano.

Scattai verso di lei, sperando nel fattore sorpresa, ma non ebbi fortuna.

Si scostò prima che la raggiungessi e, fulminea, mi tirò un calcio in pancia. Barcollai all'indietro tenendomi lo stomaco perché credesse che avevo le mani impegnate e, quando si avvicinò, le rifilai un pugno in faccia.

Come se non l'avessi neppure sfiorata, Kyra balzò sferrandomi un colpo molto più forte. Quando caddi a terra, rimase ferma a guardarmi dall'alto, sorridente, nonostante il sangue che le colava dal naso.

Mentre cercavo di rialzarmi, mi prese per i capelli e mi sollevò con uno strattone. Iniziai a tirarle calci e lei, per premiare la mia audacia, mi diede una ginocchiata nel fianco, talmente forte che lanciai un urlo. Kyra scoppiò a ridere e rincarò la dose con un altro calcio.

Per un attimo non ci vidi più dal dolore. Le orecchie mi ronzavano e per poco non svenni.

«Basta!», gridò una voce stentorea.

Schiudendo gli occhi pesti, vidi una figura maschile che correva su per le scale, verso Kyra. Era alto e il maglione nero che indossava non nascondeva la sua notevole muscolatura. Quando raggiunse il pianerottolo, Kyra mi lasciò cadere a terra.

«Tanto non le posso fare male *sul serio*, Loki», disse Kyra, quasi piagnucolando.

Cercai di rimettermi in piedi, nonostante mi girasse la testa, ma lei mi ributtò giù con una pedata.

«Piantala», le ringhiò lui. Kyra si ritrasse imbronciata.

Lui rimase in piedi davanti a me, incombente, e poi s'inginocchiò. Avrei potuto tentare di scappare ma nello stato in cui ero ridotta non sarei andata molto lontano. L'uomo inclinò la testa da un lato, osservandomi con curiosità.

«E quindi saresti tu la causa di tutto questo casino», disse come tra sé.

Si chinò in avanti e mi prese il viso tra le mani, senza violenza ma costringendomi a guardarlo. I suoi occhi color miele erano fissi sui miei. Avrei voluto distogliere lo sguardo, ma non ci riuscivo.

Caddi in uno strano stato di annebbiamento e, nonostante fossi terrorizzata, sentii che il mio corpo si rilassava, perdendo progressivamente la capacità di reagire. Le palpebre divennero così pesanti che mi fu impossibile tenerle aperte e, alla fine, mi addormentai.

Sognai qualcosa che aveva a che fare con l'acqua. Cosa, di preciso, non ricordo. Inspiegabilmente non tremavo, nonostante avvertissi un gran freddo. Solo le guance erano calde e poggiavano su qualcosa di soffice.

«Mi stai dicendo che è una *principessa*?», chiese Matt. Udivo la sua voce come un basso mormorio proveniente dall'alto. Avevo la testa poggiata sulla sua gamba e, man mano che riprendevo conoscenza, mi rendevo sempre più conto di quanto fosse dolorante il mio corpo.

«Non è così incredibile, a dire il vero», disse Rhys. La sua voce proveniva da un punto imprecisato sul lato opposto della stanza. «Una volta afferrata la faccenda dei Trylle, la questione principessa diventa facile da accettare».

«Non so più a cosa credere», ammise Matt.

Con gran sacrificio, aprii gli occhi. Un sonno innaturale continuava ad appesantire le palpebre e l'occhio sinistro era gonfio per il pugno di Kyra. Mi girava la testa e fui costretta a battere ripetutamente gli occhi per mettere a fuoco.

E quando finalmente ci riuscii, continuai a non capire dove mi trovassi. Il pavimento era lurido e le pareti in pietra grigia e marrone erano umide e fatiscenti. Sembrava una vecchia cantina o... la segreta di un castello.

Rhys camminava avanti e indietro dall'altro lato della stanza e aveva il viso tumefatto. Cercai di alzarmi a sedere, ma sentivo dolore dappertutto ed ero completamente annebbiata.

«Ehi, fai piano», disse Matt posandomi una mano sulla spalla, ma non gli diedi retta.

Continuai a tirarmi su fino a mettermi seduta, operazione che richiese molto più sforzo del normale. Con il volto contratto in una smorfia di dolore, appoggiai la schiena al muro, accanto a Matt.

«Ti sei svegliata!», esclamò Rhys con un gran sorriso. Probabilmente era l'unica persona al mondo in grado di mostrare buon umore perfino in una situazione del genere.

«Come ti senti?», mi chiese Matt. Non aveva lividi visibili, ma d'altronde nella lotta se la cavava molto meglio di me e Rhys.

«Benissimo», fui costretta a mentire, stringendo i denti per il dolore che provavo anche solo respirando. A giudicare dalle fitte lancinanti che avvertivo al diaframma, dovevo avere una costola rotta, ma non volevo che Matt si preoccupasse. «Che succede? Dove siamo?».

«Speravo che ci avresti illuminato tu, in proposito», disse Matt.

«Io gli ho già risposto, ma non vuole credermi», disse Rhys.

«E dove siamo?», ripetei a Rhys, mentre Matt sbuffava.

«Non ne sono sicuro», rispose Rhys scuotendo la testa. «Ma credo che sia la reggia dei Vittra, a Ondarike».

«Ondarike?», chiesi.

«La capitale dei Vittra», mi spiegò Rhys. «Non so esattamente quanto disti da Förening».

«Lo immaginavo», sospirai. «Ho riconosciuto la Vittra che ci ha aggredito. Si chiama Kyra e aveva già cercato di rapirmi».

«Cosa?», esclamò Matt, sgranando gli occhi incredulo. «Questa gente ha già cercato di rapirti?».

«Già, per questo sono dovuta scappare di casa». Chiusi gli occhi perché soffrivo troppo a tenerli aperti. Avevo la sensazione che il mondo stesse cercando di scrollarmi via vorticando.

«Te l'ho detto», ripeté Rhys a Matt. «Hai visto? Non mentivo. Dopo quel che è successo, potresti anche darmi un po' di tregua».

«Rhys sta dicendo la verità», confermai con un sussulto di dolore. Prendere fiato stava diventando sempre più difficile, riuscivo a fare solo respiri superficiali che avevano l'unico effetto di aggravare il capogiro. «E ne sa molto più di me: ho vissuto con loro pochissimo tempo».

«Perché questi Vittra ti perseguitano?», insisté Matt. «Cosa vogliono da te?».

Scossi il capo, restia a parlare perché temevo che il dolore sarebbe aumentato.

«Non lo so», rispose Rhys per me. «Non li ho mai visti impuntarsi così. D'altro canto, Wendy è la prima principessa che conosco ed era da un bel po' che si parlava del suo arrivo».

Mi sarebbe piaciuto sapere cosa si dicesse. Ai miei interrogativi erano state fornite solo risposte vaghe, perciò l'unica cosa che sapevo era che un giorno sarei diventata molto potente. Ma, soprattutto in quel momento, mi sentivo tutt'altro che potente. Il solo parlare mi straziava ed ero rinchiusa in una segreta.

Però la cosa peggiore era che, oltre a non essere riuscita a proteggere me stessa, avevo trascinato anche Rhys e Matt in quel disastro.

«Wendy, ti senti bene?», domandò Matt.

«Sì», mentii.

«Non sembra», commentò Rhys.

«Sei pallida come un cencio e respiri a malapena», disse Matt. Lo sentii alzarsi in piedi accanto a me. «Hai bisogno di un dottore».

«Che stai facendo?», gli chiese Rhys.

Aprii gli occhi per vedere cosa stesse combinando. Il suo piano era ovvio ed elementare: andò alla porta e si mise a bussare.

«Aiuto! Qualcuno ci aiuti! Wendy ha bisogno di un medico!».

«Cosa ti fa pensare che siano disposti ad aiutarla?», gli chiese Rhys dando voce ai miei pensieri, dato che durante la cattura Kyra si era piuttosto impegnata per massacrarmi.

«Se non l'hanno ancora uccisa, vuol dire che non la vogliono morta», rispose Matt interrompendo i colpi. Poi riprese a battere e a gridare aiuto.

Quei colpi assieme alle sue urla riecheggiavano nella cella, creando un frastuono insopportabile. La testa mi esplodeva già di suo. Stavo per dirgli di piantarla quando la porta si aprì.

Era l'occasione perfetta: Matt e Rhys avrebbero potuto sferrare il contrattacco, ma a nessuno dei due venne in mente. Si limitarono a farsi da parte.

Il Vittra che mi aveva fatto perdere i sensi entrò nella cella. Ricordai vagamente che Kyra si era rivolta a lui chiamandolo Loki. Aveva i capelli arruffati e, cosa strana per un Vittra, erano di colore chiaro, quasi biondo.

Insieme a lui entrò un troll. Voglio dire, un essere che sembrava un vero e proprio troll: basso e bitorzoluto. Aveva fattezze umanoidi, ma la sua pelle era untuosa e marroncina. Indossava un cappello da cui spuntavano, tutt'intorno, ciuffi di capelli grigiastri. Arrivava a malapena all'altezza dei fianchi di Loki, eppure quell'aspetto orripilante lo rendeva spaventoso.

Rhys e Matt lo fissarono a bocca aperta, e probabilmente l'avrei fatto anch'io se avessi potuto aprirla. Invece a stento riuscivo a tenere la testa sollevata.

«Dici che ha bisogno di un dottore?», domandò Loki osservandomi. Mi guardava con la stessa, blanda curiosità di poche ore prima.

«È stata Kyra a ridurla così?», chiese l'hobgoblin con una voce sorprendentemente profonda per una creatura tanto piccola. Si girò verso Loki per riceverne conferma e scosse il capo con aria di biasimo. «Bisogna tenerla al guinzaglio».

«Credo che Wendy non riesca a respirare», disse Matt, con un'espressione sempre più dura per lo sforzo di mantenere il controllo. Sono sicura che se non fossi stata in quelle condizioni sarebbe saltato al collo di Loki. Ma se li avesse messi fuori gioco, non avrebbero potuto aiutarmi.

«Va bene, diamole un'occhiata». Loki si avvicinò a passi lunghi e decisi.

L'hobgoblin rimase di guardia alla porta, per impedire che Matt e Rhys uscissero, ma erano troppo preoccupati per me per pensare alla fuga.

Loki si chinò al mio fianco esaminandomi con un'espressione che si poteva quasi definire sollecita. In quel momento soffrivo troppo per essere davvero spaventata, ma anche se così non fosse stato non credo che avrei avuto paura di lui. Fisicamente era molto più forte di me e con quel suo misterioso potere era in grado di farmi perdere i sensi, o peggio. Ma, chissà perché, ero sicura che mi avrebbe aiutato.

«Dove ti fa male?», mi chiese.

«A malapena respira, figuriamoci se riesce a parlare!», sbottò Matt. «Ha bisogno di cure immediate».

Loki alzò una mano per ingiungergli di tacere e Matt sbuffò.

«Puoi parlare?», domandò Loki senza smettere di osservarmi.

Appena aprii la bocca per rispondere, caddi preda di una tosse atroce. Chiusi gli occhi e tentai di reprimere le convulsioni. Tossivo così forte che iniziai a lacrimare. Sentii qualcosa di umido sulle labbra e, aprendo gli occhi, vidi che le mie gambe e i piedi di Loki erano ricoperti di schizzi rossi. Stavo sputando sangue e non riuscivo a fermarmi.

«Ludlow!», gridò Loki all'hobgoblin. «Fai venire Sara! Immediatamente!».

4. Vetriolo

Loki rimase chino al mio fianco, tenendo Matt a distanza. Probabilmente voleva evitare che si precipitasse a sostenermi, perché temeva che il minimo movimento potesse causarmi altre lesioni interne. Matt urlava e strepitava ma lui continuava a ripetergli che sarebbe andato tutto bene.

Pochi minuti dopo, nella cella comparve una donna. I suoi lunghi capelli neri erano raccolti in una coda. S'inginocchiò davanti a me, spingendo Loki da parte. Trovai un po' di conforto nei suoi occhi scurissimi, che mi ricordavano quelli di Finn.

«Mi chiamo Sara e sono qui per aiutarti». Premette una mano sul mio ventre, facendomi sobbalzare.

Mi sarei messa a urlare dal dolore, invece iniziai a sentirmi meglio. Fui pervasa da uno strano formicolio anestetizzante. Ci misi un attimo a ricordare in che occasione avessi già provato quella sensazione.

«Sei una guaritrice», farfugliai, un po' stupita del fatto che mi stesse aiutando. Lo stomaco e il petto avevano smesso di dolere e, per curarmi l'occhio nero, lei mi posò una mano sul viso.

«Ti fa male da qualche altra parte?», mi chiese Sara ignorando la mia affermazione. Aveva l'aria esausta, tipico effetto collaterale delle guarigioni, ma era comunque incredibilmente bella.

«Mi pare di no». Riuscii a tirarmi su a sedere, ancora un po' tremante, ma recuperavo le forze di minuto in minuto.

«Kyra ha veramente esagerato», disse Sara quasi tra sé. «Ti senti meglio adesso?».

«Sì», annuii.

«Ottimo», disse e si alzò voltandosi verso Loki. «Devi stare più attento ai tuoi cercatori».

«Non sono *miei*», ribatté lui incrociando le braccia sul petto. «Se non ti sta bene il modo in cui lavorano, lamentatene con tuo marito».

«Sono certa che mio marito non approverebbe il modo in cui è stata gestita la cosa», lo apostrofò Sara con sguardo severo. Loki non si lasciò intimidire.

«Ti stavo facendo un favore», ribatté senza scomporsi, «e se non ci fossi stato, sarebbe andata peggio».

«Non intendo discuterne adesso». Dopo una rapida occhiata verso di me, uscì dalla cella.

«A posto così?», ci chiese Loki dopo che Sara se ne fu andata.

«Neanche per sogno», esclamò Matt. Era seduto accanto a me ma a quel punto si alzò in piedi. «Cosa volete da noi? Non potete tenerci qui prigionieri!».

«Lo prendo per un sì», replicò l'altro indirizzandomi un sorriso vacuo e avviandosi poi alla porta.

Matt cercò di stargli dietro ma Loki uscì prima che potesse raggiungerlo. Chiuse la porta di colpo e Matt, che si era precipitato a inseguirlo, ci sbatté contro.

«Che storia è questa?», gridò voltandosi verso di me. «Perché non sei più moribonda?».

«Preferiresti che lo fossi?». Con la manica del maglione mi pulii il viso dal sangue. «Posso chiamare Kyra per farle finire il lavoro».

«Non dire sciocchezze». Matt si massaggiò la fronte. «Vorrei solo capire che sta succedendo. Mi sembra di essere in un incubo».

«Col tempo ci si abitua», gli dissi e poi mi rivolsi a Rhys. «Che diavolo era quella specie di hobgoblin? Un troll vero e proprio?».

«Non lo so», rispose scuotendo la testa. Sembrava stupefatto quanto me. «Non ho mai visto nulla di simile, ma in effetti ci si dà un gran da fare affinché i mänks restino all'oscuro di tutto».

«Non pensavo che esistessero dei veri troll». Aggrottai la fronte nel tentativo di ricordare le varie lezioni sui troll che mi aveva impartito Finn. «Credevo che fossero solo leggende».

«Dici sul serio?», mi chiese Matt. «Nonostante tutto quel che è successo?... Tra le varie leggende scegli a piacimento quelle in cui credere?».

«Non scelgo proprio niente». Mi alzai. Mi sentivo ancora dolorante ma stavo anni luce meglio di quando mi ero svegliata. «Credo in ciò che vedo. E non avevo mai visto nulla di simile. Tutto qui».

«Stai bene?», mi chiese Matt vedendomi zoppicare per la cella. «Forse non dovresti esagerare».

«No, sto bene», lo liquidai. Volevo prendere confidenza con quello spazio e magari trovare una via d'uscita. «Come siamo finiti qui?».

«Hanno fatto irruzione in casa e ci hanno aggredito», Matt indicò la porta, alludendo a Loki e Kyra. «Quel tipo è riuscito non so come a farci perdere i sensi e ci siamo risvegliati qui. Ci eravamo ripresi da poco».

«Fantastico». Poggiai i palmi sulla porta e iniziai a spingere, sperando quasi che così si sarebbe aperta. Non si aprì, ma almeno avevo tentato.

«Ehi, che fine ha fatto Finn?», domandò Rhys dando

voce a pensieri che io stessa stavo iniziando a formulare. «Perché non li ha fermati?».

«Che c'entra Finn in tutto questo?», chiese Matt alterato.

«Niente. Era il mio cercatore, una specie di guardia del corpo». Feci un passo indietro senza staccare gli occhi dalla porta, cercando di aprirla con la forza del pensiero. «Ha tentato di proteggermi».

«Per questo sei scappata con lui?», chiese Matt. «Anche allora ti stava proteggendo?».

«Più o meno», sospirai.

«Che fine ha fatto?», insisté Rhys. «Pensavo che fosse con te quando sono arrivati i Vittra».

Scoprendo che Finn era stato in camera mia, Matt cominciò a sbraitare, ma lo ignorai. Non avevo le forze per mettermi a discutere con lui di decoro o di ciò che pensava di Finn.

«Se n'è andato prima che arrivassero», risposi non appena Matt finì la sua tirata. «Non so dove sia finito».

Non l'avrei mai ammesso, ma ero sconvolta dal fatto che Finn non mi aveva protetto. Magari se n'era andato sul serio. Se, come pensavo, il suo fosse stato solo un bluff, sarebbe ricomparso durante l'aggressione.

A meno che non gli fosse successo qualcosa di brutto. Poteva darsi che i Vittra lo avessero intercettato prima di venire da me. A Finn poteva anche non importare di me, ma non avrebbe mai trascurato il proprio dovere. L'unica cosa che poteva impedirgli di soccorrermi era *non averne la possibilità*.

«Wendy?», mi richiamò Rhys.

Credo che mi stesse parlando già da un po', ma non avevo ascoltato neanche una parola di ciò che aveva detto. Ero troppo impegnata a pensare a Finn e a fissare la porta.

«Dobbiamo andarcene di qui», dissi girandomi verso i due fratelli.

«Direi di sì», sospirò Matt.

«Ho un'idea», annunciai mordendomi un labbro. «Anche se non è un granché. Quando tornano userò la persuasione su di loro. Posso convincerli a liberarci».

«Sei sicura che il tuo potere sia abbastanza forte?», mi chiese Rhys, dando voce a un dubbio che io stessa nutrivo.

Fino a quel momento avevo usato la persuasione solo su umani ignari, come Matt e Rhys, e Finn mi aveva detto che senza allenamento non sarei stata in grado di usare al massimo i miei poteri. Avrei dovuto ricevere l'addestramento a Förening, ma ero scappata prima ancora di cominciare e quindi non avevo la minima idea delle mie capacità.

«No, non ne sono affatto sicura», confessai.

«Persuasione?», fece Matt inarcando un sopracciglio e girandosi verso Rhys. «La presunta cosa telepatica di cui mi parlavi?». Rhys annuì e Matt alzò gli occhi al cielo.

«Non è *presunta*». Il suo scetticismo m'irritò. «Ce l'ho davvero. E l'ho usata anche su di te».

«Quando?», chiese corrugando la fronte con aria perplessa.

«Come credi che sia riuscita a convincerti a portarmi da Kim?», gli domandai, alludendo al fatto che mi aveva accompagnato a trovare sua madre, la mia madre "ospite", in manicomio.

Lui la odiava e non aveva mai voluto che avessi a che fare con lei. Mi ero sentita in colpa a usare la persuasione su quello che all'epoca credevo mio fratello, ma era stato l'unico modo per incontrarla.

«Davvero hai fatto una cosa simile?». Nei suoi occhi, lo shock e il dolore lasciarono subito il posto alla rabbia. Sembrava che avesse appena ricevuto uno schiaffo. Abbassai lo sguardo e gli voltai le spalle. «Mi hai ingannato? Come hai potuto, Wendy? Dici sempre che con me sei sincera e poi prendi e fai una cosa simile!».

«Tecnicamente, non ti ho mentito», dissi con la coda tra le gambe.

«No, hai fatto di peggio!». Matt scrollò il capo e si allontanò, come se starmi vicino gli riuscisse insopportabile. «Non posso crederci. Quante volte l'hai fatto?».

«Non lo so», ammisi. «Per molto tempo, non ne sono stata consapevole. Ma quando ho capito, ho cercato di non farlo più. Non mi piace, specialmente con te. So bene che è una cosa scorretta».

«Direi proprio di sì!», sbottò lui. «È una crudele manipolazione!».

«Mi dispiace tanto». Incontrai il suo sguardo e il dolore che vi trovai mi strinse il cuore. «Ti prometto che non lo farò più, non con te».

«Mi dispiace rovinare questo momento, ma dobbiamo pensare a un modo per uscire di qui», c'interruppe Rhys. «Allora, qual è il piano?».

«Chiamiamo qualcuno», risposi, felice di potermi distrarre per un momento dalla reazione risentita di Matt.

«"Chiamiamo qualcuno"? Hai il cellulare?!», esclamò Rhys elettrizzato.

«No, intendo dire, facciamo venire qualcuno. Come ha fatto Matt poco fa». Indicai la porta alle mie spalle. «Bussa, di' che abbiamo fame, freddo, che siamo morti: quel che ti pare. Quando arrivano, userò la persuasione per convincerli a liberarci».

«Credi che funzionerà davvero?», mi chiese Matt senza retorica. Stavolta voleva sul serio sapere come la pensavo.

«Può darsi». Mi rivolsi a Rhys: «Ma devo chiederti un favore. Posso provare su di te?».

«Certo», rispose Rhys facendo spallucce, fidandosi di me.

«In che senso "provare"?», chiese Matt con tono preoccupato.

Si avvicinò a Rhys e realizzai con una certa sorpresa che

si era finalmente convinto di essere suo fratello. Voleva proteggerlo da me. Fu un sollievo e una gioia sapere che iniziava ad accettarlo, ma scoprire che mi vedeva come una minaccia fu un po' doloroso (OK, *molto* doloroso).

«Non l'ho fatto molte volte». Lo sguardo indagatore di Matt mi mise a disagio e iniziai a camminare per la cella come se, così facendo, potessi sviare la sua attenzione. «Ed è passato un bel po' di tempo dall'ultima».

Quest'ultima affermazione non era del tutto vera, dato che avevo usato la persuasione su Rhys solo il giorno prima, ma volevo evitare che anche lui reagisse come Matt. Meno persone mi odiavano, più l'impresa sarebbe stata agevole.

«Quindi che vuoi fare?», domandò Matt.

«Non lo so ancora», risposi scrollando le spalle. «Ma ho bisogno di fare pratica. È l'unico modo per aumentare il mio potere».

Nonostante le evidenti riserve del fratello, Rhys si prestò a fare da cavia. Era stranissimo essere osservata mentre usavo la persuasione, soprattutto perché a guardarmi era qualcuno che la disapprovava apertamente, ma non avevo altra scelta. Di certo non potevo mandare Matt nell'altra stanza, o roba del genere.

Con la coda dell'occhio, vedevo Matt che mi seguiva senza tregua. Mi deconcentrava, anche se probabilmente si trattava di un buon esercizio. Non credo che avrei potuto convincere i Vittra a starsene buoni e zitti mentre cercavo di esercitare un po' di controllo mentale sulla guardia.

Decisi di cominciare con qualcosa di facile. Rhys e io eravamo in piedi, l'uno di fronte all'altra, quindi iniziai a ripetere mentalmente: *Siediti. Voglio che ti sieda.*

Dapprima i suoi occhi azzurri sostennero il mio sguardo, ma poi si appannarono. Il suo volto parve ammorbidirsi, diventando completamente inespressivo. Senza dire una parola, si mise a sedere sul pavimento.

«Sta bene?», chiese Matt sulle spine.

«Sì, sto bene», rispose Rhys con la voce di uno che si è appena svegliato. Mi guardò inebetito. «Allora, lo fai o no?».

«L'ho già fatto». Per la prima volta parlavo della persuasione con qualcuno su cui l'avevo appena usata e quella franchezza mi faceva uno strano effetto.

«Ma che dici?», esclamò lui aggrottando la fronte e spostando lo sguardo avanti e indietro tra Matt e me, nello sforzo di capire.

«Sembravi in trance, poi ti sei seduto sul pavimento», disse Matt.

«Perché ti sei seduto?», gli chiesi.

«Non...», il suo volto s'imbronciò per la concentrazione. «Non lo so. È solo che... mi sono seduto». Scosse la testa e mi guardò. «Sei stata tu?».

«Già. Non ti sei accorto di nulla? Non hai provato niente?», gli domandai.

Non sapevo se le mie vittime sentivano dolore. Nessuno si era mai lamentato, ma forse era solo perché l'inconsapevolezza di ciò che avevano subito glielo aveva impedito.

«No. Non mi sono neppure...». Scosse di nuovo la testa, incapace di articolare quel pensiero. «Mi aspettavo un vuoto di memoria o qualcosa del genere. Invece... ero cosciente del fatto che mi stavo sedendo. È stata una specie di riflesso condizionato. Cioè, come quando respiro: lo faccio ininterrottamente eppure non ci penso. Una cosa del genere».

«Mmm». Lo osservai pensierosa. «Alzati».

«Cosa?», chiese Rhys.

«Alzati», ripetei. Mi scrutò per un momento e poi si guardò attorno. Aggrottò la fronte e il suo sguardo s'indurì.

«Che succede?», chiese il fratello avvicinandosi.

«Non... non riesco ad alzarmi».

«Ti serve una mano?», disse Matt.

«No, non in quel senso», rispose Rhys scuotendo la testa. «Certo, potresti tirarmi su; sei più forte di me e non sono inchiodato al pavimento. Ma… ho scordato come si fa».

«Strano», esclamai osservandolo con interesse.

Una volta, avevo usato la persuasione per far uscire Matt dalla mia stanza e ci era voluto un po' prima che riuscisse a rimetterci piede. Questo significava che la persuasione aveva effetti prolungati che però, prima o poi, svanivano.

«Strano?», ripeté Matt acido. «Wendy, rimettilo a posto!».

«Non è mica rotto», risposi sulla difensiva, ma il suo sguardo furibondo mi fece venire voglia di sotterrarmi. Mi accovacciai di fronte a Rhys. «Rhys, guardami».

«OK…», rispose e, con una certa riluttanza, mi guardò negli occhi.

Non ero affatto sicura di poter invertire il processo. Era la prima volta che provavo ad annullare gli effetti della persuasione, eppure pensavo che non sarebbe stato difficile. In fondo, non ci fossi riuscita, non avrebbe dovuto far altro che restare seduto per una o due settimane. Forse.

Smisi di preoccuparmi delle possibili conseguenze e mi concentrai completamente su di lui. Mi limitai a ripetere mentalmente: *Alzati*. Ci volle più tempo della volta precedente ma, alla fine, sul suo volto riapparve quell'espressione inebetita. Batté gli occhi un paio di volte e si alzò in piedi.

«Meno male, ha funzionato», esclamai tirando un sospiro di sollievo.

«Ne sei sicura?», mi chiese Matt senza staccare gli occhi da Rhys. Lui fissava il pavimento con sguardo assente. Sembrava più stordito di prima. «Rhys, ti senti bene?».

«Cosa?», fece lui alzando la testa. Ci guardò sorpreso, come se si fosse appena reso conto della nostra presenza. «Che c'è? È successo qualcosa?».

«Ti sei alzato». Indicai le sue gambe e lui le guardò.

«Oh». Per essere sicuro di essere a posto ne sollevò una,

poi rimase in silenzio per un minuto. Dopodiché mi guardò e disse: «Scusa. Stavamo dicendo qualcosa?».

«Non riuscivi ad alzarti, ricordi?», gli chiesi con una stretta allo stomaco. Forse gli avevo davvero causato un danno irreparabile.

«Ah, sì», disse scrollando la testa. «Sì, ricordo. Adesso però ci riesco. Sei stata tu?».

«Wendy, non mi piace questo gioco», mormorò Matt.

Aveva il viso rivolto verso Rhys, ma con la coda dell'occhio guardava me. Cercava di mantenere un'espressione impassibile eppure il suo sguardo tradiva la paura.

Lo avevo di nuovo spaventato, ma in modo diverso rispetto a quando ero scappata di casa. Allora aveva avuto paura per me, mentre adesso sembrava che avesse paura *di* me e questo mi spezzava il cuore.

«Ho finito», dissi allontanandomi da Rhys.

I capelli mi scivolavano sul viso, quindi li legai a crocchia con un elastico che avevo al polso.

«Cosa?», domandò Rhys con tono allarmato.

Era completamente uscito dallo stato di trance a cui l'avevo sottoposto, ma ancora non me la sentivo di incrociare il suo sguardo. Matt mi aveva fatto vergognare di aver usato la persuasione, anche se Rhys la aveva accettata consapevolmente.

«Siediti», gli suggerì Matt.

«Perché dovrei? Non mi va».

«Fallo comunque», insisté Matt, stavolta con tono autoritario. Vedendo che il fratello non reagiva, ripeté l'ordine: «Rhys, siediti».

«Non capisco perché ci tieni tanto». Appariva turbato dall'insistenza di Matt e me ne stupii: era la prima volta che lo vedevo irritato con qualcuno. «Sto bene in piedi».

«Non riesci a sederti», sospirò Matt, lanciandomi un'occhiataccia. «Hai solo fatto un danno diverso, Wendy».

«È stata Wendy?», chiese Rhys aggrottando la fronte. «Non capisco. Cos'hai fatto? Mi hai persuaso a non sedermi?».

«No, prima ti ho fatto sedere e non riuscivi più ad alzarti. Poi ti ho fatto alzare e ora non riesci più a sederti», sospirai frustrata. «Adesso non so che fare! Anzi, non voglio fare più niente. Potrei finire per obbligarti a smettere di respirare o chissà che».

«Saresti in grado di fare una cosa del genere?», mi chiese Matt.

«Non lo so!», esclamai alzando le mani. «Non so di cosa sono capace».

«Per un po' non potrò sedermi», se ne uscì Rhys facendo spallucce. «Poco male. Neanche mi va».

«Probabilmente il fatto che non ti vada è un effetto collaterale della persuasione», gli dissi mentre facevo su e giù per la cella.

«Va be', non m'interessa», replicò. «Non importa. Non è comunque il caso di mettersi a sedere, date le circostanze. Ciò che conta è che hai scoperto di potercela fare. Usi la persuasione, ci fai uscire di qui e, una volta a Förening, troveremo qualcuno che mi rimetta a posto. OK?».

Mi fermai e, nonostante il disagio, mi girai a guardarli. Rhys aveva ragione, dovevo tirarci fuori di lì. Eravamo in pericolo e che Rhys non riuscisse a sedersi era un problema secondario. A dirla tutta, era un motivo in più per scappare.

«Voi siete pronti?».

«A cosa?», chiese Matt.

«A correre. Non so cosa ci aspetti di là dalla porta, né per quanto tempo riuscirò a tenerli a bada», risposi. «Appena aprono, dovete essere pronti a correre il più veloce e il più lontano possibile».

«Non puoi usare il metodo *Guerre stellari*?», mi chiese

Rhys serissimo. «Come Obi-Wan quando dice: "Questi non sono i droidi che state cercando"».

«Sì, ma non so né quante guardie ci siano né quanto siano temibili». Per un attimo ripensai a Finn, che non era intervenuto durante l'aggressione. Pur non volendo rabbrividii, e scossi la testa.

«Vediamo di andarcene, d'accordo? Non c'è modo di sapere a cosa andiamo incontro, perciò dobbiamo prepararci ad affrontare quel che viene. Sarà comunque meglio che starcene qui con le mani in mano ad aspettare che decidano della nostra sorte. Perché ho idea che le loro decisioni non promettano nulla di buono».

Matt appariva titubante, ma avevo capito che nulla l'avrebbe convinto. Questa storia si era trasformata in un immane, orrendo disastro, e tutto perché non avevo voluto restare a Förening ed essere una stupida principessa.

Altrimenti, nulla di tutto questo sarebbe successo. Matt e Rhys sarebbero rimasti sani e salvi nelle rispettive case e Finn sarebbe stato... be', non so dove, ma di sicuro in un posto migliore di quello in cui si trovava adesso.

Tormentata da quel pensiero, iniziai a picchiare sulla porta più forte che potevo. Colpivo con tale violenza che iniziò a farmi male la mano, ma non m'importava.

5. Hobgoblin

«Che c'è?», chiese una voce profonda e gracchiante, e la feritoia al centro della porta si aprì.

Mi chinai per guardare attraverso la fessura e vidi l'hobgoblin che era entrato con Loki. Le sue sopracciglia cespugliose gli coprivano gli occhi ed ebbi il timore di non poter stabilire un contatto visivo sufficiente a persuaderlo. Inoltre non sapevo se il mio potere funzionava sui troll veri e propri. Sembravano una specie totalmente diversa.

«Ludlow, giusto?», gli chiesi, ricordando che Loki si era rivolto a lui con questo nome quando l'aveva spedito a cercare aiuto.

«Le moine non funzionano, principessa». L'hobgoblin iniziò a tossire e scatarrò. Prima di riprendere a parlare, si asciugò la bocca sul dorso della manica. «Ho respinto donne molto più belle di te».

«Ho bisogno di andare al bagno», replicai smettendo di fingere amichevolezza. Avevo la sensazione che con quell'essere sarebbero stati più utili schiettezza e cinismo.

«E vai. Mica mi devi chiedere il permesso», rispose Ludlow e scoppiò in un'orribile risata.

«Qui non c'è il bagno. Non ho intenzione di farla per terra», dichiarai, sinceramente disgustata all'idea.

«Allora tienitela». Fece per richiudere la feritoia, ma lo bloccai infilandoci una mano.

«Non puoi chiamare una guardia o qualcun altro che mi accompagni in bagno?», gli chiesi.

«Sono io la guardia», scattò lui tutto risentito.

«Ah, davvero?», sogghignai, rendendomi conto che forse sarebbe stato più facile del previsto.

«Non sottovalutarmi, principessa», ringhiò. «Quelle come te me le mangio a colazione».

«Quindi sei un cannibale?», domandai, arricciando sdegnata il naso.

«Ludlow, stai importunando quella povera ragazza?», chiese una voce alle sue spalle. Ludlow si spostò da un lato e, attraverso la fessura, vidi Loki avvicinarsi tutto impettito.

«È *lei* che importuna me», piagnucolò l'hobgoblin.

«Già, sei costretto a chiacchierare con una bella principessa... che vitaccia, Ludlow», disse Loki sarcastico e, alle mie spalle, Matt sbuffò divertito.

L'essere farfugliò qualcosa, ma Loki lo zittì alzando una mano. Poi si avvicinò alla porta e il suo volto sparì dalla vista. La feritoia era all'altezza degli occhi di Ludlow, che non arrivavano oltre i fianchi di Loki.

«Qual è il problema?», mi chiese Loki.

«Devo andare al bagno». Mi accostai ancor più nel tentativo di guardarlo in faccia. Volevo catturare il suo sguardo, ma non ci riuscii.

«E io le ho detto di farla nella cella», esclamò Ludlow con orgoglio.

«Oh, andiamo. Non è una semplice mänks. Non possiamo imporle questo squallore!», lo rimbrottò Loki. «Apri la porta. Falla uscire».

«Ma, signore, ho l'ordine di non farla uscire finché non verrà convocata dal re», spiegò l'hobgoblin guardandolo nervosamente.

«Credi che il re voglia che venga trattata in questo modo?», gli chiese Loki e l'hobgoblin iniziò a torcersi le mani, imbarazzato. «Se succede qualcosa, puoi dire al re che è stata colpa mia».

Ludlow annuì riluttante. Sporse una mano per chiudere la feritoia e stavolta lo lasciai fare. Mi raddrizzai e rimasi ad ascoltare il rumore delle serrature e dei chiavistelli che giravano e scattavano.

«Questa faccenda non mi piace», sussurrò Matt.

«Non abbiamo molta scelta», bisbigliai. «Siamo in questa situazione a causa mia, perciò tocca a me tirarcene fuori».

La porta si dischiuse e mi tirai indietro, aspettando che si aprisse di più. Pensavo che Loki sarebbe entrato, così avrei usato la persuasione e ce ne saremmo andati. Invece lui e Ludlow rimasero fuori, nascosti.

«Allora?», fece l'hobgoblin. «Non intendo tenerla aperta tutto il giorno».

Aveva lasciato solo uno spiraglio, appena sufficiente per farmi sgusciare fuori. Mi ci infilai e, oltrepassata la soglia, Ludlow richiuse la porta sbattendola. Abbassai lo sguardo su di lui, già indaffarato a sprangarla.

«Il bagno è da questa parte», disse Loki.

Indicò il fondo del corridoio che, come la cella, aveva le pareti di mattoni grondanti umidità. Il pavimento era lercio e l'illuminazione proveniva da torce appese ai muri.

«Grazie». Gli sorrisi e riuscii a catturare il suo sguardo senza difficoltà. Aveva degli occhi davvero belli, color oro brunito, ma cercai di non soffermarmi su quel pensiero.

Concentrandomi più che potevo, iniziai a cantilenare mentalmente: *Lasciali andare. Lasciaci andare. Apri la cella e lasciaci andare*. Ci volle qualche secondo perché ne vedessi gli effetti ma non furono quelli che mi aspettavo.

Un sorriso divertito gli increspò le labbra e i suoi occhi si accesero di un piacere perverso.

«Scommetto che in bagno non ci devi neanche andare, vero?», ridacchiò Loki compiaciuto.

«Io... come?», farfugliai, sconvolta dalla reazione negativa.

«Te l'avevo detto che non dovevamo farla uscire!», gridò l'hobgoblin.

«Calmati, Ludlow», lo tacitò Loki, senza però staccarmi gli occhi di dosso. «Va tutto bene. È innocua».

Raddoppiai i miei sforzi, convinta di non essermi impegnata abbastanza. O forse mi ero indebolita con le prove su Rhys. I guaritori, dopo aver usato il proprio potere, sembravano sfiniti e invecchiati, e probabilmente succedeva lo stesso a me, anche se non mi sentivo affatto stanca.

Avevo appena cominciato a ripetere la mia cantilena quando Loki agitò una mano, facendomi smettere.

«Piano, principessa, finirai per farti male», rise. «Però sei perseverante. Questo te lo riconosco».

«Insomma, sei immune o cosa?», gli chiesi.

Era inutile negare di aver provato a usare la persuasione su di lui. Era evidente che sapeva ciò che avevo fatto.

«Non esattamente. Ma sei troppo poco concentrata». Incrociò le braccia sul petto, osservandomi con quell'espressione incuriosita che sembrava non abbandonarlo mai. «Però sei piuttosto potente».

«Non dicevi che è innocua?», s'intromise Ludlow.

«Infatti. Senza addestramento non vale praticamente niente», chiarì Loki. «Un giorno, diventerà una risorsa preziosa. Ma per ora è poco più che un fenomeno da baraccone».

«Grazie», mormorai.

Mi affrettai a rivedere il piano. Forse potevo riuscire a stendere Ludlow, ma non conoscevo le serrature della cella e anche se fossi riuscita a toglierlo di mezzo, non avrei risolto la questione della porta.

Ma il mio problema principale era Loki. Avevo già capito quanto fossero scarse le mie speranze contro di lui. Oltre a essere più alto e forte di me, aveva il potere di farmi perdere i sensi con un semplice sguardo.

«Che turbine di pensieri», disse Loki quasi ammirato. M'irrigidii, colta dal terrore che fosse in grado di leggermi nel pensiero, e subito cercai di svuotare la mente. «Non so *quali* siano. Altrimenti non ti avrei fatto uscire dalla cella. Ma, già che sei fuori, approfittiamone».

«In che senso?», domandai allarmata, indietreggiando di un passo.

«Stai sopravvalutando il mio interesse nei tuoi confronti», precisò sghignazzando. «Le mie principesse, le preferisco col pigiama pulito».

A parte le macchie di sangue sul maglione e un po' di terra sulle ginocchia, non avevo i vestiti tanto sporchi. Sicuramente ero in disordine, ma non certo per colpa mia.

«Scusami tanto. Di solito ho un aspetto migliore dopo essere stata picchiata», replicai, facendo vacillare il suo sorriso.

«Già, be', adesso non ci pensare». Loki si riprese e riacquistò il suo tono presuntuoso. «Credo che sia giunto il momento di farti incontrare Sara».

«Signore, non credo che sia prudente...», lo interruppe Ludlow, ma lui lo mise a tacere con un'occhiataccia.

«E i miei amici?», domandai indicando la cella.

«Non ti preoccupare, non scappano», mi rispose ridendo della propria battuta. Mi sforzai di non alzare gli occhi al cielo.

«Lo so. Ma non me ne vado senza di loro».

«Allora sei fortunata, perché non te ne stai andando». Loki fece un passo indietro, senza girarsi. «Non preoccuparti, principessa. I tuoi amici sono al sicuro. Andiamo. Parlare con Sara è nel tuo interesse».

«L'ho già incontrata», replicai in un magro tentativo di protesta.

Lanciai uno sguardo apprensivo alla porta della cella, ma Loki fece un altro passo indietro. Sospirai, rassegnandomi all'idea che, probabilmente, parlare con le alte sfere era l'unica possibilità che avevo di negoziare il rilascio di Matt e Rhys. Pur non potendo ottenere il mio.

«Come l'hai capito?», gli chiesi raggiungendolo.

Percorrevamo fianco a fianco il corridoio, oltrepassando numerose porte uguali a quella della mia cella. Non sentii nulla, né vidi altri hobgoblin di guardia, eppure mi venne spontaneo domandarmi quanti altri prigionieri ci fossero.

«Come ho capito cosa?».

«Che... insomma, che stavo cercando di persuaderti. Come l'hai capito, visto che non stava avendo effetto?».

«Perché sei potente», ripeté Loki indicandosi la testa. «È come un'interferenza. Percepisco il tuo tentativo di insinuarti nella mia mente». Fece spallucce. «Se dovesse succederti, te ne accorgeresti anche tu. E non so se funzionerebbe su di te».

«Quindi sui Trylle e sui Vittra non funziona?», gli chiesi, anche se dubitavo di ricevere una risposta sincera. Anzi, già il fatto che mi rivolgesse la parola era inspiegabile.

«Sì invece. E se l'avessi fatto bene, non mi sarei accorto di nulla», mi spiegò. «Ma, rispetto ai mänks, siamo più difficili da controllare. Se ti metti a frugare nella nostra testa in modo approssimativo, ce ne accorgiamo».

Raggiungemmo una scala di cemento e Loki prese a salirla due gradini alla volta, quasi senza aspettarmi. Non pareva affatto preoccupato dall'eventualità che scappassi e mi aveva fornito molte più informazioni del necessario. Per quanto ne capivo, mi sembrava un pessimo guardiano. Ludlow avrebbe dovuto avere molta più autorità di lui.

Aprì la massiccia porta in cima alle scale e ci ritrovammo in un grande atrio. E quando dico grande intendo enorme, con tanto di soffitti a volta. Le pareti erano rivestite di un legno scuro con venature rosse e al centro del pavimento campeggiava un tappeto dello stesso colore, riccamente decorato.

Anche qui, come nella reggia di Förening, regnava l'opulenza, ma i colori erano più cupi e intensi. Somigliava di più a un maestoso castello.

«Che bello!», esclamai, senza nascondere la mia sincera meraviglia.

«Naturale. È la dimora del re». Loki mi guardò, apparentemente divertito dal mio stupore. «Cosa ti aspettavi?».

«Non lo so. Forse, dopo aver visto il sotterraneo, m'immaginavo qualcosa di più lugubre e sporco», risposi scrollando le spalle. «Là sotto non avete neanche l'elettricità».

«È tutta scena», ammise Loki con un gesto della mano. «Dopotutto, sono le segrete di un castello». Mi fece strada lungo un corridoio decorato come l'atrio.

«Che accadrebbe se tentassi di fuggire?», domandai.

Non avevo visto anima viva. Magari bastava seminare Loki per filarmela. Però non avrei saputo dove andare e non avrei potuto liberare Matt e Rhys.

«Ti fermerei», disse schietto.

«Con gli stessi metodi che ha usato Kyra a casa mia?». La costola ricominciava a farmi male, quasi a ricordare i danni subiti per mano sua.

«No». Per un istante, un'ombra gli scurì il volto. La dissipò subito e mi sorrise. «Mi limiterei a stringerti tra le braccia fino a farti svenire».

«Detto così, sembra romantico», commentai, e poi arricciai il naso rammentando che mi aveva fatto perdere i sensi con un semplice sguardo. Non era stata un'esperienza dolorosa, ma neppure piacevole.

«Me lo immagino così».

«È un po' contorto», ribattei, e lui per tutta risposta scrollò le spalle. «Perché mi hai rapita e portata qui?».

«Mi stai facendo un po' troppe domande, principessa», disse Loki con un accenno di stanchezza. «Farai bene a tenertele per Sara. È lei ad avere tutte le risposte».

Percorremmo in silenzio il resto del tragitto. Alla fine del corridoio, salimmo una rampa di scale tappezzate di velluto rosso e attraversammo un altro salone, fermandoci davanti a una porta a due battenti di legno scolpito. L'intaglio, in cui erano raffigurati troll, fatine e piante rampicanti, sembrava l'illustrazione di una delle favole di Hans Christian Andersen.

Loki bussò un'unica volta, con atteggiamento solenne, e poi aprì i battenti, senza attendere risposta. Oltrepassò la soglia mentre io lo seguivo.

«Loki!», gridò Sara. «Devi attendere il permesso prima di entrare nei miei appartamenti!».

La sua stanza somigliava al resto del palazzo. Al centro, c'era una grande letto a baldacchino, con le lenzuola rosso cremisi, ancora in disordine.

Da un lato c'era una toletta, davanti alla quale, su un piccolo sgabello, era appollaiata Sara. I capelli erano sempre raccolti in una coda, ma si era cambiata d'abito. Adesso indossava una lunga vestaglia di raso nero.

Quando si voltò verso di noi, il tessuto della vestaglia s'increspò, simile alla superficie di un liquido. Non appena mi vide sgranò gli occhi per lo sbalordimento, ma subito si ricompose.

In piedi accanto a lei c'era un hobgoblin, della stessa specie di Ludlow. Questo si era sforzato di mettersi in tiro, indossando una piccola livrea da maggiordomo, ma la pelle disgustosa e l'aria selvatica erano le stesse. Dalle sue mani pendevano lunghi fili di perle e diamanti. Me ne chiesi il motivo e capii che li stava esponendo per lei, come una sorta di portagioie vivente.

Al nostro ingresso, una palla di pelo abbaiante saltò giù

dal letto. Ci corse incontro, ma si fermò a debita distanza, e vidi che si trattava di un volpino. Gran parte della sua rabbia sembrava indirizzata a me e, quando Loki gli ordinò di zittirsi, obbedì. Squadrandomi con sospetto, trotterellò da Sara.

«Non mi aspettavo di rivederti così presto», mi accolse lei con un sorriso forzato. Quando spostò lo sguardo su Loki, la sua espressione divenne glaciale. «Mi sarei vestita, se avessi saputo che stavi arrivando».

«La principessa iniziava a spazientirsi», comunicò Loki stendendosi su un divano di velluto ai piedi del letto. «Ha avuto una giornataccia, mi sembrava che si meritasse una piccola ricreazione».

«Capisco. Ma mi avete colto un po' alla sprovvista», replicò Sara continuando a guardarlo male e accennando alla vestaglia.

«Be', allora potevate aspettare prima di mandarmi a prenderla», replicò Loki ricambiando imperturbabile il suo sguardo.

«Sai bene che abbiamo dovuto fare...». Sara s'interruppe scuotendo il capo. «Lasciamo perdere. Quel che è fatto è fatto, e hai assolutamente ragione».

Mi sorrise, con un'espressione quasi affettuosa. Per lo meno più affettuosa di quanto non fosse mai stata mia madre Elora.

«Che volete da me?», domandai.

I Vittra avevano provato di tutto per catturarmi, eppure ancora non ne capivo la ragione. Sapevo solo che non la smettevano di perseguitarmi.

«Sì, dobbiamo parlare». Restò per un minuto soprappensiero, tamburellando con le dita sul tavolo. «Ti spiace lasciarci un momento sole?».

«D'accordo», sospirò Loki alzandosi in piedi. «Andiamo, Froud». Il cagnolino gli corse allegramente incontro e lui lo prese in braccio. «I grandi devono parlare».

Con molta attenzione, l'hobgoblin posò i gioielli sul tavolo e poi si diresse verso la porta. Camminava piano, con un'andatura incerta dovuta alla bassa statura, ma Loki tergiversò talmente tanto che il troll uscì dalla stanza prima di lui.

«Loki», lo chiamò Sara un attimo prima che uscisse, ma senza guardarlo. «Assicurati che mio marito sia pronto a riceverci».

«Come desideri». Le fece un piccolo inchino, sempre col cane in braccio. Una volta uscito, si chiuse la porta alle spalle, lasciandomi sola con Sara.

«Come ti senti?», mi chiese lei abbozzando un sorriso.

«Meglio. Grazie», ma non ero sicura di doverla ringraziare. Mi aveva guarito, però era anche responsabile dell'aggressione, almeno in parte.

«Vorrai cambiarti», disse Sara accennando ai miei abiti e alzandosi. «Dovrei avere qualcosa della tua taglia».

«Grazie, ma non m'interessano i vestiti. Vorrei sapere che sta succedendo. Perché mi avete rapita?». Ero esasperata e il mio tono lo sottolineava, eppure lei parve non accorgersene.

«Ce l'ho, ne sono sicura», riprese, come se non avessi aperto bocca. Raggiunse un imponente armadio a un angolo della stanza e lo aprì. «Può darsi che ti stia un po' grande, ma credo che andrà bene». Dopo aver cercato per qualche secondo, tirò fuori un lungo vestito nero.

«Non mi importa un accidente dei vestiti!», sbottai. «Voglio sapere perché continuate a perseguitarmi. Non posso darvi ciò che volete senza sapere di che si tratta».

Mentre si dirigeva verso il letto, capii che guardarmi la metteva a disagio. I suoi occhi si posavano ovunque tranne che su di me. Le rare volte che capitava, si affrettava subito a distogliere lo sguardo. Stese il mio vestito sul letto.

«Li hai mandati via per parlare con me e adesso non dici niente?», le domandai sempre più frustrata.

«A lungo ho cercato di immaginare come sarebbe stato questo momento». Sara carezzò amorevolmente l'abito, distendendolo con cura. «Eppure, ora che è arrivato, mi sento assolutamente impreparata».

«Cosa intendevi dire?».

Sul suo volto balenò un'espressione addolorata che lasciò subito il posto allo sguardo sereno e assente di un attimo prima.

«Spero non ti dispiaccia, ma devo vestirmi». Mi voltò le spalle e raggiunse il paravento che si trovava a un angolo della stanza.

Vi era dipinta una scena fantastica simile a quella della porta e dal bordo superiore pendeva un abito da ballo rosso e nero. Sara lo prese e sparì dietro al paravento, per cambiarsi.

«Sai dove si trova Finn?», le chiesi con un groppo in gola.

«Ti riferisci al tuo cercatore?», domandò appendendo la vestaglia sul paravento, oltre il quale non vedevo altro che la sommità della sua testa.

«Sì», risposi e deglutii, temendo il peggio.

«Non so dove si trovi esattamente. Non qui, se è questo che vuoi sapere».

«Allora come mai non è venuto a salvarmi? Perché ha lasciato che mi portaste via?», domandai.

«Suppongo che lo abbiano trattenuto giusto il tempo di rapirti». Il vestito, infilato dalla testa, attutì per un attimo il suono della sua voce. «Non conosco i dettagli, ma avevano l'ordine di non fare del male a nessuno, a meno che non fosse assolutamente indispensabile».

«Già, e Kyra aveva l'ordine di non torcermi un capello, vero?», le chiesi sarcastica, ma lei non replicò. «Puoi dirmi almeno se sta bene?».

«Loki non ha parlato di vittime», disse Sara.

«Era lui il responsabile dell'operazione?», chiesi, dando un'occhiata alla porta chiusa e rendendomi conto, troppo tardi, che avrei dovuto rivolgere a lui queste domande. Ma a quel punto Sara riemerse da dietro il paravento.

«Sì, e a parte lo... scatto di Kyra, Loki ci ha riferito che è andato tutto per il meglio». Lisciò le pieghe della gonna e indicò l'abito posato sul letto. «Vestiti, per cortesia. Dobbiamo incontrare il re».

«Lui risponderà alle mie domande?», le chiesi inarcando un sopracciglio.

«Sì. Ti dirà tutto», rispose Sara annuendo, senza staccare gli occhi dal pavimento.

Decisi di assecondarla. Se il re avesse cercato di svicolare, avrei tagliato la corda. Non avevo tempo da perdere in risposte vaghe e discorsi evasivi. Matt e Rhys erano prigionieri e Rhys non era neppure in grado di sedersi.

Ma, per convincere i nostri carcerieri a liberarli, dovevo cercare di conquistarmi le loro simpatie. E se per riuscirci dovevo mettermi quello stupido vestito, poco male.

Andai a cambiarmi dietro il paravento, mentre Sara finiva di prepararsi. Indossò una delle collane che l'hobgoblin aveva posato sulla toletta e si sciolse i capelli. Erano neri e lisci e le scendevano lungo la schiena, lucidi come seta. Ricordavano quelli di Elora.

Mi domandai cosa avrebbe fatto Elora. Avrebbe organizzato una spedizione di salvataggio per venirmi a riprendere? Ma, soprattutto, sapeva che ero stata rapita?

Sul dietro del vestito che avevo indossato pendeva un nastro e Sara fece per annodarlo, ma glielo impedii. Appena allungò le mani, le ordinai secca di non toccarlo e il suo volto si trasformò in una maschera tragica. Come se non riuscisse a credere all'accaduto, rimase per un istante con le mani a mezz'aria. Poi le lasciò ricadere lungo i fianchi e annuì.

Mi fece strada lungo il corridoio, senza aprire bocca. Giunte in fondo, ci ritrovammo davanti a un'altra doppia porta, speculare alla sua. Bussò e, mentre aspettavamo che rispondessero, tornò a lisciarsi la gonna di pizzo rosso e nero. Non aveva neppure una piega, perciò sospettai che si trattasse di una specie di tic nervoso.

«Avanti», tuonò una voce potente e roca.

Sara annuì, come se l'uomo potesse vederla, e aprì i battenti.

La sala, come tutte le altre che avevo visto fino a quel momento, era priva di finestre e aveva le pareti rivestite di mogano scuro. Nonostante fosse imponente, aveva qualcosa di cavernoso. Una parete era interamente occupata da librerie, accanto alle quali campeggiava una massiccia scrivania di legno. Gli unici altri mobili presenti erano delle eleganti sedie rosse.

La più grande aveva le gambe ornate da un intricato intaglio e si trovava esattamente di fronte a noi. Vi sedeva un uomo dai lunghi capelli bruni. Era interamente vestito di nero: pantaloni con la piega, camicia elegante e una giacca lunga che somigliava più a una vestaglia. Era attraente, di una bellezza scabra, da guerriero, e sembrava sulla quarantina.

Una delle sedie era occupata da Loki, che però si alzò in piedi non appena entrammo. Di Froud, il cagnolino, non c'era traccia e mi augurai che non l'avessero mangiato né destinato a qualche altra fine orribile.

«Ah, principessa», esclamò il re sorridendo, ma non si alzò. Per un istante il suo sguardo tornò a posarsi su Loki. «Loki, puoi andare».

«Grazie, sire». Fece un inchino e si allontanò rapidamente. Mi diede l'impressione di non gradire la compagnia del re e questo aumentò il mio nervosismo.

«Insomma, volete dirmi che sta succedendo?», domandai senza tanti complimenti e il suo sorriso si allargò.

«Immagino che dovremo iniziare dall'abbiccì», rispose. «Sono il re dei Vittra. Mi chiamo Oren e sono tuo padre».

6. Re e pedoni

Il mio primo pensiero fu il più scontato: bugiardo!

Seguito, subito dopo, da: e se non stesse mentendo?

Elora era stata indiscutibilmente una pessima madre, poco premurosa. Ripensai all'incontro di poco prima con Sara. Aveva carezzato amorevolmente il mio vestito dicendo: «*A lungo ho cercato di immaginare come sarebbe stato questo momento*».

Adesso era in piedi accanto a me e si torceva le mani. Per la prima volta mi guardò negli occhi, sorridendomi speranzosa, ma sul suo volto continuava ad aleggiare una tristezza che non riuscivo a spiegarmi.

Non le somigliavo, non più di quanto somigliassi a Elora. Erano entrambe molto più belle di me, ma Sara sembrava parecchio più giovane, appena trentenne.

«Quindi...». Deglutii, costringendo la mia bocca a formulare le parole, e mi voltai verso Oren. «Stai dicendo che Elora non è mia madre?».

«No, purtroppo Elora *è* tua madre», rispose e fece un gran sospiro.

La mia confusione aumentò. Però quest'ammissione dava più credito alle sue parole. Mentirmi sarebbe stato facile. Se il suo scopo era indurmi a restare e passare dalla loro parte, mi avrebbe potuto raccontare che lui e Sara erano i miei genitori.

Invece aveva ammesso che Elora era mia madre, lasciando intatto un legame tra lei e me che non poteva andare a suo vantaggio.

«Perché me lo dici?», gli domandai.

«Devi conoscere la verità. So bene quanto Elora ami i giochetti». Il tono di Oren s'inaspriva ogni volta che pronunciava il suo nome, come se soffrisse nel farlo. «Avendo un quadro chiaro, ti sarà più facile prendere una decisione».

«Di che decisione parli?», domandai, anche se pensavo di conoscere già la risposta.

«Dell'unica che conta, naturalmente». Le sue labbra si contrassero in uno strano sorriso. «Quale regno governerai».

«A dire il vero, non voglio governare alcun regno», ribattei torcendo una ciocca di capelli sfuggita all'elastico.

«Perché non ti accomodi?», disse Sara indicando la sedia alle mie spalle. Quando mi fui seduta, prese posto anche lei, su una sedia più vicina al re.

«Perciò...», cominciai guardando il suo sorriso triste, «tu saresti la mia matrigna?».

«Sì», annuì.

«Ah». Rimasi in silenzio per un istante, cercando di digerire tutte quelle novità. «Non capisco. Elora mi ha detto che mio padre era morto».

«Ovviamente», osservò Oren con una risata cupa. «Se ti avesse parlato di me avrebbe dovuto darti una possibilità di scelta, e sapeva che avrebbe perso il confronto».

«E voi come...», cercai faticosamente le parole più adatte. «Come avete fatto a... unirvi per... sì, insomma, per concepirmi?».

«Eravamo sposati», rispose Oren. «È stato molto prima che sposassi Sara, e si è trattato di un'unione di brevissima durata».

«Sei stato sposato con Elora?», domandai sentendo crescere dentro di me una rabbia improvvisa.

All'inizio, quando mi aveva rivelato di essere mio padre, avevo creduto che la loro fosse stata una relazione clandestina, come quella tra Elora e il padre di Finn. Non potevo immaginare che fosse una faccenda di dominio pubblico, nota a chiunque avessi incontrato a Förening.

Compreso Finn. Durante le lezioni di Storia Trylle, quando mi aveva fatto un corso accelerato su tutto lo scibile della vita principesca, non aveva neanche accennato al fatto che mia madre era stata sposata con il re dei Vittra.

«Sì, per un breve periodo», riaffermò Oren. «Ci sposammo perché pensavamo che sarebbe stato il modo migliore per far alleare i rispettivi regni. Nel corso del tempo, i Vittra e i Trylle avevano avuto dei dissapori e noi volevamo ristabilire la pace. Purtroppo, tua madre è la donna più intollerante, irrazionale e orribile sulla faccia della terra». Mi sorrise e aggiunse: «D'altronde la conosci».

«Sì, so bene quanto possa essere insopportabile». Stranamente, ebbi l'impulso di difenderla, ma mi morsi la lingua.

Elora si era sempre mostrata fredda, talvolta ai limiti della crudeltà, ma le ingiurie di Oren, chissà perché, mi ferivano. Eppure sorrisi annuendo, come se fossi completamente d'accordo.

«Il solo fatto che sia riuscito a concepire un figlio con lei è sorprendente», disse quasi tra sé, e l'immagine che aveva evocato mi fece rabbrividire. Raffigurarmeli in atteggiamenti intimi era l'ultima cosa di cui avessi bisogno. «Prima ancora che tu nascessi, il matrimonio era finito. Elora ti ha nascosta e io ho passato tutti questi anni a cercarti».

«Hai fatto un pessimo lavoro», commentai e la sua espressione si rabbuiò. «Ti rendi conto che i tuoi cercatori mi hanno picchiato per ben tre volte? Se tua moglie non mi avesse curato, sarei morta».

«Mi dispiace moltissimo e, per quanto riguarda Kyra, sono già state prese delle misure», disse Oren, ma non sembrò affatto dispiaciuto. Mi augurai che il suo tono duro e rabbioso non fosse rivolto contro di me, ma a Kyra. «In ogni caso, non saresti morta».

«Come fai a saperlo?», gli chiesi bruscamente.

«Chiamalo intuito regale», rispose Oren restando nel vago. Avrei insistito, ma lui mi precedette: «Non mi aspetto che tu ci accolga a braccia aperte. So che Elora ha già avuto modo di farti il lavaggio del cervello, ma vorrei che restassi qualche giorno, per conoscere il nostro regno prima di decidere di governarlo».

«E se decidessi di andarmene?», domandai guardandolo dritto negli occhi.

«Prima esploralo un po'», mi suggerì. Sorrideva ma dalla sua voce si capiva nettamente che era alterato.

«Libera i miei amici», pretesi d'impulso. Era la ragione per cui avevo accettato il colloquio con lui, ma tutte queste chiacchiere sui genitori mi avevano distratta.

«Preferirei di no», rispose con quello strano sorriso stampato in volto.

«Se non li lasci andare, me ne vado», dichiarai il più fermamente possibile.

«Al contrario, se restano qui non te ne andrai». La voce roca aggiungeva gravità alle sue parole. «Sono la mia garanzia, mi assicurano che prenderai *molto* sul serio la mia offerta».

Mi sorrise, credendo forse di attenuare quella velata minaccia, ma il taglio cattivo di quella smorfia non fece che peggiorare le cose. Mi si rizzarono i capelli in testa e l'idea che quell'uomo fosse mio padre mi parve ancor più incredibile.

«Ti prometto che non andrò da nessuna parte», dissi cercando di dominare il tremore della mia voce. «Se li lasci andare rimarrò finché vuoi».

«Quando ne sarò convinto, li libererò», ribatté ragionevolmente. Deglutii a fatica, spremendomi le meningi alla ricerca di un'altra strada per negoziare. «Chi sono queste persone di cui ti preoccupi tanto?».

«Ehm...». Presi in considerazione l'ipotesi di mentire, ma ormai sapeva quanto mi stessero a cuore. «Sono mio fratello, cioè... il mio fratello ospite, o come si dice, e il mio mänsklig. Matt e Rhys».

«Seguono ancora quell'usanza?», domandò Oren con aria di disapprovazione. «Elora aborrisce il cambiamento, si rifiuta di rompere con le tradizioni, quindi la cosa non mi dovrebbe sorprendere. Ma è talmente obsoleta».

«Cosa?», domandai.

«Tutta questa faccenda dei mänsklig. È solo uno spreco di risorse», concluse con un gesto sdegnoso della mano.

«Che vuoi dire?», chiesi. «Voi che fate con i bambini che sostituite con i changeling?». Quando si lascia un bambino, ce n'è un altro da prendere.

«Non prendiamo bambini», rispose. Mi si attorcigliò lo stomaco, perché immaginai che uccidessero i neonati, come a suo tempo avevo pensato facessero anche i Trylle. «Ci limitiamo ad abbandonarli, in un ospedale umano o in un orfanotrofio. Il loro destino non ci riguarda minimamente».

«Perché i Trylle non fanno così?», gli chiesi. In effetti, era un metodo sensato, e non capivo come mai non venisse adottato da tutti. Sarebbe stato più semplice ed economico.

«Inizialmente, usavano i mänsklig come schiavi. Adesso, li prendono solo per rispetto della tradizione». Scrollò il capo, come se la questione non fosse degna d'attenzione.

«In ogni caso, è del tutto irrilevante», aggiunse sbuffando. «Da noi la pratica dei changeling è praticamente scomparsa».

«Sul serio?», domandai. Per la prima volta da quando l'avevo conosciuto, mi trovavo d'accordo con lui.

«Si corre il rischio che si perdano, che abbiano incidenti o, semplicemente, che ci rifiutino», spiegò. «Significa sprecare un bambino e impoverire la nostra stirpe. Siamo molto più potenti degli umani. Se vogliamo qualcosa, ce la prendiamo. Non abbiamo bisogno di mettere i nostri figli nelle mani di quei buoni a nulla».

Non aveva tutti i torti, ma tra lui ed Elora non so chi fosse migliore. Lei era più che altro un'imbrogliona, mentre lui puntava direttamente al furto.

«Si rifiutava di abbandonare i vecchi sistemi». Il suo volto s'incupiva ogni volta che parlava di lei. «Era talmente fissata sulla separazione fra troll e umani che finiva per unire le loro vite inestricabilmente, senza nemmeno rendersi conto di quanto fosse ipocrita. Per lei, era come far crescere i propri figli da una tata».

«Non è affatto così», osservai.

Ripensai alla mia infanzia segnata da una madre ospite che aveva tentato di uccidermi e dal legame con Matt. Nessuna tata avrebbe potuto occuparsi di me come aveva fatto lui.

«Appunto», disse scrollando il capo. «Ed è per questo che il nostro matrimonio è fallito. Io volevo tenerti, e lei ti ha dato via».

Sapevo che era un ragionamento contorto, fondato su una logica fallace che non riuscivo a cogliere fino in fondo. Ma, anche se non gli credevo del tutto, ero commossa. Per la prima volta, uno dei miei genitori (adottivi o biologici) diceva di avermi voluto accanto a sé.

«Ho...», ripresi a parlare per evitare di essere sopraffatta dall'emozione. «Ho fratelli o sorelle?».

Oren e Sara si scambiarono uno sguardo che non riuscii a decifrare e poi Sara abbassò gli occhi sulle mani, che teneva in grembo. Era l'opposto di Elora, in quasi tutti i sensi. Fisicamente la loro somiglianza era impressionante, lunghi capelli neri e magnifici occhi scuri, ma a parte questo non avevano nulla in comune. Sara parlava poco, ma comunicava tenerezza e remissività, caratteristiche inconcepibili per Elora.

«No, non ho altri figli e Sara non ne ha affatto», disse Oren.

A questa affermazione Sara parve ulteriormente rattristata e intuii che per lei non avere figli non era stata una scelta.

«Mi dispiace», dissi.

«È sterile», dichiarò Oren senza malizia e Sara arrossì.

«Ehm… mi dispiace. Sono sicura che non è colpa sua», farfugliai.

«No, infatti», confermò lui con trasporto. «È colpa della maledizione».

«Prego?». Speravo di aver frainteso.

Non ne potevo più di fenomeni soprannaturali. Troll e poteri magici mi bastavano, non c'era bisogno di aggiungere anche le maledizioni.

«La leggenda vuole che una strega ripudiata abbia lanciato una maledizione sui Vittra, che le avevano sottratto il figlio sostituendolo con un changeling». Vederlo scuotere la testa con aria scettica mi rincuorò un po'. «Non do molto credito a questa storia. È solo una conseguenza di ciò che ci rende speciali, di ciò da cui discendiamo».

«In che senso?», chiesi.

«Siamo tutti troll. I Vittra, i Trylle, tu, io, Sara. Tutti troll, nessuno escluso». Fece un ampio gesto con la mano. «Hai visto i troll che ci sono da queste parti, quelli che sembrano hobgoblin?».

«Tipo Ludlow?».

«Esattamente. Sono dei troll, dei Vittra, proprio come te e me», spiegò. «Ma sono un'anomalia che sembra affliggere solo la nostra colonia».

«Non capisco. Da dove vengono?».

«Da noi», affermò come se si trattasse di una risposta sensata. Lo guardai interrogativa. «Tra noi la sterilità è dilagante e i pochissimi nati sono, almeno una volta su due, hobgoblin».

«Vuoi dire che...». Arricciai il naso, vagamente disgustata. «Dei Vittra come te e Sara possono concepire dei troll come Ludlow?».

«Esattamente», confermò Oren.

«È una cosa piuttosto inquietante», dissi, e lui scosse il capo come se non avesse granché da obiettare.

«È una piaga legata alla nostra longevità, non all'incantesimo di una vecchietta vendicativa, ma comunque...», sospirò e sorrise. «Senza dubbio sei molto più graziosa di quanto potessimo sperare».

«Non puoi neanche immaginare quanto siamo contenti di averti qui tra noi», aggiunse Sara.

Finalmente, osservando la sua espressione speranzosa, capii. Ecco come mai i Vittra mi avevano braccata con tanta aggressività e accanimento. Non avevano altra scelta: ero la loro unica speranza.

«Non hai sposato Elora per unire i nostri popoli», dissi a Oren scrutandolo. «L'hai fatto perché non potevi avere figli con una donna della tua tribù. Avevi bisogno di un erede al trono».

«Tu sei mia figlia», esclamò alzando la voce. Non stava proprio urlando, ma le sue parole rimbombarono per l'intera sala. «Elora non ha più diritti di me su di te. E resterai qui, perché sei la principessa ed è tuo dovere».

«Oren. Maestà», lo supplicò Sara. «La ragazza ha passato una giornata terribile. Ha bisogno di riposo, per riprendersi. Non è del tutto guarita, non possiamo pretendere da lei una conversazione ragionevole».

«Per quale motivo non è guarita del tutto?», le chiese Oren fulminandola con uno sguardo glaciale che le fece abbassare gli occhi.

«Ho fatto il possibile», rispose Sara sottovoce. «E di certo non stava male a causa mia».

«Se Loki fosse stato in grado di far rigare dritto quei maledetti cercatori...», ringhiò Oren. La sua furia non mi sorprese. L'avevo già sentita covare sotto la superficie.

«Loki ti ha fatto un favore, Maestà», gli ricordò Sara con garbo. «Un favore che travalica di molto i doveri imposti dal suo titolo. Sono certa che se non fosse stato presente le cose sarebbero andate molto peggio».

«Non ho intenzione di continuare a discutere di quell'idiota», tagliò corto Oren. «Se davvero la principessa ha bisogno di riposare, allora accompagnala in camera sua e lasciami in pace».

«Grazie, sire». Sara si alzò, gli fece una riverenza e si rivolse a me: «Andiamo, ti mostro la tua stanza».

Avrei voluto protestare, ma sapevo che non era il momento adatto. Oren era pronto a sfogarsi su chiunque, tanto nulla glielo avrebbe impedito, e non avevo alcuna intenzione di dargli il pretesto per accanirsi su di me.

Una volta lasciati gli appartamenti del re, quando fu sicura che le porte fossero ben chiuse alle nostre spalle, Sara iniziò a scusarsi al suo posto. Era stata talmente dura per lui. Aveva passato quasi diciotto anni a cercarmi ed Elora aveva fatto di tutto per mettergli i bastoni tra le ruote. E quel giorno era finalmente giunta la resa dei conti.

Sara voleva convincermi che Oren non era sempre così, invece la mia sensazione era che nulla fosse più lontano dalla realtà. Anzi, avevo avuto l'impressione di averlo conosciuto nella sua versione allegra.

Sara mi fece entrare in una stanza vicina alla sua. Era simile a quella, ma più piccola e spoglia, e priva di guardaroba, cosa di cui lei si scusò. Dunque, al contrario della reggia di Förening, la loro dimora non era piena di cose per me. Non m'importava. Alloggio e vestiario non erano prioritari.

«Non crederai davvero che resti qui!», le chiesi. Lei si aggirò per la stanza, accendendo le luci e mostrandomi dove trovare le varie cose. «Non mentre i miei amici sono rinchiusi nelle segrete».

«Penso tu non abbia scelta», rispose cauta. Le sue parole, a differenza di quelle di Oren, non suonavano intimidatorie. Sembrava, piuttosto, che stesse esponendo un dato di fatto.

«Devi aiutarmi». Mi avvicinai, facendo appello al suo evidente istinto materno. «Sono laggiù, senza cibo né acqua. Non posso lasciarli così».

«Ti posso garantire che sono al sicuro e che riceveranno le cure necessarie». Mi guardò negli occhi, e mi convinsi che stava dicendo la verità. «Finché resterai qui, saranno nutriti e ben vestiti».

«Non mi basta», scrollai il capo. «Non hanno un letto, né un bagno». Non le dissi che Rhys non poteva sedersi e che non avevo la minima idea di come rompere l'incantesimo che gli l'avevo involontariamente lanciato.

«Mi spiace». Sara era sincera. «Mi assicurerò di persona che ricevano ciò di cui hanno bisogno, te lo garantisco. Ma più di questo non posso fare».

«Non potresti metterli in un'altra stanza o qualcosa del genere? Chiudeteli in una stanza degli ospiti». L'idea che rimanessero prigionieri non mi piaceva, ma tirarli fuori dalle segrete era già un passo nella giusta direzione.

«Oren non lo permetterebbe mai», rispose scuotendo la testa. «Significherebbe correre un rischio troppo grande». Mi guardò con aria impotente e capii che non avrei ottenuto di più. «Ti porto qualcosa da metterti per dormire».

Caddi a sedere sul letto, sospirando. Appena se ne fu andata, capii che il mio corpo spossato stava perdendo colpi. Quell'altalena di emozioni mi aveva distrutto. Ma, per quanto esausta, sapevo che non sarei riuscita a dormire. Non prima di aver avuto la certezza che Matt e Rhys erano al sicuro.

7. Segrete ed eroi

In realtà non avevo un piano e nemmeno sapevo dove stavo andando. Sara mi aveva portato dei vestiti: dei pantaloni elasticizzati e una canottiera, entrambi neri. Dato che gironzolare furtivamente in abito da sera non mi pareva un'idea brillante, li indossai e sgattaiolai in corridoio.

Cercai di rammentare la strada percorsa con Loki, ma orientarmi in quei luoghi sconosciuti era difficile, anche perché avevano abbassato le luci. Mi sembrava di ricordare che il tragitto fosse abbastanza lineare. Non avrei dovuto avere troppe difficoltà.

La parte più complicata era capire il da farsi una volta raggiunte le segrete. Magari avrei potuto usare la persuasione sul guardiano. O, se si fosse trattato di un hobgoblin, avrei potuto sopraffarlo fisicamente, costringendolo ad aprire la porta.

Trovai la scala a chiocciola. Arrivava solo fino al primo piano, per cui restava da scoprire il resto della strada che portava alla segreta.

Giunta in fondo alle scale, udii delle voci. Rimasi pietrificata, incerta se scappare o nascondermi, finché decisi che la soluzione migliore era appiattirmi nell'ombra. Corsi sotto alla scala e mi acquattai, facendomi più piccola che potevo.

Avvicinandosi, le voci divennero più forti e mi parve che stessero discutendo sul modo migliore per cucinare la zucca. Il cuore batteva all'impazzata e mi convinsi che l'avrebbero sentito, perciò trattenni il respiro. Subito dopo vidi passare davanti i piedi di due hobgoblin.

Uno dei due sembrava femmina, almeno a giudicare dalla lunga treccia di capelli ispidi che le scendeva lungo la schiena. Erano creature veramente poco attraenti, ma dalle loro parole si sarebbero detti innocui. Sembravano persino più umani e normali di alcuni dei Trylle che avevo incontrato a Förening.

Aspettai che i due fossero spariti in fondo al corridoio prima di riprendere a respirare. Ritenevo che avrei potuto metterli al tappeto, ma non avevo voglia di picchiare due sconosciuti a caso. In più, c'era il rischio che si mettessero a urlare allertando l'intero palazzo, incluso Oren.

Sgusciando fuori, finii praticamente addosso a Loki. Con aria indifferente, poggiò il gomito sul corrimano della scala e incrociò le gambe all'altezza delle caviglie. Ci mancò poco che urlassi, ma riuscii a trattenermi, sapendo che attirare ulteriori attenzioni avrebbe soltanto peggiorato le cose.

«Salve, principessa», mi disse con un gran sorriso. «Non riuscivi a prendere sonno?».

Fin dal principio lui e Ludlow mi avevano chiamata "principessa", e avevo pensato che volessero prendersi gioco del mio status presso i Trylle. Ma in quel momento realizzai che ero anche la loro principessa e che Loki, in realtà, mi stava dimostrando una certa deferenza.

Purtroppo, sapevo che il mio titolo non aveva molto ascendente su di lui. In quel momento, ero prima di tutto una prigioniera.

«Sì, volevo solo… mangiare un boccone», farfugliai.

«Ah, una scusa plausibile», commentò assumendo un'espressione diffidente. «Se solo potessi crederti».

«Non ho mangiato niente per tutto il giorno». In effetti era vero, ma la tensione mi aveva completamente chiuso lo stomaco e il pensiero non mi era neanche passato per la testa.

«Quale sarebbe il tuo piano?», mi chiese Loki ignorando la mia debole scusa. «Anche se riuscissi a trovare le segrete, come faresti a tirarli fuori?».

«Ormai sarebbe impossibile. Andrai di corsa a fare la spia, no?!». Studiai il suo sguardo, cercando di capire cosa avesse in mente, ma mi sembrò soltanto divertito, tanto per cambiare.

«Può darsi», rispose facendo spallucce, come se non avesse ancora deciso. «Dimmi qual è il tuo piano. Probabilmente non vale neanche la pena di disturbare gli altri».

«Come fai a dirlo?», domandai.

«Mi sembra che tendi all'auto-sabotaggio», rispose. Aprii la bocca per protestare e lui si mise a ridere della mia evidente indignazione. «Non prenderla sul personale, principessa. Capita anche ai migliori».

«Farò di tutto per liberare i miei amici».

«Ecco, su questo ti credo». Si chinò verso di me. «La franchezza semplifica tutto».

«Come se fossi l'unica bugiarda», brontolai.

«Non ti ho mai mentito, finora», disse con tono stranamente serio.

«D'accordo allora», esclamai, «come faccio a liberarli?».

«Il semplice fatto che non ti dico bugie non significa che ti risponderò», chiarì Loki con un sorriso.

«Bene. Vorrà dire che me ne occuperò da sola».

Ero certa che non mi avrebbe fermato, anche se non ne capivo la ragione. Se Oren scopriva che aveva chiuso un occhio sui miei progetti di fuga, le cose si sarebbero messe molto male per lui.

Gli passai accanto, riprendendo il cammino lungo il corridoio, verso il punto in cui credevo si trovasse l'atrio, e lui mi seguì. Cercai di allungare il passo, ma mi tenne dietro senza difficoltà.

«Credi che sia questa la direzione giusta, eh?», mi chiese con un tono vagamente provocatorio.

«Non cercare di confondermi. So orientarmi, non mi perdo mai», mentii. Mi ero persa un sacco di volte. «Non è una dote naturale dei Trylle?».

«Non lo so. Non sono un Trylle», ribatté. «E neppure tu».

«Lo sono per metà», replicai sulla difensiva.

Perché reagivo così? Me ne infischiavo di essere Trylle, Vittra o altro. Gli umani puri e semplici mi erano sempre andati benissimo. Invece adesso, immersa in questo pantano etnico, mi scoprivo stranamente protettiva nei confronti dei Trylle e di Förening. A quanto pareva ci tenevo più di quanto pensassi.

«Per essere una principessa, sei piuttosto aggressiva», osservò Loki, guardandomi avanzare decisa lungo il corridoio.

«Quante principesse hai conosciuto?», gli chiesi.

«Nessuna», rispose inclinando la testa pensieroso. «Forse mi aspettavo che fossi più simile a Sara. Lei è così mite».

«Sara non è mia madre», specificai.

Quando arrivammo nell'atrio, avrei voluto mettermi a saltellare, ma mi sembrava fuori luogo. Tra l'altro, avevo solamente trovato l'ingresso delle segrete, il salvataggio vero e proprio doveva ancora cominciare.

«E ora?», mi chiese Loki, fermandosi al centro della sala.

«Vado giù e li prendo», risposi indicando la grande porta che conduceva ai sotterranei.

«No, non mi sembra una buona idea», disse scrollando il capo.

«Certo che no. Non vuoi che li liberi», replicai. Il cuore batteva forte e mi domandai fino a che punto avrebbe lasciato che mi spingessi.

«Non è per questo. Il fatto è che non mi sembra entusiasmante». Si tirò su le maniche del maglione, scoprendo le braccia abbronzate. «Anzi, mi pare tutto piuttosto noioso. Perché non facciamo qualcos'altro?».

«No, quello che devo fare è liberarli», ribadii. «Non ti permetterò di tenerci prigionieri».

Scoppiò in una risata cupa e scosse la testa.

«Cosa c'è di divertente?», chiesi incrociando le braccia.

«Lo dici come se fossi *io* a tenervi prigionieri». Distolse lo sguardo per un attimo e quando tornò su di me notai che aveva gli occhi tristi e un sorriso amaro. «Questa è Ondarike. Qui siamo tutti prigionieri».

«Dovrei credere che ti tengono qui contro la tua volontà?», gli chiesi rivolgendogli un'occhiata scettica. «Hai l'aria di chi gironzola liberamente per il castello».

«Come te». Detto questo, mi voltò le spalle. «Non tutte le prigioni hanno le sbarre. Dovresti saperlo meglio di chiunque altro, principessa».

«Mi stai dicendo che non sei lo sgherro del re?», gli chiesi.

«Non ho detto questo». Fece spallucce, come se fosse stufo di quella conversazione. «Sto dicendo che siccome non posso aiutarti a liberare i tuoi amici, tanto vale trovare qualcos'altro da fare».

«Non farò altro finché non li avrò liberati», insistei.

«Ma se neanche sai che alternativa voglio proporti!». Da tetra, la sua espressione si fece giocosa e qualcosa nel suo sguardo mi fece sentire strana.

Non in senso negativo né come quando mi aveva fatto perdere i sensi. Non si trattava di un sortilegio Vittra o cose simili. È solo che il suo sguardo mi faceva sentire un po'… emozionata.

Prima che potessi analizzare quella sensazione e che Loki potesse dirmi cos'aveva in mente, fummo interrotti da alcuni violenti colpi al portone. Nell'atrio in cui ci trovavamo c'erano due porte: quella che conduceva ai sotterranei e quella d'ingresso, enorme. In confronto, le porte delle stanze regali apparivano minuscole.

I colpi si ripeterono, facendomi sobbalzare, e Loki mi fece schermo col suo corpo. Mi stava proteggendo? O nascondendo?

Il portone si spalancò e venni travolta da un'ondata di gioia.

Tove aveva spalancato la porta usando i suoi poteri e se ne stava fermo sulla soglia, con un'incredibile aria da duro. Dei Trylle conosciuti a Förening, era uno dei più affascinanti e potenti. Mi era subito piaciuto per la sua personalità eccentrica e asociale, ma era anche l'ultima persona che mi sarei aspettata di vedere qui. Però aveva il potere di muovere gli oggetti con la forza del pensiero, cosa che lo rendeva un validissimo alleato.

Poi mi accorsi che non era solo. Duncan e Finn si erano posizionati dietro di lui, in attesa che spalancasse la porta per poi precipitarsi all'interno. Nel vedere Finn il mio cuore fu sul punto di scoppiare.

Avevo temuto che fosse rimasto ferito, che forse non ci saremmo visti mai più, e invece eccolo lì.

«Finn! Stai bene!», oltrepassai Loki e gli corsi incontro.

Gli gettai le braccia al collo e lui mi strinse a sé, ma solo per un attimo. L'energia di quell'abbraccio mi fece capire quanto fosse stato in pena per me. Ma ebbi appena il tempo di assaporare quella sensazione prima che mi lasciasse andare, spingendomi da parte.

«Wendy, dobbiamo andarcene di qui», mi disse, come se avessi suggerito di restarci in villeggiatura.

«Ci sono anche Matt e Rhys. Prima dobbiamo andarli a prendere».

Mi voltai per indicargli le segrete e vidi che Tove stava tenendo Loki immobilizzato a una parete, in alto vicino al soffitto. Tove era a diversi metri di distanza e gli puntava contro il palmo della mano, mentre Loki era a mezz'aria col volto contorto in una smorfia di dolore.

«No, Tove! Non fargli del male!», gridai.

Tove mi lanciò un'occhiata ma esaudì la mia richiesta senza discutere. Lo fece scendere fino al pavimento e poi lo liberò. Col respiro strozzato, Loki si mise un mano sul fianco, piegandosi in due.

Tove non aveva un'indole violenta ma evidentemente, dopo il tremendo scontro contro i Vittra di qualche settimana prima, aveva deciso di usare un po' di aggressività preventiva. Certo, non lo potevo biasimare.

«Via di qui», esclamò Duncan afferrandomi un braccio con l'aria di volermi trascinare fuori. Lo fulminai con lo sguardo e lui lasciò immediatamente la presa. «Desolato, principessa, ma dobbiamo sbrigarci».

«Non me ne vado senza Matt e Rhys», ribadii, quindi mi rivolsi a Loki: «Mi aiuti a liberarli?».

Quando i nostri sguardi s'incontrarono, notai che il suo atteggiamento arrogante era sparito. Appariva combattuto, sofferente, e sapevo che non era solo per l'aggressione di Tove. Prima mi era parso che, pur comprendendo le mie ragioni, fosse convinto di non potermi aiutare. Adesso aveva una scusa, un'opportunità, e mi auguravo che la cogliesse.

«Possiamo tornare a prenderli in un secondo momento», consigliò Finn.

Tutto quel trambusto non aveva ancora attirato nessuno, ma era solo una questione di tempo: presto sarebbero arrivati. E sapevo che uno scontro con Oren non era nel nostro interesse.

«No. Non possiamo andarcene, altrimenti li ucciderà». Continuai a fissare Loki, implorandolo. «Loki, ti prego».

«Principessa…». Le parole gli morirono sulle labbra.

«Di' al re che ti abbiamo sopraffatto. Da' tutta la colpa a noi», dissi. «Non saprà mai che ci hai aiutato».

Per Finn l'istante di esitazione di Loki fu un'attesa eccessiva. Si allontanò da me e lo raggiunse, strattonandogli il braccio brutalmente.

«Dove si trovano?», chiese, ma l'altro non rispose.

Dovevamo sbrigarci, quindi corsi verso le segrete e con foga esclamai: «Da questa parte!».

Nella fretta scivolai sulle scale, ma Finn mi afferrò per un braccio evitando che cadessi. Duncan invece ruzzolò inciampando sui suoi lacci e, alzando gli occhi al cielo, mi fermai ad aspettarlo.

«Che cavolo è quello?», chiese Duncan vedendo l'hobgoblin a guardia della cella di Matt e Rhys. Non era Ludlow, ma gli somigliava molto.

Quell'apparizione paralizzò tutti. Lo shock di Duncan, Finn e Tove mi rallegrò. Evidentemente, non ero l'unica a ignorare quella particolare specie di Vittra. Non so chi, tra Oren ed Elora, fosse più bravo a mantenere i segreti, ma a occhio e croce li avrei giudicati a pari merito.

«Non vi preoccupate». Mi avvicinai alla porta e senza difficoltà tolsi di mezzo l'hobgoblin, che praticamente non oppose resistenza. Vedendoci in quattro, con Loki in ostaggio, aveva capito di non avere speranze. Tentò la fuga, ma Tove lo bloccò a un muro, impedendogli di lanciare l'allarme.

«La sorveglianza lascia parecchio a desiderare», commentò Duncan osservando l'hobgoblin che si contorceva sul muro. Mi precipitai ad aprire la porta.

«Non ci aspettavamo un'irruzione», disse Loki. Aveva scandito le parole più del dovuto, come se fosse in preda al dolore o si stesse rivolgendo a un bambino. In ogni caso, non fece alcun tentativo di liberarsi dalla stretta di Finn.

«Be', siete degli idioti», rise Duncan. «È la principessa. Non ci voleva un genio per capire che saremmo venuti a cercarla».

«Forse no», ammise Loki seccamente.

«Non ci capisco niente!», dissi dopo aver armeggiato inutilmente coi lucchetti. Era sicuramente il sistema di serrature più complicato che avessi mai visto. Mi rivolsi a Loki: «Tu lo sai fare?».

Sospirò e Finn gli strattonò il braccio. Sia Loki che io gli lanciammo un'occhiataccia, ma Finn parve curarsi solo della mia.

«Aiutala», gli ordinò Finn lasciandolo andare con riluttanza.

Senza protestare, Loki raggiunse la porta e iniziò ad aprire le serrature. Pur osservandolo attentamente, non riuscii a capire come funzionava il meccanismo. I catenacci scattarono rumorosamente e, dall'interno della cella, udii Rhys che urlava qualche cosa. Finn non staccava gli occhi da Loki, pronto a cogliere il minimo passo falso, mentre Duncan si guardava attorno, commentando la tetraggine del luogo.

Appena il battente si aprì, Matt e Rhys schizzarono fuori, travolgendo Loki che per poco non cadde. Rhys mi abbracciò, preso dall'entusiasmo. Quel gesto doveva senza dubbio suscitare uno sguardo di disapprovazione da parte di Finn, che però era fuori dalla mia vista, mentre colsi appieno l'occhiataccia di Matt nei confronti di Finn.

Quella situazione minacciava di trasformarsi in un gran casino, ma non c'era tempo per quel genere di cose.

«Non poteva non esserci il tuo zampino in questa faccenda», disse Matt a Finn senza staccargli gli occhi di dosso.

«Matt, piantala», intervenni liberandomi dall'abbraccio di Rhys. «È qui per aiutarci e dobbiamo filarcela il prima possibile. Perciò zitti e in marcia».

«Starà per arrivare qualcuno, no?», fece notare Duncan, che non riusciva a capacitarsi della totale assenza di una controffensiva.

«Intanto pensiamo ad andarcene», replicò Matt, che aveva colto l'antifona.

Tove lasciò andare l'hobgoblin e i ragazzi si misero a correre, aprendo il corteo di fuggitivi.

Io rimasi indietro, a guardare Loki. Stava in piedi davanti alla porta della cella, con aria stranamente sconsolata: la sua spacconeria era del tutto scomparsa. I suoi occhi color miele si posarono su di me.

«Aspetta qualche minuto prima di avvertire Oren che siamo scappati, OK?», lo pregai.

«Come vuoi», si limitò a dire. Qualcosa nel modo in cui mi guardava risvegliò quella sensazione di turbamento che avevo provato poco prima.

«Grazie per averci lasciato andare», dissi, ma lui non replicò. Considerando quello che ci eravamo detti, stavo valutando l'ipotesi di invitarlo a venire con noi. Anzi, ero sul punto di farlo quando Finn mi distolse dall'idea.

«Wendy!», gridò.

Lo raggiunsi di corsa e lui afferrò la mia mano. Quel piccolo contatto mi trasmise un senso di forza e di sicurezza, e mi riempì di brividi. Mentre salivamo di corsa le scale tenendoci per mano, finii quasi per dimenticare che mi aveva fatto soffrire e che stavamo fuggendo dalle prigioni di un nemico.

Appena fuori, la gelida aria notturna mi sferzò il viso. Duncan faceva strada procedendo a tentoni nel buio, con Rhys alle calcagna. Sia Tove che Matt si fermavano in continuazione per assicurarsi che Finn e io li stessimo seguendo; Matt, in particolare, continuava a lanciarci occhiate circospette.

Il terreno era ghiacciato e rami e pietre si conficcavano di continuo nelle piante dei miei piedi scalzi. Ogni volta che rallentavo, Finn mi stringeva forte la mano per spronarmi ad andare avanti. L'aria odorava d'inverno, un aroma di ghiaccio e pini, e da lontano giunse lo stridere di un gufo.

Mi voltai indietro solo una volta e, dato che il palazzo

non aveva finestre che potessero illuminarlo, riuscii a malapena a distinguere la sua sagoma scura che incombeva alle nostre spalle.

La Cadillac argentata di Finn era parcheggiata ai margini del bosco. La luce lunare che filtrava attraverso i rami scintillò sulla vettura e affrettai il passo. Avevo temuto che dovessimo correre fino a Förening e sentivo che le mie forze non me lo avrebbero consentito.

Quando raggiungemmo la macchina, Duncan si era già sistemato sul sedile posteriore, mentre Matt si era fermato accanto allo sportello aperto. Vicino a lui, Rhys spostava di continuo il peso da una gamba all'altra, con aria molto più tesa.

«Salite in macchina! Forza!», ordinò Finn guardandoli come se fossero degli idioti. Tove fu l'unico a obbedire, prendendo posto davanti, dal lato passeggero.

«Wendy», confessò Rhys. «Non posso sedermi».

«Cosa?!», esplose Finn irritato, guardando interrogativo me e Rhys.

«Ho usato la persuasione su di lui e l'ho bloccato...», cercai goffamente di spiegare, ma Finn m'interruppe: «Fallo salire in macchina, maledizione!». Poiché non capivo cosa volesse, si spiegò più chiaramente: «Usa la persuasione. Fallo sedere in macchina. Sistemeremo la faccenda una volta arrivati a casa».

Guardai Rhys. Nella luce lunare distinguevo a malapena i suoi occhi, ma d'altronde non sapevo se guardarlo fosse davvero necessario. Concentrandomi il più possibile, gli ordinai di salire in macchina. Pochi secondi dopo eseguì, con un gran sospiro di sollievo.

«Sedersi è meraviglioso!», disse ridestando i miei sensi di colpa.

Matt salì dopo di lui ma non chiuse la portiera. Stava aspettando che prendessi posto accanto a lui, sul sedile posteriore, ma Finn mi teneva ancora per mano. Aggirò l'auto, trascinandomi affinché salissi dal lato del conducente. Mi strinsi per fargli posto, finendo sul bracciolo tra i due sedili anteriori.

Matt cominciò a protestare, ma Finn mise in moto. Imprecando, Matt chiuse di corsa la portiera mentre la macchina sfrecciava lungo la strada. Su noialtri calò un silenzio carico di tensione. Ci saremo aspettati tutti una resistenza maggiore da parte dei Vittra, soprattutto in considerazione dell'accanimento con cui mi avevano dato la caccia. Avevamo la sensazione che le cose fossero andate... troppo lisce.

«È strano», disse Duncan. «Non hanno reagito. Non hanno neppure cercato di fermarci».

«Di recente abbiamo inferto pesanti danni al loro esercito», ricordò Tove, azzardando una spiegazione. «Senza dubbio, molti di loro sono ancora in convalescenza, o addirittura...». S'interruppe, perché non voleva dover dire che i Trylle erano stati costretti a uccidere dei Vittra, durante l'attacco.

Duncan fece qualche altro commento sulla stranezza degli eventi e su quanto Ondarike fosse diversa da come se l'era immaginata. Nessuno gli rispose, e alla fine tacque.

Mi sistemai comoda, per quanto possibile su quel bracciolo. Appena mi sentii al sicuro, la stanchezza prese il sopravvento, rendendo irrilevante dove fossi seduta.

Posai la testa sulla spalla di Finn, assaporando la piccola, intima soddisfazione di stargli vicino. Nel dormiveglia, il suono del suo respiro mi aiutò a rilassarmi del tutto.

8. Profezie

Era stato bello addormentarsi accanto a Finn, ma il risveglio fu tutt'altro che piacevole. Ero ancora indolenzita per i colpi di Kyra e adesso avevo anche crampi e doloretti causati dalla posizione scomoda in cui ero piombata nel sonno.

Quando Finn accostò davanti casa mi stiracchiai e il mio collo gridò vendetta. Scesi dalla macchina ruotando le spalle e vidi che Matt stava fissando il palazzo con espressione attonita.

Sontuoso e magnifico, era una vera reggia. Sorgeva su un promontorio a picco sul fiume Mississippi e le sue candide mura erano adorne di lunghi rampicanti. La parte che dava sul fiume sporgeva oltre l'orlo del precipizio, sostenuta da esili pilastri, ed era interamente a vetrate. Ricordavo bene quanto fossi rimasta colpita dallo splendore del palazzo quando l'avevo visto per la prima volta, ma adesso ero talmente furibonda che non volevo neppure rivolgergli uno sguardo.

Avrei voluto prendere Matt e raccontargli tutto, ma prima dovevo parlare con Elora. Mi aveva mentito, ancora una volta. Se avessi saputo che il re dei Vittra era mio padre, non avrei mai portato Rhys da Matt. Non li avrei mai esposti a una simile pericolo.

Una volta entrati, lasciai a Rhys il compito di mostrare la casa a Matt. Ancora non avevo capito come rimetterlo in sesto, perciò mi ero rassegnata a farlo alzare con la persuasione, affidandolo a Tove e Finn, che lo avrebbero aiutato a trovare una soluzione.

Finn mi consigliò di calmarmi prima di andare da Elora, ma non gli diedi retta e m'incamminai furiosa lungo il corridoio. Non la temevo più, neanche un po'. Oren sarebbe stato capace di farmi del male, mentre lei tutt'al più mi avrebbe umiliata.

La reggia era divisa in due gigantesche ali, separate da una rotonda che fungeva da atrio. Tutte le faccende ufficiali si svolgevano nell'ala sud, che comprendeva diverse sale riunioni, la sala da ballo, un'enorme stanza da pranzo, degli uffici, la sala del trono, gli alloggi della servitù e la camera da letto della regina.

L'ala nord ospitava gli ambienti più informali, come la mia camera, le stanze degli ospiti e la cucina. Lo studio di Elora si trovava nella parte più estrema dell'ala nord. Era una stanza d'angolo, con ben due pareti a vetrata, e lei vi trascorreva la maggior parte del suo tempo libero, immersa nella lettura, nella pittura e in non so quali altre attività di svago.

«Quando pensavi di dirmi che Oren è mio padre?», le chiesi spalancando la porta.

Elora era stesa sulla sua chaise-longue e la sua gonna scura l'avvolgeva come una nuvola. Persino in quella posizione di riposo conservava la sua innata eleganza. All'inizio, avevo invidiato la sua bellezza e il portamento, ma adesso non mi sembravano altro che una fragile facciata. Faceva tutto per le apparenze, oltre le quali sospettavo non ci fosse nulla.

Stavo ferma sulla soglia del suo studio, a braccia conserte. Lei teneva un braccio a coprirle gli occhi, come se la luce le fosse insopportabile. Soffriva di frequenti emicranie, e forse in quel momento era in preda a un attacco. O forse no, perché altrimenti avrebbe tirato le tende per impedire alla luce del mattino di inondare la stanza attraverso le vetrate.

«Sono felice di vedere che stai bene», disse, ma in realtà non poteva vedermi, non avendo spostato il braccio.

«È evidente». Avanzai, fermandomi di fronte a lei. «Elora, devi dire la verità. Non puoi continuare a tenermi nascoste le cose, soprattutto se vuoi che un giorno salga alla guida del regno. Se rimanessi all'oscuro di tutto, sarei una pessima regina».

Decisi di recitare la parte della persona ragionevole, anziché urlarle in faccia tutto quello che avrei voluto.

«E adesso conosci la verità». La conversazione era appena cominciata e lei sembrava già esserne stufa. Finalmente abbassò il braccio e i suoi occhi scuri incontrarono stancamente i miei, infuriati. «Perché mi guardi così?».

«Non hai altro da dirmi?», insistei.

«Cos'altro vuoi che ti dica?», mi chiese sollevandosi con movimento fluido e aggraziato. Dato che non cedevo si alzò in piedi, probabilmente perché non le piaceva essere guardata dall'alto in basso.

«Sono stata appena rapita dai Vittra, il cui re è mio padre, e tu non hai *nulla* da dirmi?». Di fronte alla mia espressione incredula, mi volse le spalle, avvicinandosi a una vetrata.

«Proverei più partecipazione per la tua vicenda se non fossi scappata». Incrociò le braccia sul petto, fin quasi ad abbracciarsi, continuando a osservare il fiume che scorreva in fondo alla gola. «Ti avevo espressamente proibito di lasciare la cittadella e, oltre me, tutti ti avevano fatto presente che era per il tuo bene. Durante l'attacco hai sperimentato di persona quali rischi avresti corso allontanandoti, eppure sei scappata. Non è certo colpa mia se ti sei cacciata in questa situazione».

«Proprio perché ho assistito all'attacco, pensavo che i Vittra fossero troppo provati e spaventati per riprovarci!», gridai. «Credevo che non avessero motivo di tornare a cercarmi, ma non lo avrei pensato se avessi saputo di mio padre».

«Andandotene ti sei assunta la responsabilità della tua vita e l'hai fatto consapevolmente», si limitò a dire.

«Maledizione, Elora!», urlai. «Non si tratta di attribuire colpe, OK? Voglio sapere perché mi hai mentito. Mi hai detto che mio padre era morto».

«La verità era molto più complicata e scomoda». Lo disse come se tanto bastasse a giustificarla. Mentirmi era più semplice, quindi pace fatta. Mica volevo complicarle la vita, figuriamoci.

«Qual è la verità?», le chiesi andando al sodo.

«Ho sposato tuo padre perché era la cosa giusta da fare». Detto questo, tacque. Talmente a lungo che pensai non volesse aggiungere altro. «I Vittra e i Trylle sono in guerra da secoli, forse da sempre».

«Perché?», le chiesi facendo un passo nella sua direzione, ma lei non mi degnò di uno sguardo.

«Ci sono diverse ragioni», rispose con una lieve alzata di spalle. «I Vittra sono sempre stati più aggressivi, ma noi siamo più potenti. Ciò ha generato uno strano equilibrio di potere e i Vittra hanno sempre brigato per ottenerne di più, per avere più terra e una popolazione più numerosa».

«Quindi pensavi che il matrimonio con Oren avrebbe messo fine a secoli di conflitto?».

«Erano i miei genitori a pensarlo. Avevano organizzato tutto prima ancora che arrivassi a Förening». Come me, anche Elora era stata una changeling, ma ne parlava di rado. «Naturalmente avrei potuto oppormi, come hai fatto tu rifiutandoti di cambiar nome».

Pronunciò quest'ultima frase con tono vagamente amareggiato. Il rientro nella comunità Trylle comprendeva una cerimonia di battesimo durante la quale avrei dovuto assumere un nome più consono. Ero stata assolutamente contraria e l'avevo scampata solo grazie all'irruzione dei Vittra, che aveva interrotto la cerimonia. In seguito, Elora aveva ceduto, concedendomi di tenere il mio nome, evento unico nella storia delle principesse Trylle.

«E invece non ti sei opposta?», le chiesi ignorando la sua frecciatina.

«No. Era mio dovere subordinare i miei desideri al bene comune del popolo. Dovrai imparare a farlo anche tu». La luce rifletteva sui suoi capelli creando una sorta di aureola. Tornò a voltarsi verso la finestra e l'effetto svanì.

«Se con un matrimonio si poneva fine alle atrocità, allora dovevo acconsentire», proseguì. «Dovevo pensare alle vite e ai tanti inutili sforzi sia dei Trylle che dei Vittra».

«Quindi l'hai sposato», conclusi al suo posto. «Poi cos'è successo?».

«Non molto. È durato poco». Si sfregò il braccio come a proteggersi da un freddo che avvertiva solo lei. «Nei pochi incontri prima del matrimonio si era comportato in maniera impeccabile. Non ne ero innamorata, però...».

Non concluse la frase, ma il modo in cui la lasciò sospesa mi fece capire che gli aveva voluto bene.

Mi riusciva impossibile immaginarla affezionata a qualcuno. Flirtava con Garrett Strom, ma avevo l'impressione che fosse un teatrino. Non so se avessero una relazione vera e propria, lui però sembrava davvero invaghito e andava spesso a trovarla. Inoltre era un Markis, dunque Elora avrebbe potuto sposarlo, se avesse voluto.

Sia Finn che Rhys mi avevano parlato di una lunga relazione clandestina che c'era stata tra Elora e il padre di Finn dopo la scomparsa di mio padre. Lui era un cercatore ed era sposato con la madre di Finn, perciò non avrebbero mai potuto stare insieme alla luce del sole, ma Rhys sosteneva che lei lo aveva amato veramente.

«Cos'è successo dopo che vi siete sposati?», le domandai.

Elora si era persa per un momento nei pensieri e quando la riportai alla realtà scosse la testa.

«Non è andata bene», disse semplicemente. «Non dimostrò di essere crudele fino in fondo e questo rese tutto più difficile. Non potevo lasciarlo. Non senza giusta causa, non con tutto quello che c'era in ballo».

«Alla fine, però, l'hai lasciato?».

«Sì, dopo il tuo concepimento, divenne...». S'interruppe, in cerca della parola giusta. «Divenne impossibile sopportarlo. Lo lasciai poco prima del parto e ti nascosi. Ho cercato una famiglia potente, per proteggerti e tenerti al riparo da lui, nell'eventualità che ti venisse a cercare».

«Per questo Finn si è messo sulle mie tracce così presto?», le chiesi.

Di solito, prima di andarli a recuperare, i cercatori aspettavano che i changeling avessero compiuto almeno diciotto anni, che fossero cioè maggiorenni e quindi in grado di accedere ai propri fondi fiduciari. Finn invece aveva iniziato a pedinarmi dall'inizio dell'ultimo anno di liceo, rendendomi così una delle changeling più giovani a essere mai ritornate.

Mi aveva detto che era perché temevano di perdermi, visti i miei continui trasferimenti, ma adesso cominciavo a sospettare che avevano temuto che i Vittra mi trovassero per primi.

«Sì», confermò Elora. «Per fortuna, quando ci siamo separati non ero ancora diventata regina, quindi Oren non poteva avanzare alcuna pretesa sul regno. Altrimenti, le cose sarebbero andate molto diversamente».

«Quando sei diventata regina?», le chiesi distraendomi per un attimo dall'interrogatorio su Oren.

Non riuscivo a immaginarla principessa. Sapevo che un tempo anche lei era stata giovane e inesperta, ma dalla sua maestosità si sarebbe detto che fosse regina da sempre.

«Poco dopo la tua nascita». Si voltò verso di me. «In ogni caso, sono contenta che tu sia qui».

«Ho rischiato di non farcela», dissi nel tentativo di suscitare in lei un po' di apprensione. Mi guardò perplessa ma non replicò. «La loro cercatrice, Kyra, mi ha picchiato a sangue. Sarei morta se Oren non fosse sposato con una guaritrice».

«Non saresti morta», minimizzò, come tutti quelli a cui avevo raccontato dell'attacco di Kyra.

«Sputavo sangue! Credo che mi abbia rotto una costola perforandomi un polmone, o qualcosa del genere». Le costole mi facevano ancora male e nella segreta ero convinta che sarei morta.

«Oren non ti avrebbe mai lasciato morire», liquidò la questione Elora. Si allontanò dalla vetrata, tornando a sedersi sulla chaise-longue, mentre io restai in piedi.

«Può darsi», ammisi. «Ma avrebbe potuto uccidere Matt e Rhys».

«Matt?», domandò, assumendo per un attimo un'espressione disorientata che non conoscevo.

«Mio fratello. Cioè... il mio fratello ospite, o come si dice». Mi ero stancata di cercare definizioni alternative e decisi che da quel momento in poi avrei ricominciato a chiamarlo "mio fratello". Anche perché continuavo a considerarlo tale.

«Si trovano qui adesso?». Dalla confusione era passata all'irritazione.

«Sì, non mi sembrava il caso di abbandonarli lì. Oren li avrebbe uccisi per farmi uno sfregio». Non ne ero sicura, ma mi suonava verosimile.

«Quindi vi siete salvati tutti?». Per un istante, parve che le importasse davvero. Non c'era paragone con l'apprensione di Matt, ma almeno era emerso un lato che aveva qualcosa di umano e affettuoso.

«Sì, ce l'abbiamo fatta. Finn e Tove ci hanno tirato fuori di lì senza problemi». Aggrottai la fronte, ripensando a quanto era stato facile scappare.

«È successo qualcosa?», chiese percependo la mia inquietudine.

«No», risposi scrollando il capo. «Ed è proprio questo il punto. Non è successo *niente*. Praticamente è stata una passeggiata».

«Be', tipico di Oren», esclamò alzando gli occhi al cielo. «È troppo arrogante, e questa è sempre stata la sua rovina».

«Che vuoi dire?».

«È potente, *molto* potente». Usava un tono reverenziale che non le avevo mai sentito. «Ma ha sempre pensato di poter ottenere tutto quello che voleva e che nessuno glielo avrebbe impedito. È vero che la maggior parte dei troll è troppo intimorita per contraddirlo. E lui ha erroneamente supposto che anch'io sarei entrata a far parte di quella schiera».

«Ma sono tua figlia. Come poteva pensare che non avresti tentato di riprendermi?», le chiesi perplessa.

«Come ho detto, è troppo arrogante». Si massaggiò una tempia stendendosi nuovamente sulla chaise-longue.

Elora aveva il dono della chiaroveggenza e altri poteri di telecinesi. Non conoscevo la portata di tutte le sue facoltà, ma speravo di venirne a sapere di più quanto prima.

Mi girai per osservare i dipinti attraverso i quali prediceva il futuro. Nello studio ce n'erano solamente due finiti e uno appena cominciato. Quest'ultimo non aveva altro che un campione di blu dipinto in un angolo, quindi non se ne cavava niente.

Il primo degli altri due raffigurava il giardino sul retro della casa, che iniziava sotto la balconata e arrivava all'orlo del precipizio, difeso da un muro di mattoni. C'ero stata solo una volta e si era rivelata un'esperienza idilliaca. Grazie alla magia Trylle, infatti, il giardino era perennemente in fiore.

Nel dipinto, era coperto da un velo di neve, scintillante e luminoso come se fosse tempestato di diamanti. Ma il ruscello che si gettava a cascata nella fontana centrale non era ghiacciato. Nonostante l'atmosfera invernale, il giardino continuava a essere in piena fioritura. Un leggero strato di brina faceva risplendere i petali rosa, blu e violetti, trasformando il giardino in un misterioso mondo incantato.

Elora era una pittrice straordinaria, e glielo avrei detto se avessi pensato che le importasse qualcosa della mia opinione. Ero talmente stregata dalla bellezza di quel quadro che sulle prime non mi accorsi dell'inquietante particolare che vi si nascondeva.

Accanto alla siepe c'era qualcuno. Sembrava un uomo, coi capelli appena più chiari dei miei, anche se non potevo esserne certa, perché era in ombra. Si trovava sullo sfondo e i suoi lineamenti erano troppo sfocati per essere riconoscibili.

Pur essendo indistinta, quella figura aveva qualcosa di minaccioso. O almeno, così aveva pensato Elora dipingendola. Lo percepivo distintamente osservando la tela.

«Quando hai saputo che i Vittra mi avevano catturata?», le chiesi, rendendomi conto che forse ne era stata a conoscenza ancor prima che accadesse.

«Quando me lo ha detto Finn», rispose distrattamente. «È venuto a prendere Tove ed è ripartito per venirti a salvare».

«E tu li hai...», stavo per chiederle se li avesse lasciati partire senza rinforzi, visto che al posto suo avrei mandato un esercito, ma il mio sguardo si posò sul secondo dipinto, e rimasi senza parole.

Era un mio ritratto, un primo piano dalla vita in su. Lo sfondo era un miscuglio di grigi e neri, da cui era impossibile capire dove mi trovassi. Sarebbe stato come guardarsi allo specchio, se non fosse che nel dipinto ero vestita molto meglio. Avevo i capelli sciolti, coi boccoli magnificamente sistemati, e indossavo uno splendido abito bianco, decorato con diamanti, in pendant con la collana e gli orecchini.

Ma la cosa più sorprendente era che indossavo una corona: elaborati torciglioni d'argento tempestati di diamanti. Era il mio ritratto in veste di regina.

«Quando l'hai dipinto?», le chiesi, indicandolo e girandomi a guardarla. Si era di nuovo coperta gli occhi col braccio, ma lo sollevò per vedere di che quadro stessi parlando.

«Ah, sì», disse abbassando il braccio. «Non te ne curare. Si diventa pazzi a cercare di comprendere e prevenire il futuro. È molto meglio lasciarlo celato».

«È per questo che non sembravi mai preoccupata dalla possibilità che morissi?», le chiesi, sorpresa della mia stessa rabbia.

Sapeva che non sarei morta. Aveva le prove che un giorno sarei diventata regina, eppure non si era preoccupata di farmelo sapere.

«Fra le altre cose», sospirò Elora.

«Che vuol dire?», sbottai. «Perché diavolo devi essere sempre così criptica?».

«Non vuol dire niente!», esclamò con tono esasperato. «Per quanto ne so, quel dipinto significa che diventerai regina dei Vittra. Il futuro è troppo mutevole per sperare di comprenderlo o modificarlo. E il fatto che io abbia dipinto qualcosa non vuol dire che quel qualcosa accadrà».

«Ma avevi previsto l'attacco durante la mia cerimonia di battesimo», ribattei. «Ho visto il quadro. Avevi dipinto la sala da ballo in fiamme».

«Sì, e non ho potuto evitarlo», disse con tono glaciale.

«Non ci hai nemmeno provato! Non mi hai messo in guardia, né hai annullato la cerimonia!».

«Sì che ci ho provato!». Mi lanciò uno sguardo furioso

che in passato mi avrebbe intimidito, ma ormai non più. «Ci sono state diverse riunioni. Ne ho discusso con tutti. L'ho detto a Finn e a tutti i cercatori. Ma non avevo indizi. Avevo visto solo un incendio, i lampadari e del fumo. Non sapevo se c'era gente. Né quale fosse la stanza. E non avevo neanche una vaga indicazione temporale. Hai idea di quanti lampadari ci siano nella sola ala sud? Che cosa avrei dovuto fare? Dire a tutti di tenersi alla larga dai lampadari?».

«No. Non lo so», balbettai. «Avresti potuto fare… qualcosa».

«Solo dopo ho capito il significato della mia visione», disse Elora, rivolgendosi più a se stessa che a me. «È sempre così. Prevedere il futuro è quasi peggio che ignorarlo. Non so interpretarne gli eventi, né evitarli. Solo dopo che accadono tutto appare tremendamente ovvio».

«Insomma, che vuoi dire?», chiesi. «Che non diventerò regina?».

«No. Voglio dire che il dipinto non significa nulla». Chiuse gli occhi e si massaggiò l'attaccatura del naso. «Mi sta venendo una terribile emicrania. Preferirei chiudere questa conversazione».

«Va bene. Come vuoi». Alzai le braccia in segno di resa, conscia di non poter forzare la mano con Elora. Ero già stata fortunata che non avesse ordinato a Finn di buttarmi fuori.

Solo allora mi ricordai di lui. Durante il viaggio non ero riuscita a dirgli praticamente nulla, eppure gli argomenti abbondavano.

Uscii dallo studio per cercarlo. C'erano sicuramente questioni più urgenti ma, in quel momento, non desideravo altro che stare un momento da sola con lui. Così avremmo potuto parlare sul serio e io avrei… non lo so. Dovevo assolutamente vederlo.

Invece di Finn, trovai Duncan che aspettava in corridoio, poco distante. Era poggiato al muro e giocava con il cellulare, ma appena mi vide uscire dalla stanza si raddrizzò. Mi fece un sorriso imbarazzato e tentò di nascondere il telefonino in tasca, riuscendo solo a farlo cadere.

«Scusa», disse e si lanciò goffamente a raccoglierlo, mentre io mi avvicinavo. «Volevo solo lasciarti un po' di privacy mentre parlavi con tua madre».

«Grazie». Proseguii lungo il corridoio, e lui mi venne dietro. «Perché mi aspetti? Ti serve qualcosa?».

«No. Adesso sono il tuo cercatore. Ricordi?». Sembrava imbarazzato. «E i Vittra ti stanno davvero col fiato sul collo, quindi devo stare sempre in guardia».

«Ah, certo», annuii. Dato che Finn mi aveva salvato la vita (per l'ennesima volta), avevo sperato che fosse reintegrato come mio cercatore. «Dov'è Finn? Ho bisogno di parlargli».

«Finn?», domandò Duncan incespicando. «Ehm, non è più il tuo cercatore».

«No, lo so. Non sto mettendo in discussione le tue capacità». Mi sforzai di sorridergli. «Vorrei solo parlargli un minuto».

«No, sì...». Scosse il capo. «È solo che...». Mi fermai, incuriosita dal suo nervosismo. «Voglio dire, non è più il tuo cercatore. Quindi... se ne è andato».

«Se n'è andato?». Avvertii una stretta al cuore, sensazione ormai familiare.

Non mi sarei dovuta sorprendere, né avrei dovuto permettere che mi facesse soffrire tanto. Eppure ne fui ferita come la prima volta.

«Già», Duncan si fissava i piedi, giocherellando con la chiusura lampo del suo giubbotto. «Sei al sicuro, eccetera. Ha fatto il suo dovere, no?».

«Certo», risposi stordita.

Avrei potuto chiedergli dove fosse andato, anzi forse avrei dovuto. Non poteva essersi allontanato troppo in così poco tempo. Ero sicura che Finn si sarebbe giustificato con la scusa che se n'era andato per proteggermi, o per proteggere il mio onore, o roba del genere. Ma non m'importava.

In quel momento, le sue ragioni non contavano nulla. Sapevo solo che non ne potevo più di farmi spezzare il cuore.

9. Sottovalutato

Tove non riuscì a rimettere in sesto Rhys perché non era faccenda per i suoi poteri. Appena salita al piano di sopra, dovetti mandare Rhys da Elora perché se ne occupasse lei. Avrei potuto accompagnarlo, ma pensavo che la regina ne aveva avuto abbastanza di me, per quel giorno.

Prima che Tove se ne andasse a casa per riposare, lo ringraziai per tutto quello che aveva fatto. Dubito che ce l'avremmo fatta senza di lui. Anche se la sicurezza di Oren lasciava a desiderare, Tove era pur sempre riuscito a entrare e aveva tenuto a bada il troll.

Rhys aveva sistemato Matt in una delle stanze libere che si affacciavano sul corridoio della mia stanza. Andai a vedere come stava, e Duncan parve fin troppo contento di venire con me. Mi ci volle un po' per convincerlo, ma alla fine riuscii a farlo aspettare fuori. Siccome Matt era un umano Duncan non si fidava di lui, ma se voleva essere il mio cercatore doveva imparare ad accettarlo.

Matt stava immobile al centro della stanza, con un'aria smarrita che non era affatto nel suo stile. Si era messo un paio di pantaloni della tuta che gli andavano giusti, mentre la maglietta era troppo aderente, quindi immaginai che gliel'avesse prestata Rhys.

«Come stai?», chiesi, chiudendo la porta alle spalle, con delicatezza.

Sapevo che Duncan era là fuori, fermo al suo posto, e non volevo che ci sentisse. Non che avessi dei segreti, ma desideravo stare un po' con mio fratello, in privato.

«Mmm... benone?». Mi rivolse un sorriso triste e scosse il capo. «Non lo so. Come dovrei stare?».

«Più o meno così».

«Mi sembra tutto irreale, sai?». Si sedette sul letto e sospirò. «Continuo a credere che mi sveglierò, rendendomi conto che si è trattato soltanto di uno stranissimo sogno».

«Conosco *perfettamente* questa sensazione». Ricordavo benissimo che, quando ero arrivata lì la prima volta, tutto mi era apparso assurdo e spaventoso. E, per lo più, mi sembrava tuttora così.

«Quanto tempo dovrò rimanere?», chiese Matt.

«Non lo so. Non ci avevo ancora pensato». Mi avvicinai al letto e mi sedetti al suo fianco. In cuor mio, avrei voluto che rimanesse per sempre, ma si trattava di un desiderio egoista. «Direi finché non si saranno calmate le acque. Ovvero quando i Vittra smetteranno di rappresentare una minaccia».

«Perché ti danno la caccia?».

«È una storia molto lunga, te ne parlerò più in là». Avrei voluto rispondergli, ma non avevo la forza di raccontargli tutto per filo e per segno. Non in quel momento.

«Ma la smetteranno, vero?», chiese Matt, e io annuii come se ci credessi davvero.

«Fino ad allora, voglio che resti. Ho bisogno di sapere che sei al sicuro», dissi. Non sapevo cosa ne pensasse Elora, ma non m'interessava.

«Già, so come ci si sente», replicò polemico, e il senso di colpa mi strinse il cuore.

«Mi dispiace davvero, Matt».

«Avresti potuto spiegarmi».

«Non mi avresti creduto».

«Wendy. Sono io, OK?». Si voltò per guardarmi in faccia e, alla fine, mi girai anch'io. «Sì. È tutto incredibile, e so che se non l'avessi visto coi miei occhi, lo sarebbe stato ancor di più. Ma io sono *sempre* stato dalla tua parte. Avresti dovuto avere più fiducia in me».

«Lo so. Mi dispiace». Abbassai gli occhi. «Ma sono contenta di averti qui e di poterti dire come stanno le cose. È stato difficile per me tenerti nascosta la verità. Non voglio farlo mai più».

«Bene».

«Però dovresti chiamare Maggie», dissi. «Ha bisogno di sapere dove siamo finiti, e che non deve tornare a casa. Non ancora. Potrebbero essere capaci di rapirla per arrivare a me».

«Qui sei al sicuro? Voglio dire: veramente al sicuro?».

«Sì, certo». Lo dissi più convinta di quanto non fossi realmente. «In questo preciso istante, Duncan è qui fuori a fare la guardia».

«Quel ragazzino è un idiota», commentò Matt con tono serio, e io scoppiai a ridere.

«No, siamo al sicuro. Non ti preoccupare», lo rassicurai mentre mi alzavo in piedi. «Però dovresti chiamare Maggie, e io dovrei farmi una doccia e mettermi dei vestiti miei».

«Cosa le dico?».

«Non lo so». Scossi il capo. «Ma fa' in modo che non torni a casa».

Gli promisi che ci saremmo visti più tardi e che gli avrei spiegato meglio come stavano le cose, ma ora avevo bisogno di decomprimere un po'. Duncan mi seguì nel corridoio fino alla camera, però non volli che entrasse.

Solo quando fui sotto la doccia, coperta dallo scroscio dell'acqua, mi permisi di scoppiare a piangere. Non so neanche perché lo facessi, di preciso. In parte era a causa di Finn, che mi aveva di nuovo abbandonata in quel modo, ma più che altro perché ne avevo fin sopra i capelli di tutto.

Una volta rivestita, riacquistai un certo benessere. Tutto si era risolto per il meglio, nel senso che eravamo sopravvissuti tutti, riportando solo ferite lievi. E, soprattutto, Matt era di nuovo con me. Non sapevo per quanto tempo sarebbe rimasto, ma almeno adesso conosceva la verità.

E finalmente avevo scoperto perché i Vittra erano così fissati con me. Certo, saperlo non rendeva le cose più facili, ma capire era già qualcosa.

A ben pensarci, l'unica vera ombra era l'assenza di Finn. Mi aveva riempito di dolore, ma dovevo riuscire a ignorarlo. C'erano troppe altre cose di cui dovevo occuparmi: non potevo abbandonarmi alla nostalgia.

Anche il fatto che si fosse ripresentato mi faceva rabbia. Sarebbe stato tutto più facile se mi avesse lasciato al mio destino e non ci fossimo più visti.

Tornai in camera di Matt e trovai Rhys a fargli compagnia. Elora lo aveva rimesso in sesto, con mio grande sollievo, e Rhys disse che dovevo sbrigarmi a cominciare l'"addestramento", per imbrigliare i miei poteri. Non sapevo bene cosa significasse, ma non volevo fargli un interrogatorio.

Mi misi a sedere su una poltrona imbottita e decisi di raccontare a Matt tutto quanto. Rhys gli aveva già accennato qualcosa mentre eravamo nella prigione dei Vittra, però preferivo colmare le lacune. E soprattutto, volevo che Matt conoscesse la mia versione dei fatti.

Cominciai dal principio, raccontandogli che Elora mi aveva scambiata con Rhys. Gli raccontai che Finn aveva avuto l'incarico di cercarmi per riportarmi lì, gli parlai di cosa significava essere una principessa, dei Trylle e dei loro poteri.

Durante il mio racconto, Rhys non intervenne ascoltando con interesse totale. Non sapevo quanto di ciò che narravo gli fosse già noto.

Anche Matt non m'interruppe, se non per rivolgermi qualche domanda. Quando cominciai a parlare, si mise a camminare su e giù, ma non sembrava né angosciato né confuso. Alla fine, rimase in silenzio per un minuto, intento ad assimilare le novità.

«Allora?», gli chiesi, dato che continuava a tacere.

«Allora... avete l'usanza di mangiare?», chiese con un'occhiata in tralice. «Perché sto morendo di fame».

«Be', certo», risposi, sorridendo sollevata.

«Quello che mangiano loro, non lo chiamerei *cibo*», commentò Rhys sarcastico. Era rimasto tutto il tempo seduto sul letto, ma si alzò appena la conversazione era parsa giungere al termine.

«Che vuoi dire?», chiese Matt.

«Be', hai vissuto con Wendy. Dovresti sapere cosa mangia». Rhys sembrò rendersi conto che forse aveva fatto una gaffe, e si affrettò subito a rimediare. «I Trylle stanno molto più attenti di noi all'alimentazione. Non bevono bibite gassate e non mangiano carne».

Matt lo osservò per un altro istante, poi si rivolse a me. C'era qualcosa di nuovo nel suo sguardo, qualcosa che io stessa stavo provando per la prima volta. Rhys aveva appena chiamato se stesso e Matt "noi", un circolo a cui io non appartenevo.

Non avevo mai pensato che Matt fosse inferiore a me, né avrei mai *potuto* pensarlo, ma davvero eravamo diversi. Inconciliabilmente diversi. E anche se le differenze erano sempre state evidenti, mi faceva uno strano effetto comprendere quanto fossero radicali, e sentire qualcuno che esprimeva chiaramente il fatto che non appartenevamo nemmeno alla stessa specie.

«Per fortuna ho un frigo pieno di cibo vero», proseguì Rhys, cercando di alleggerire l'atmosfera. «E sono un discreto cuoco. Chiedi a Wendy».

«Sì, se la cava», mentii. In ogni caso mi era passata la fame. Lo stomaco si era chiuso, e mi sembrava già tanto che riuscissi ancora a impostare sorrisi di circostanza. «Forza. Andiamo a mangiare qualcosa».

Rhys pensava che parlare ininterrottamente gli avrebbe permesso di rimediare alla sua uscita infelice, e noi non demolimmo la sua convinzione. Scendemmo in cucina con Duncan incollato ai miei talloni sin da quando avevo messo piede fuori dalla stanza di Matt.

La sua presenza costante mi irritava molto più di quanto fosse mai accaduto con Finn, eppure Duncan non mi aveva fatto nulla di male. Forse il problema consisteva nel fatto che qui c'era lui e non Finn.

Sedetti su uno sgabello accanto al piano di lavoro, osservando l'interazione tra Matt e Rhys. Questi continuava a esaltare le proprie doti culinarie ma, appena lo vide in azione, Matt capì che era meglio prendere in mano le redini della situazione. Poggiai il mento sul palmo, provando una serie di emozioni contrastanti nel vederli chiacchierare, ridere e scherzare.

Una parte di me era ben contenta che le loro strade si fossero incrociate, come avrebbe dovuto essere fin dalla nascita. Privare Rhys di un fratello maggiore fantastico come Matt era stato uno dei peggiori effetti collaterali del nostro scambio.

Ma un'altra parte di me non poteva fare a meno di pensare che stavo perdendo mio fratello.

«Ti dispiace se prendo un bicchier d'acqua?», chiese Duncan, strappandomi ai miei pensieri.

«Perché dovrebbe dispiacermi?». Lo guardai come se fosse un idiota, ma non se ne accorse. O forse gli capitava talmente spesso da considerarlo normale.

«Non lo so. Ad alcuni Trylle non piace che i cercatori usino le loro cose». Andò al frigo per prendere una bottiglia d'acqua, mentre Matt cercava di insegnare a Rhys il modo di saltare le frittelle ai mirtilli.

«Be', come fate a mangiare e bere se non usate la loro roba?», chiesi a Duncan.

«Compriamo una riserva tutta nostra». Mentre il frigo era ancora aperto, Duncan mi porse una bottiglia d'acqua. «Ne vuoi una?».

«Ma sì», risposi facendo spallucce. Si avvicinò per porgermela. «È da molto tempo che fai il cercatore?».

«Quasi dodici anni». Stappò la bottiglia e fece un lungo sorso. «Wow. È strano pensare che è passato tanto tempo».

«Sei davvero il migliore che avevano?», chiesi, cercando di non lasciar trapelare la mia perplessità.

Mi sembrava un po' troppo affascinato dall'abilità di Matt nel fare i pancake. Non aveva né la sicurezza né l'atteggiamento formale di Finn, ma d'altronde, probabilmente, più era diverso da Finn meglio era per lui.

«No», ammise, e se la mia domanda lo aveva messo in imbarazzo non lo diede a vedere. Continuò semplicemente a giocherellare col tappo della bottiglia. «Però quasi. A vedermi non si direbbe, ma è parte della mia forza. La gente mi sottovaluta».

Qualcosa nel modo in cui lo disse mi richiamò alla mente *Scream*. Forse Duncan aveva un po' quel fascino infantile, imbranato e modesto.

«Qualcuno ti ha mai detto che somigli al vicesceriffo Linus di *Scream*?», gli chiesi.

«Vuoi dire David Arquette?», chiese Duncan. «Ma io sono più bello, no?».

«Oh sì, naturale», annuii. Non credo che mi sarebbe mai potuto piacere, ma era abbastanza sexy, a suo modo.

Quando la sua frittella si spiaccicò al suolo, Rhys imprecò. Matt cercò pazientemente di spiegargli in cosa aveva sbagliato e come correggere l'errore, con lo stesso tono con cui mi aveva insegnato ad allacciare le scarpe, ad andare in bici e a guidare la macchina. Era strano vederlo comportarsi da fratello maggiore con qualcun altro.

«Wendy!», strillò Willa alle mie spalle, e feci appena in tempo a girarmi per vederla correre verso di me. Mi mise le braccia al collo e strinse con una forza quasi eccessiva. «Sono così contenta che stai bene!».

«Ehm, grazie», dissi, liberandomi dal suo abbraccio.

Willa Strom aveva pochi anni più di me, ed era l'unica Trylle oltre a Finn che mi chiamava "Wendy" anziché principessa, il che voleva dire che eravamo amiche, suppongo. Suo padre, Garrett, era l'unico amico di Elora e dopo che Finn se ne era andato Willa si era dimostrata incredibilmente affettuosa e premurosa nei miei confronti. Senza di lei, la cerimonia di battesimo sarebbe stata un disastro anche prima dell'incursione dei Vittra.

«Mio padre mi aveva detto che i Vittra ti avevano rapito e che nessuno sapeva con certezza cosa stesse succedendo». Magari era una ragazza po' snob, ma la preoccupazione che trapariva dal suo volto era sincera. «Mi sono precipitata appena ho saputo che eri tornata. Sono così felice che sei qui».

«Sì, anch'io», ricambiai, ma non ero sicura che fosse la verità.

«Duncan?». Willa lo guardò come se si fosse appena accorta della sua presenza. «Stiamo scherzando? Non è possibile che Elora abbia scelto te come suo cercatore».

«Vedi? Mi sottovalutano», disse lui sorridendo. Sembrava che la cosa lo inorgoglisse, perciò non lo contraddissi.

«Dio mio, ne parlerò con mio padre». Willa scosse il capo, sistemandosi dietro le orecchie i capelli castano chiaro, ondulati e perfettamente pettinati. «Non è assolutamente all'altezza».

«Va tutto bene. Sono al sicuro», le dissi facendo spallucce. «Cosa potrebbe succedermi qui a palazzo?».

Willa mi lanciò un'occhiata allusiva ma, per fortuna, prima che dicesse alcunché, Matt annunciò che la colazione era pronta. Quando lo avevo allietato coi racconti di vita Trylle, avevo evitato accuratamente di parlargli dell'irruzione dei Vittra e del fatto che Oren era mio padre. Non volevo inquietarlo troppo.

«Ne vuoi anche tu?», chiese Matt a Willa. Stava servendo i pancake e, con la sua consueta cortesia, aveva contato anche lei. «Ce n'è per tutti».

«Quelli sarebbero mirtilli?», chiese lei arricciando il naso, disgustata alla sola idea di mangiarli. «Bleah. Non esiste».

«Sono molto buoni», insisté Matt facendo scivolare un piatto verso di lei.

Per ragioni che non comprendevo appieno, poche cose ci piacevano davvero. Ci nutrivamo soprattutto frutta fresca e verdura. Non mi piacevano i succhi di nessun genere, a parte il vino. I pancake erano fatti con farina e zucchero raffinati, ingredienti assai poco invitanti, eppure li avevo mangiati per anni per far contento Matt.

«Mica li mangerai, vero?». Willa mi guardò allibita mentre impugnavo la forchetta, pronta a darci dentro.

Matt aveva servito una porzione anche a Duncan. Non credo proprio che i pancake gli piacessero più che a me o Willa ma, come me, prese la forchetta.

«Non sono affatto male», dissi.

Nel corso degli anni, decine di persone mi avevano garantito che si trattava una prelibatezza, ma non ho mai capito come riuscissero a mangiarli dopo averli affogati nello sciroppo, come stavano facendo Matt e Rhys. Io e Duncan infatti lo rifiutammo. Altrimenti non saremmo mai riusciti a mandarli giù.

«Ho preparato da mangiare a Wendy per anni», raccontò Matt, mostrando assoluta indifferenza alla reazione di Willa. «So cosa le piace».

In effetti era diventato abbastanza bravo, ma spesso avevo mangiato i suoi piatti solo per compiacerlo. E per non morire di fame.

«Sì, come no», lo derise Willa. «Stavo giusto pensando di affidare la mia alimentazione a un mänks in tuta e magliettina».

«Willa», dissi. «È mio fratello, OK? Quindi falla finita».

«Cosa?», esclamò inclinando la testa da un lato, cercando di capire cosa intendessi. «Ah. Vuoi dire che questo è il tuo fratello ospite?».

«Già». Presi una gran forchettata di pancake e mi riempii la bocca.

«Ti rendi conto che non è il tuo *vero*...».

«Willa!», scattai mentre stavo ancora masticando, rischiando di strozzarmi per mandare giù il boccone. «Conosco il significato delle parole. Adesso piantala».

«Solo quello sfigato di Duncan può mangiare roba simile», commentò Willa passandosi una mano sui vestiti griffati e sforzandosi di non sembrare offesa dal mio rimprovero. «Ma tu sei una principessa. Mica come lui, che è troppo stupido per...».

«Ehi!», sbottò Matt. Era seduto accanto a Duncan e fino ad allora si era limitato a mangiare in silenzio, ma a quel punto s'interruppe e la fulminò con lo sguardo. «Abbiamo capito. Sei elegante, carina e piena di soldi. Buon per te. A meno che tu non voglia andare ai fornelli a prepararci la colazione, smettila di rompere le palle e siediti».

«Però!», ridacchiò Rhys. Gongolava nel vedere che qualcuno la rimetteva al posto suo.

Willa lo guardò male ma non aprì bocca. Quando Matt riprese a mangiare i suoi pancake, lei si sedette accanto a me.

Si credeva chissà chi, me ne ero accorta dalla prima volta che l'avevo vista. Con me era gentile perché mi riteneva sua pari, ma era un onore riservato a pochi.

«Ho sete», disse un momento dopo, imbronciata.

Quasi in modo automatico, Duncan si alzò in piedi per prendere l'acqua, ma Matt lo fermò facendogli segno di no con la testa. Con una certa esitazione, Duncan tornò a sedersi. Il suo status di cercatore gli aveva imposto una vita al servizio dei changeling. I nobili consideravano i cercatori alla stregua di servi e li trattavano di conseguenza.

«Sai dov'è il frigo», disse Matt tra un boccone e l'altro.

Willa fece per protestare, ma non disse nulla. Si voltò verso di me, sperando di trovare un'alleata, ma mi limitai a fare spallucce. Dopotutto, non si poteva negare che sapesse dov'era il frigo.

Dopo un attimo di riflessione si alzò e raggiunse il frigo. Rhys rise sotto i baffi, ma Matt gli ingiunse di tacere.

Ai miei occhi era una scena stupefacente. Finn era stato anche il cercatore di Willa e, a quanto pareva, aveva svolto il suo compito con estrema serietà. Eppure lei non gli aveva mai obbedito, né lo aveva mai trattato con il rispetto che in quel momento stava dimostrando a Matt, il quale, secondo gli standard Trylle, occupava un rango molto inferiore in confronto a Finn.

Matt, che la conosceva da cinque minuti, era riuscito a farle abbassare la cresta meglio di chiunque altro.

Willa trascorse con me il resto del pomeriggio, e quando ci separammo da Matt e Rhys parve sollevata. Rhys infatti voleva giocare a un videogame di guerra, o qualcosa del genere, e a me non andava. Perciò me ne andai in camera mia con lei. Lasciammo Duncan fuori dalla porta, ma dopo un po' iniziò a farmi pena e lo invitai a entrare.

Willa si mise a riordinare il mio armadio, attività che adorava, e io mi sdraiai sul pavimento e la osservai, pensando a quanto fosse assurdo che quella era la mia vita. Dispose i vestiti secondo un ordine che non riuscii a capire nonostante le sue spiegazioni.

Nel frattempo, non smise un attimo di parlare del suo addestramento, che a suo dire procedeva alla grande. Willa poteva controllare il vento, e prima dell'attacco dei Vittra era convinta che si trattasse di un potere insulso.

Adesso invece era determinata a potenziarlo il più possibile. Pensava che anche il mio addestramento sarebbe iniziato a breve, perché nessuno più di me aveva bisogno di essere preparato.

Il pomeriggio proseguì più o meno allo stesso modo, però la sua decisione di restare a cena con noi mi sorprese. Arrivò addirittura a mangiare il cibo cucinato da Matt e a quel punto ebbi davvero la sensazione che il mondo si fosse capovolto.

Andai a letto poco dopo cena, ma rimasi sveglia per tutta la notte. La mia mente galoppava troppo perché riuscissi ad addormentarmi. Mi sembrava di essermi appena assopita quando qualcuno mi svegliò con uno scossone. Lo respinsi, rannicchiandomi ancor di più sotto le coperte.

Solo dopo aver affondato la faccia nel cuscino, mi resi conto che forse sarei dovuta essere preoccupata se qualcuno era entrato in camera mia, considerato che dei troll malvagi mi volevano rapire e via dicendo.

10. Riassestamento

«Santo cielo!», urlò Tove Kroner allontanandosi con un balzo dal mio letto.

Mi ero alzata a sedere, pronta a reagire come una molla all'attacco di chiunque mi avesse svegliata. Scoprii che si trattava di Tove ma non capivo cosa gli avessi fatto.

Per quanto ne sapevo, la mia unica azione era stata mettermi a sedere. Eppure lui se ne stava immobile in un cantuccio, premendosi le mani sulle tempie. Era piegato in due e i capelli neri gli nascondevano il viso.

«Tove», lo chiamai scendendo di corsa dal letto. Poiché non rispondeva, mi avvicinai. «Tove, stai bene? Ti ho fatto qualcosa?».

«Sì». Scosse la testa e si raddrizzò. Continuava a tenere gli occhi chiusi, ma aveva smesso di stringersi le tempie.

«Mi dispiace. Che cosa ho fatto?».

«Non lo so». Spalancò la bocca e si sgranchì la mascella, come se avesse appena preso uno schiaffo. «Ero venuto a svegliarti, per l'allenamento, e tu...».

«Ti ho colpito?», suggerii, poiché esitava a finire la frase.

«No, è successo qualcosa nella mia testa». Rimase per un minuto con lo sguardo fisso davanti a sé, sovrappensiero. «No, hai ragione. È stato come una sberla al cervello».

«Che stai dicendo?».

«L'avevi già fatto prima? Magari in un momento di paura?». Si girò a guardarmi, troppo preso dalla curiosità per curarsi del mio spaesamento.

«Non che io sappia, ma non so neanche cos'è che avrei fatto».

«Mmm». Sospirò, passandosi una mano tra i capelli. «Le tue capacità sono ancora in evoluzione. Presto si mostreranno appieno, e forse quello che è successo è un segnale in questa direzione. O forse sono solo io».

«Cioè?».

«Cioè, sono un sensitivo», mi ricordò Tove. «La tua aura è molto scura oggi».

Non poteva leggere nel pensiero o cose del genere, ma era estremamente percettivo. Io proiettavo, come Elora, e in questo modo entravo nella testa della gente per usare la persuasione, mentre Tove captava, riuscendo a vedere l'aura e a cogliere più distintamente le emozioni.

«Che significa?», chiesi.

«Che sei infelice», mi rispose distrattamente, diretto alla porta. «Presto, vestiti. Abbiamo molto da fare».

Uscì prima che potessi rivolgergli altre domande, e mi chiesi ancora una volta che cosa ci trovasse Willa. Non avevo capito se la sua era una vera e propria cotta, o se l'interesse derivava solo dal fatto che la famiglia di Tove era potente. I Kroner erano i primi nella linea di successione al trono: nel caso in cui io non fossi stata in grado di adempiere ai miei doveri, Tove sarebbe diventato re.

Però bisogna ammettere che Tove era anche attraente. Pur avendo bisogno di un taglio e di una pettinata, aveva dei bei capelli scuri, illuminati da riflessi naturali. La sua carnagione aveva un'evidente sfumatura verdastra, caratteristica di alcuni dei Trylle più potenti. A Förening nessuno aveva una pelle così, tranne forse sua madre, ma con una tonalità più lieve.

Non sapevo perché dovesse essere proprio Tove ad addestrarmi. Non ero certa che a Elora piacesse, nonostante i suoi agganci altolocati. Inoltre era svampito e un po' strampalato.

In effetti, però, non avevo mai conosciuto un Trylle altrettanto potente. Ed era peculiare, dato che in linea di massima i maschi avevano poteri più deboli rispetto alle femmine.

In ogni caso, volevo gestire meglio i miei poteri, perciò pensai che mi avrebbe fatto bene esercitarmi anziché ciondolare in preda alla depressione. Mi vestii in fretta e uscii dalla stanza dove. Trovai Tove che chiacchierava con Duncan.

«Pronta?», mi chiese il primo senza neanche guardarmi. Cominciò a incamminarsi prima che dessi una risposta.

«Duncan, non c'è bisogno che tu venga con noi», dissi mentre mi affrettavo per raggiungere Tove. Duncan continuò a seguirmi come al solito, ma rallentò il passo.

«Probabilmente è meglio che venga», consigliò Tove, sistemandosi i capelli dietro le orecchie.

«Perché?», chiesi, ma Duncan già sorrideva per la gioia di essere stato incluso.

«Abbiamo bisogno di una cavia», rispose Tove senza girarci attorno e il sorriso di Duncan svanì all'istante.

«Dove stiamo andando?». Dovevo quasi correre per non perderlo e avrei tanto voluto che rallentasse.

«Hai sentito?», chiese Tove fermandosi bruscamente, e Duncan finì quasi per sbattergli addosso.

«Cosa?», domandò il cercatore guardandosi attorno, come se si aspettasse che ci fosse un aggressore in agguato dietro a una porta.

«Io non ho sentito nulla», dissi.

«Certo che no», replicò Tove con fare spiccio.

«Perché no? Che cosa vorresti dire?».

«Perché tu eri la fonte», sospirò Tove, continuando a fissare Duncan. «Sei sicuro di non aver sentito nulla?».

«No», confermò Duncan. Mi guardò, sperando che lo illuminassi sul bizzarro comportamento di Tove, ma non potei far altro che scrollare le spalle. Non avevo idea di cosa stesse parlando.

«Tove, che sta succedendo?», chiesi, alzando la voce perché mi desse ascolto.

«Devi stare attenta», rispose inclinando la testa in posizione d'ascolto. «Ora sei silenziosa. Ma quando sei agitata, arrabbiata, impaurita o irritata, inizi a proiettare. Lo fai senza rendertene conto, credo. Io me ne accorgo perché sono ricettivo. Duncan non ci riesce, e neanche i Trylle comuni, perché non indirizzi questi segnali verso di loro. Ma se ci riesco io, può succedere anche a qualcun altro».

«Ma che dici? Non ho fatto nulla!», ribattei sempre più innervosita.

«Hai pensato: *Vorrei tanto che rallentasse*», precisò Tove.

«Non stavo usando la persuasione, né niente del genere». Ero esterrefatta.

«Lo so. Ma imparerai a conoscere anche questo potere», mi rassicurò, e poi riprese a camminare.

Ci guidò al piano inferiore. Non so dove pensassi che ci stesse portando, ma ricordo che quando arrivammo rimasi molto sorpresa: la sala da ballo devastata dall'attacco dei Vittra. Prima era stata un luogo magnifico, molto simile ai saloni da ballo dei cartoni Disney, coi pavimenti di marmo, le pareti bianche rifinite in oro, un lucernario per soffitto, e lampadari di diamanti.

Dopo l'incursione aveva completamente cambiato aspetto. La vetrata del soffitto era stata sfondata, e per proteggere la sala dalle intemperie il buco era stato tappato con dei teloni cerati azzurri e trasparenti, attraverso i quali la luce creava uno strano bagliore. Il pavimento era ancora ricoperto da bicchieri, lampadari, sedie e tavoli in frantumi. Pavimento e pareti erano anneriti dal fuoco e dal fumo.

«Perché siamo venuti qui?», gli chiesi. La mia voce rimbombò nell'immensa sala, ma l'eco era meno cristallina di una volta.

«Perché mi piace». Tove protese una mano, usando la telecinesi per spostare i detriti ai lati del salone.

«La regina sa che ci troviamo qui?», chiese Duncan evidentemente a disagio, e mi sforzai di ricordare se fosse stato presente durante l'attacco. Ero piuttosto distratta quella sera, e avevo conosciuto fin troppe persone per ricordare con sicurezza se c'era anche lui.

«Non ne sono sicuro», rispose Tove facendo spallucce.

«Almeno sa che mi stai addestrando?», chiesi. Annuì, ma continuò a guardarsi attorno e a darmi le spalle. «Perché mi addestri tu? Abbiamo poteri diversi».

«Sono simili», disse girandosi verso di me. «E non esistono due individui perfettamente identici».

«Hai mai addestrato qualcuno prima?».

«No. Ma sono comunque la persona più adatta per farlo con te», affermò arrotolandosi le maniche della camicia.

«Perché?», chiesi, e mi accorsi che Duncan lo guardava con espressione altrettanto scettica.

«Sei troppo potente per chiunque altro. Nessuno sarebbe in grado di aiutarti a esplorare il tuo potenziale: solo io lo colgo fino in fondo». Finito di tirarsi su le maniche, si mise le mani sui fianchi. «Sei pronta?».

«Penso di sì», risposi con un'alzata di spalle, senza sapere bene per che cosa dovessi essere pronta.

«Sposta questa roba», e con un gesto vago indicò il caos della stanza.

«Vuoi dire con il pensiero?», dissi scuotendo la testa. «Non ne sono capace».

«Hai mai provato?», insisté Tove, con occhi scintillanti.

«Be'... no», ammisi.

«Fallo».

«Come?».

«Trova tu il modo», disse scrollando le spalle.

«Sei proprio un ottimo insegnante», sospirai.

Tove rise, e io provai a fare ciò che mi aveva chiesto. Decisi di iniziare con qualcosa di piccolo, così scelsi una sedia rotta che si trovava lì vicino. Cominciai a fissarla intensamente. L'unica cosa che sapevo usare era la persuasione, dunque provai con lo stesso metodo. Nella testa, mi ripetevo: *Voglio che la sedia si muova, voglio...*

«No!», s'inserì Tove, interrompendomi. «Stai prendendo la cosa dal verso sbagliato».

«Come devo fare allora?».

«Non è una persona, non puoi dirle ciò che deve fare. La devi spostare *tu*», disse Tove, come se fosse una spiegazione chiara.

«E come?», ripetei. Ma lui non rispose. «Sarebbe più facile se me lo dicessi».

«Non posso dirtelo. Non è così che funziona».

Dopo aver biascicato cose poco carine, mi voltai di nuovo verso la sedia, per rimettermi al lavoro.

Dunque: non potevo costringere la sedia a muoversi. Dovevo muoverla *io*. Come tradurre questo concetto in pensiero? Socchiusi gli occhi sperando che ciò potesse in qualche modo aiutarmi e ripetei: *Sposta la sedia, sposta la sedia.*

«Ora guarda che cosa hai fatto», disse Tove.

Pensavo che non fosse accaduto un bel niente, invece vidi Duncan che si dirigeva verso la sedia.

«Duncan, che stai facendo?», gli chiesi.

«Io, ehm... volevo spostare la sedia. Credo». Sembrava disorientato seppure coerente. Dopo aver preso la sedia, mi rivolse uno sguardo ancor più perplesso. «Non so dove metterla, però».

«Poggiala dove ti pare», gli dissi distrattamente e poi mi rivolsi a Tove: «Sono stata io?».

«Certo che sei stata tu. Riuscivo a sentire la cantilena forte e chiara e se tu avessi avuto un controllo maggiore sul tuo potere, sarei andato io stesso a prendere la sedia». Incrociò le braccia sul petto, con un'espressione ai limiti del rimprovero.

«Non era mia intenzione. Non lo stavo neanche guardando».

«Questo rende tutto ancor più grave, non credi?», sottolineò Tove.

«Non capisco», disse Duncan. Aveva posato la sedia e, ormai assolto il suo dovere, tornò accanto a noi. «Che cosa ti aspetti che faccia, Tove?».

«Bisogna che impari a controllare la tua energia prima che qualcuno si faccia male». Tove mi fissava con aria serissima, sostenendo coraggiosamente il mio sguardo per almeno un minuto. Poi distolse i suoi occhi verdi e, indicandosi la testa, come aveva fatto Loki quando mi aveva spiegato come sapesse che possedevo la persuasione, disse: «La tua mente è un vulcano. Sprigiona energia, creando una specie di...».

«Scarica elettrostatica?».

«Esattamente!», esclamò schioccando le dita e puntando l'indice verso di me. «Devi regolarla, tenere sotto controllo le tue frequenze, come fosse una radio».

«Non vedo l'ora. Basta che mi dici come fare».

«Non è come girare una manopola. Non c'è il pulsante on/off». Iniziò a camminare, descrivendo lentamente un ampio cerchio. «È una questione d'allenamento. Come, da piccoli, s'impara a usare il vasino. Devi imparare quando è il momento di trattenersi e quando è il momento di scaricare».

«Che analogia affascinante!», dissi.

«Sei perfettamente in grado di muovere quella sedia», disse Tove arrestandosi di colpo. «Ma è un compito che può aspettare. Devi prima imparare a dominare la persuasione». Guardò il cercatore. «Duncan, non ti dispiace sottoporti a un esperimento, vero?».

«Ehm… direi di no…».

«Digli di fare qualcosa. Qualunque cosa». Inclinò la testa, continuando a guardare Duncan, poi si girò verso di me. «Ma fa' in modo che io non ti possa sentire».

«E come si fa? Non so neanche come riesci a sentirmi», puntualizzai.

«Concentrati. Devi focalizzare la tua energia. È fondamentale».

«Come si fa?», ripetei.

Continuava a darmi ordini senza fornire istruzioni. Tanto valeva chiedermi di costruire un cavolo di razzo spaziale. Non avevo la più pallida idea di cosa fare.

«Quando c'era Finn eri più concentrata», notò Tove. «Eri ben piantata a terra, nello stesso modo in cui si mette a terra un impianto elettrico».

«Be', adesso lui non c'è», sbottai.

«Non importa. Non era lui a *fare* qualcosa», continuò Tove, imperturbabile. «Sei tu ad avere il potere. E vicino a lui ti mettevi a massa. Dimmi tu come».

Non avevo voglia di pensare a Finn o a come stavo in sua presenza. Uno dei motivi per cui ero entusiasta dell'addestramento era che offriva l'opportunità di distrarmi e non pensare a lui. E ora Tove se ne usciva dicendo che era Finn la chiave del mio successo. Magnifico.

Piuttosto che urlare contro Tove, decisi di allontanarmi. Lo trovavo insopportabile. Aveva l'aria di sapere tutto ma non riusciva a spiegare niente. Per scaricare la tensione stiracchiai le braccia e ruotai il collo. Duncan stava per dire qualcosa e Tove gli impose di tacere.

Finn. Cosa facevo di diverso quando ero insieme a lui? Mi dava alla testa. Mi faceva scoppiare il cuore e attorcigliare lo stomaco, ed era quasi impossibile staccargli gli occhi di dosso. Quando c'era lui, non riuscivo a pensare ad altro.

Tutto qui. Era fin troppo semplice.

Quando c'era Finn ero concentrata su di lui. E questo, chissà come, conteneva la mia energia. Se la parte cosciente della mia mente era concentrata su qualcosa, il lato inconscio si placava. Forse la mia energia era imbizzarrita perché mi sforzavo di *non* pensare a lui.

Finn non era la chiave. Il punto era che, in sua presenza, permettevo alla mia mente di concentrarsi. In sua assenza cercavo invece di non pensare a niente, perché tutto mi riportava a lui. Tutto iniziava a vorticare, aggrappandosi alla prima cosa che capitava vicino.

Chiusi gli occhi. *Pensa a qualcosa*, mi dissi. *Concentrati su una cosa qualsiasi.*

Per primo mi venne in mente Finn, come al solito, ma lo respinsi. Ero in grado di pensare a qualcos'altro. Subito dopo pensai a Loki, e la cosa mi sciocco, quindi lo scartai immediatamente. Non volevo pensare a lui. Anzi, non volevo pensare a nessuno.

Pensai al giardino sul retro del palazzo. Era un luogo meraviglioso, che adoravo. Il quadro di Elora che lo raffigurava era bello, eppure non gli rendeva giustizia. Ricordai il profumo dei fiori e la frescura dell'erba sotto i piedi. Le farfalle si libravano tutt'attorno, e udivo perfino il gorgoglio del ruscello che scorreva alle mie spalle.

«Provaci adesso», suggerì Tove.

Mi voltai verso Duncan. Teneva le mani in tasca, e deglutì, come se si stesse preparando a ricevere uno schiaffo. Senza perdere di vista l'immagine del giardino, iniziai a ripetere: *Fischietta* Brilla, brilla, la stellina. Un compito insulso, e per questo l'avevo scelto. Non volevo rischiare di fargli del male.

I muscoli del suo viso si rilassarono, il suo sguardo si spense e poi iniziò a fischiettare. Con gran soddisfazione, mi voltai verso Tove.

«Allora?», chiesi speranzosa.

«Non l'ho sentito». Sorrise. «Ottimo».

Continuai a esercitarmi su Duncan per il resto della giornata. Dopo i primi tentativi, si rese conto che non avrebbe sofferto e si rilassò anche lui. Si dimostrò veramente disponibile, considerando che lo costrinsi a fischiare, ballare, battere le mani e a fare mille altre sciocchezze.

Tove infine spiegò dove avessi sbagliato con Rhys, che non riusciva più a sedersi. A quanto pareva, la durata dell'effetto dipendeva dalla concentrazione e l'intensità con cui cercavo di persuadere le persone. Inoltre Rhys era umano, quindi aveva una mente molto più malleabile rispetto ai Trylle, maggiormente esposta alla persuasione. Bastava un niente perché su di loro funzionasse. Avevo usato molta più energia del necessario. Dovevo imparare a dosarla, quindi.

Certo, ero in grado di invertire qualunque ordine, come avevo fatto costringendo Rhys ad alzarsi e viceversa. Ma, senza incanalare l'energia, rischiavo di persuadere involontariamente, come era accaduto con Duncan quando aveva spostato la sedia.

Passai il resto della giornata a imparare a dosare la mia energia, che si era rivelata potenzialmente pericolosissima. Alla fine, ero esausta. Che non mi fossi fermata neanche per mangiare non migliorava la mia condizione, ma d'altronde il cibo era l'ultimo dei miei pensieri.

Tove provò a convincermi che prima o poi mi sarebbe venuto naturale, come respirare o battere le palpebre. Ma in quel momento mi sembrava impossibile.

Dopo aver accompagnato Tove al portone, decisi di rifugiarmi in camera per una doccia e un sonnellino. Anche Duncan si ritirò nei suoi alloggi per riposare, azzardandosi una buona volta a lasciarmi sola. Gli esperimenti erano stati stancanti anche per la cavia.

Ero appunto diretta in camera mia, quando qualcosa attirò la mia attenzione.

«Questa è la regina Sybilla», stava dicendo Willa, indicando un dipinto sul muro. Accanto a lei c'era Matt, intento a contemplare l'opera d'arte che gli veniva illustrata. «È una delle sovrane più amate della storia. Mi pare che fosse sul trono durante la Guerra del Lungo Inverno, che credo sia stata molto peggiore di quanto suggerisca il nome».

«Un lungo inverno?», scherzò Matt. Lei rise ed era un suono piacevole. Penso fosse la prima volta che la sentivo ridere a quel modo.

«Lo so. È una scemenza». Aveva la chioma raccolta in una coda di cavallo, che le donava un'aria più sbarazzina. Sistemò un capello fuori posto. «A dirla tutta, le sciocchezze abbondano».

«Me ne ero accorto», disse Matt sorridendo.

«Ehi, ragazzi», li chiamai timidamente, avvicinandomi.

Si voltarono entrambi e il sorriso di Willa si allargò.

«Oh, ehi!», esclamò.

Come al solito era elegantissima e splendida. L'ampia scollatura del top era valorizzata da un pendente con diamante. Oltre a questo, indossava molti altri gioielli (un bracciale coi ciondoli, una cavigliera, degli orecchini e molti anelli) secondo il tipico gusto Trylle: avevamo una autentica passione per la chincaglieria. Io non ero così fissata come Willa, ma avevo sempre avuto un debole per gli anelli.

«Dove sei stata?», chiese Matt, ma non appariva né preoccupato né arrabbiato. Soltanto curioso.

«Ad allenarmi con Tove», risposi facendo spallucce per minimizzare l'evento. Mi aspettavo che Willa lanciasse un gridolino e mi sottoponesse a un interrogatorio su Tove, invece non mostrò alcun interesse. «Voi che fate?».

«Ero venuta a vedere se ti andava di fare qualcosa, e ho incontrato tuo fratello che si aggirava come un cucciolo smarrito», raccontò Willa con un risolino. Matt scrollò il capo passandosi una mano dietro al collo.

«Ma quale cucciolo smarrito», sogghignò, diventando però rosso come un peperone. «È che non avevo nulla da fare».

«Già. Per questo ho pensato di fargli fare un giro», disse Willa indicando i saloni. «Gli stavo raccontando della tua formidabile stirpe».

«Non ci ho capito niente», confessò Matt in tono quasi stanco.

«Neanche io», ammisi facendoli ridere entrambi.

«Hai fame?», chiese Matt. Mi fece piacere tornare ad argomenti più usuali, come la sua preoccupazione per la mia alimentazione. «Stavo per andare giù a preparare la cena per me, Rhys e quella ragazza col nome strano».

«Rhiannon?», suggerì Willa.

«Sì, ecco», annuì lui.

«Oh, è proprio carina», disse Willa, lasciandomi a bocca aperta.

Rhiannon era la mänsklig di Willa, cioè l'umana di cui Willa aveva preso il posto alla nascita. Era una ragazza incredibilmente dolce ed era amica di Rhys, eppure non avevo mai sentito Willa parlare bene di lei.

«Lei e Rhys stanno insieme, o roba del genere?», chiese Matt guardando Willa.

«Non lo so. Lei è cottissima, ma non so cosa provi lui». Dal tono che aveva usato, si intuiva un entusiasmo all'idea che i due si mettessero insieme. Di solito invece, quando parlava di Rhys o di qualunque mänks, lo faceva con aria annoiata.

«Insomma che dici?», mi chiese Matt. «Ceni con noi?».

«No, grazie», risposi scuotendo la testa. «Sono abbastanza distrutta. Ho proprio bisogno di una doccia e di un pisolino».

«Sei sicura?», insisté, e io annuii. «E tu, Willa? Hai programmi per cena?».

«Mmm, no», gli sorrise. «Ma mi piacerebbe cenare qui».
«Fantastico», disse Matt.
Appena se ne presentò l'opportunità, me la filai. Quella conversazione mi aveva stranito troppo. Willa si stava comportando in modo fin troppo gentile, e ora aveva deciso addirittura di mangiare del cibo preparato da un mänks.
Per non parlare dell'atteggiamento di Matt, che mi sembrò... non del tutto normale. Non capivo esattamente che cosa stesse succedendo, ma nel salutarli provai un senso di sollievo.

11. *Brilla, brilla, la stellina*

Un'altra lunga giornata d'addestramento non riuscì a tirarmi su di morale. Il lato positivo era che avevo acquisito maggiore controllo sui miei poteri. Ma stava diventando sempre più difficile non pensare a Finn. Credevo che il tempo avrebbe alleviato la nostalgia, invece mi sbagliavo. Il dolore pareva soltanto aumentare.

Trascorremmo la mattinata nella sala del trono, dove non ero mai stata prima. Era un enorme ambiente circolare sormontato da un'alta cupola di vetro. Le pareti ricurve ne seguivano la forma e, alle spalle del trono, si trasformavano in una vetrata. Gli intricati motivi che decoravano la muratura, incisi in oro e argento, erano ricoperti da piante rampicanti che ricordavano le mura esterne del palazzo.

Rispetto all'altezza del soffitto, la sala non sembrava particolarmente grande, ma d'altronde non era necessario che lo fosse. Tove infatti mi aveva spiegato, in poche parole, che veniva usata soltanto per ricevere i dignitari di corte.

Un trono solitario si ergeva al centro della stanza, rivestito di sontuoso velluto rosso. Era affiancato da due poltrone più piccole e molto meno ricche. Anziché di legno, il trono era di platino lavorato a filigrana e vi erano incastonati diamanti e rubini.

Mi avvicinai e accarezzai con cautela il soffice velluto. Sembrava nuovo di zecca, troppo compatto perché qualcuno vi si fosse mai seduto. I massicci braccioli metallici erano sorprendentemente lisci al tatto. Vi feci scorrere la mano, seguendone i tortuosi arabeschi.

«Se non stai valutando l'ipotesi di spostarlo con la forza del pensiero, ti suggerisco di iniziare ad allenarti», disse Tove.

«Perché siamo venuti a esercitarci qui?», gli chiesi voltandomi verso di lui e scostandomi dal trono. Non so perché, ma quell'oggetto esercitava uno strano fascino su di me, come se rendesse tutto meno astratto.

«Questo luogo mi piace». Fece un gesto che alludeva all'ariosità della sala. «Mi aiuta a pensare. Inoltre oggi sono iniziati i lavori per rimettere a posto la sala da ballo, quindi avremmo comunque dovuto spostarci».

Con una certa riluttanza, mi allontanai dal trono e raggiunsi Tove per scoprire quale fosse la criptica lezione che aveva in serbo per me. Duncan rimase in disparte per gran parte del tempo, momentaneamente esentato dal ruolo di cavia. Tove voleva che mi esercitassi di nuovo ad arginare i miei pensieri, usando dei metodi che mi apparivano ancora più astrusi di quelli del giorno prima.

Dovevo stare di fronte al muro e, mentre contavo fino a mille, immaginare il giardino e usare la persuasione. Non capivo come fosse possibile accertarsi se stesse funzionando o meno, dato che non la esercitavo su nessuno, ma Tove diceva che lo scopo era imparare a usare i miei muscoli psichici. Per acquisire una totale padronanza del mio potere, la mia mente doveva imparare a destreggiarsi tra mille idee, alcune delle quali in conflitto fra loro.

Mentre io mi esercitavo, lui se ne stava disteso sul freddo pavimento di marmo. Dopo un po', Duncan si stancò e andò a sedersi sul trono, con una gamba accavallata sul bracciolo. Lo trovai irritante, ma senza capirne il motivo, quindi non dissi niente. Non ero una sostenitrice dell'aristocrazia, perciò non avevo alcuna intenzione di farla valere su Duncan.

«Come va?», chiese Tove, parlando per la prima volta dopo più di mezz'ora. Avevamo tutti mantenuto il silenzio mentre cercavo di affinare la capacità che dovevo affinare, qualsiasi essa fosse.

«Meravigliosamente», borbottai.

«Ottimo. Aggiungiamo una canzone». Fissava il lucernario, osservando le nuvole che si rincorrevano sopra di noi.

«Cosa?». Smisi di contare e di usare la persuasione per potermi girare verso di lui. «Perché?».

«Riesco ancora a sentirti», rispose Tove. «Il volume è più debole, ma è comunque distinguibile, come il ronzio che si sente vicino a un filo dell'alta tensione. Devi soffocare il rumore prodotto dalla tua testa».

«E per riuscirci devo fare un milione di cose contemporaneamente?», chiesi scettica.

«Sì. Stai diventando più forte, nel senso che stai imparando a trattenerti». Tornò a sdraiarsi, chiudendo il dibattito. «Ora aggiungi una canzone».

«Che cosa dovrei cantare?», sospirai girandomi verso il muro.

«Non *Brilla, brilla, la stellina*», esclamò Duncan con una smorfia. «Non so perché, ma non riesco a togliermela dalla testa».

«Ho sempre avuto un debole per i Beatles», proseguì Tove.

Con la coda dell'occhio vidi Duncan sogghignare stupefatto. Sospirai di nuovo e iniziai a cantare *Eleanor Rigby*. Sbagliai le parole un paio di volte, ma Tove non si lamentò, per fortuna. Fare ciò che stavo facendo *e* ricordare il testo di una canzone che non ascoltavo da anni era già abbastanza difficile.

«Spero di non interrompere». La voce di Elora mi tolse quel minimo di concentrazione che avevo raggiunto. Smisi di cantare e mi girai verso di lei.

Duncan si precipitò giù dal trono incespicando, senza riuscire a evitare un'occhiataccia torva da parte della regina. Chinò la testa in modo che i suoi capelli scivolassero in avanti, per coprire il rossore che gli infiammava le guance.

«Non direi», risposi con un'alzata di spalle. Anzi, una volta tanto ero contenta di vederla, perché il suo arrivo significava un momento di tregua da questo supplizio.

Elora fece scorrere uno sguardo irritato sulla sala, ma non capivo a cosa fosse dovuta la sua disapprovazione, dato che, almeno in parte, doveva aver contribuito al progetto. Avanzò, con l'orlo del lungo abito che le vibrava attorno ai piedi, simile ad acqua. Tove non si diede neppure la pena di alzarsi, degnandola appena di uno sguardo.

«Posso parlare un momento da sola con la principessa?», chiese Elora senza guardare nessuno. Era riuscita a mettersi in modo da dare le spalle a tutti e tre.

Duncan si affrettò a uscire dalla sala farfugliando delle scuse e incespicando. Tove ci lasciò con più calma, sempre ben felice di fare le cose coi propri tempi. Si passò una mano tra i capelli arruffati e fece un vago accenno al fatto che sarebbe tornato quando avessi finito.

«Non mi è mai piaciuta questa stanza», disse Elora non appena se ne furono andati. «Più che una sala del trono, mi è sempre sembrata una serra. So che è stata progettata proprio con quest'idea, per aiutarci a mantenere il contatto con le nostre radici, che affondano nella natura, ma mi è sempre parso che ci fosse qualcosa che non andava».

«A me piace». Avevo capito cosa intendeva dire, ma restava il fatto che si trattava di una sala bellissima. Tutte quelle vetrate trasmettevano una sensazione di leggerezza e, al contempo, di opulenza.

«Il tuo "amico" sta vivendo con noi». Aveva scelto quelle parole con attenzione e si era avvicinata al trono. Fece scivolare le dita lungo i braccioli proprio come avevo fatto io, lasciando che le sue curate unghie dallo smalto nero indugiassero sui dettagli.

«Il mio amico?».

«Sì. Il... ragazzo. Matt, giusto?». Sollevò il capo, guardandomi negli occhi per chiedere conferma.

«Vuoi dire mio fratello», replicai provocatoria.

«Non chiamarlo così. Puoi pensarla come ti pare, ma se qualcuno ti sentisse dire che...». Lasciò la frase in sospeso. «Quanto tempo resterà?».

«Finché non riterrò che sia al sicuro anche fuori di qui». Raddrizzai la schiena, preparandomi a un nuovo litigio, ma lei non ribatté nulla. Si limitò ad annuire e volse lo sguardo fuori dalla finestra. «Non provi a impedirmelo?».

«È da un po' di tempo che sono regina, principessa». Mi rivolse un debole sorriso. «So scegliere le battaglie per le quali vale la pena combattere. Credo proprio che in questo caso non avrei nessuna possibilità di vincere».

«Quindi accetti la mia decisione?», le chiesi senza riuscire a mascherare lo sbalordimento.

«Si impara a tollerare ciò che non si può cambiare», affermò semplicemente.

«Vuoi conoscerlo, o ...». Non sapevo davvero che pesci prendere.

Non capivo perché fosse venuta a parlarmi, se non voleva impedirmi di fare qualcosa o per rinfacciarmi di averlo fatto. Sembrava mi cercasse solo in quelle circostanze.

«Lo conoscerò a tempo debito, non ne dubito». Passandosi una mano sulla chioma corvina, mi venne ancor più vicino. «Come va il tuo addestramento?».

«Bene», risposi facendo spallucce. «Non ci capisco granché, ma è OK così. Credo».

«Vai d'accordo con Tove?». I suoi occhi neri tornarono a fissare i miei, indagatori.

«Sì. È un tipo a posto».

Qualunque cosa avesse letto nel mio viso, doveva esserle piaciuta, perché annuì e sorrise. Rimase a chiacchierare con me ancora per qualche minuto, ponendo altre domande sull'addestramento, ma ben presto il suo interesse svanì. Si ritirò, dicendo che aveva alcuni affari da sbrigare.

Non appena se ne fu andata, Tove tornò per proseguire l'addestramento, ma io gli proposi invece di fare una pausa pranzo. Scendemmo in cucina, dove trovammo Matt che stava preparando qualcosa da mangiare per sé e Willa. Erano soli, perché Rhys era a scuola.

Willa lanciò dell'uva a Matt e, quando lui gliela rilanciò, lei proruppe in un risolino. Non so se anche Tove fosse stupito da quel loro atteggiamento giocoso, in ogni caso non disse niente, ma a stento alzò lo sguardo dal suo piatto. Non aprì bocca per tutto il pasto, che io trascorsi osservando Matt e Willa con confusa meraviglia.

Tove e io mangiammo rapidamente e ci alzammo per tornare al lavoro mentre Matt e Willa erano ancora a tavola. D'altronde nessuno dei due sembrò curarsi, o anche solo accorgersi, che ce ne stavamo andando.

Per il resto del pomeriggio non ebbi il tempo di soffermarmi a pensare allo strano comportamento di Willa e Matt. L'addestramento proseguì nella sala del trono senza grandi variazioni rispetto alla mattinata. Verso fine giornata cominciai ad accusare un po' di stanchezza, ma non mi fermai finché Tove non disse che potevamo smettere.

Dopo che se ne fu andato, mi avviai al piano di sopra con Duncan al seguito, visto che non c'era verso di liberarmene. Avrei voluto stare un po' da sola, ma lo lasciai entrare in camera mia. Obbligarlo a rimanere in corridoio ogni volta, mi faceva sentire strana e cattiva.

Sapevo bene che, in teoria, si trovava lì come mia guardia del corpo, ma non era un rigidone in giacca, cravatta e auricolare. Era un ragazzo coi jeans attillati, e questo non mi aiutava a trattarlo come un dipendente.

«Non capisco perché questo posto ti faccia tanto schifo», disse Duncan, guardando la mia camera con ammirazione.

«Non mi fa schifo», risposi, senza essere convinta che fosse la verità.

Sciolsi i capelli, che erano raccolti in una crocchia aggrovigliata, e feci scorrere le dita fra i nodi e i ricci. Duncan curiosò tra le cose che c'erano sulla mia scrivania, armeggiando col computer e i CD. Mi sarei arrabbiata di brutto se fossero stati veramente miei. Invece avevo trovato tutto già pronto quando mi ero trasferita nel palazzo. Anche se era la mia camera, sentivo che quasi nulla mi apparteneva veramente.

«Perché sei scappata?», mi chiese Duncan prendendo un CD dei Fall Out Boy e mettendosi a leggere la lista dei brani.

«Pensavo lo sapessi». M'infilai nel letto, sprofondando in quel profluvio di coperte e cuscini. Piegai un cuscino e lo misi sotto la testa per guardare Duncan più comodamente. «Mi sembrava che avessi capito tutto».

«Quando hai avuto questa sensazione?». Posò il CD e si girò verso di me. «Do sempre l'idea di non avere capito niente».

«Questo è vero», dissi scansando un ricciolo che mi era scivolato sulla fronte. «Ma quando sei venuto a prendermi a casa mia, ho pensato che sapessi».

Quando lo avevo conosciuto, aveva detto qualcosa che aveva suscitato quell'impressione. Non riuscivo a ricordare cosa di preciso, ma aveva lasciato intendere che era a conoscenza di ciò che c'era stato tra me e Finn. O, quanto meno, del perché Finn fosse stato licenziato, ovvero di ciò che provava per me.

In ogni caso, non ero più così sicura dei sentimenti che Finn nutriva. Dubitavo che fossero ancora vivi, se mai lo erano stati. Avevamo trascorso una notte insieme nello stesso letto in cui mi trovavo in quel momento, baciandoci e abbracciandoci. Avrei desiderato andare oltre, ma Finn si era opposto, dicendo che non voleva essermi d'ostacolo. Ma forse non mi aveva mai voluta veramente.

Altrimenti non se ne sarebbe andato in quel modo. Non avrebbe potuto.

«Non so di cosa parli», disse Duncan scuotendo la testa. «Non credo di aver mai capito perché te ne sei andata».

«Allora me lo sarò sognato». Mi stesi sulla schiena, in modo da fissare il soffitto. Prima che potesse chiedermi qualcos'altro in merito, cambiai argomento. «Invece a voi cos'è successo?».

«Quando?». Aveva abbandonato i CD ed era passato a esaminare la mia scarna biblioteca.

I libri non erano così tremendi ma erano stati tutti scelti da Rhys e Rhiannon, perciò non corrispondevano esattamente ai miei gusti. A parte un romanzo di Jerry Spinelli, non ce n'era neanche uno che avrei scelto io stessa.

«Quella sera a casa mia. Siete andati via e i Vittra mi hanno rapito. Che cosa avete fatto? Dove siete finiti?».

«Non molto lontano. Finn era deciso a rimanere in zona. Pensava che alla fine avresti cambiato idea». Prese un libro e si mise a sfogliarlo distrattamente. «Ma non abbiamo fatto in tempo a raggiungere l'isolato successivo, che ci sono saltati addosso. C'era quel tipo biondastro, gli è bastato rivolgerci un'occhiata per metterci fuori uso».

«Loki», sospirai.

«Come?», chiese, e io scossi il capo.

Evidentemente i Vittra ci avevano tenuto d'occhio, in attesa del momento giusto per cogliere Finn e Duncan di sorpresa. Erano stati presi alla sprovvista e Loki li aveva messi fuori gioco. Finn poteva dirsi fortunato, gli avevano soltanto fatto perdere i sensi. Con me Kyra si era rivelata fin troppo incline al pestaggio.

Probabilmente il piano prevedeva che lei mi catturasse da sola, mentre Loki si occupava di neutralizzare Duncan e Finn. Loki non mi era parso così violento. Anzi, se non fosse intervenuto, Kyra probabilmente mi avrebbe uccisa.

«Aspetta», esclamò Duncan socchiudendo gli occhi, come se stesse realizzando qualcosa. «Credevi che ti avessimo abbandonata?».

«Non sapevo cosa pensare», risposi. «Ve ne siete andati, e non me l'aspettavo. Non volevo venire, ma voi non avete insistito granché. Ho pensato che forse...».

«Per questo eri così mogia?».

«Non ero mogia!». Ero un po' depressa dal mio ritorno. Be', già da prima, a dire il vero, ma non avevo mai pensato di essere *mogia*.

«Invece sì», ribadì con un sorriso. «Non ti avremmo mai e poi mai abbandonata in quella situazione. Eri un bersaglio facile. Finn non permetterebbe mai che ti succedesse qualcosa». Ricominciò a curiosare tra le mie cose e prese l'iPod. «Voglio dire, non riesce a lasciarti neanche ora che sei assolutamente al sicuro».

«Cosa?». Il mio cuore iniziò a martellare. «Di che stai parlando?».

«Che?». Duncan si rese conto, troppo tardi, di aver detto più del dovuto, e impallidì. «Niente».

«No, Duncan, che vuoi dire?». Mi alzai a sedere, incapace di fingere indifferenza, pur sapendo che avrei dovuto almeno provarci. «Finn è qui? Vuoi dire *proprio* qui?».

«Non dovrei dire nulla», rispose nervosamente, spostando il peso da un piede all'altro.

«Devi dirmelo», insistei, saltando a sedere sul bordo del letto.

«No, Finn mi ucciderebbe se venisse a saperlo». Duncan abbassò gli occhi a terra e si mise ad armeggiare con un passante della cintura scucito. «Mi dispiace».

«Ti ha detto di non dirmi che è qui?», gli chiesi, provando l'ennesima pugnalata al cuore.

«Non è proprio qui, nel palazzo». Mugolò guardandomi con aria da cane bastonato. «Se favorissi in qualche modo il tuo coinvolgimento in questa sordida faccenda, perderei il lavoro per sempre. Per favore, principessa. Non costringermi a dirtelo».

A queste parole finalmente realizzai che potevo davvero *costringerlo*. Anche se il mio potere di persuasione non era ancora abbastanza forte per affrontare tipi come Tove o Loki, su Duncan mi ero allenata. Era estremamente suscettibile al mio incantesimo.

«Dove si trova, Duncan?», gli chiesi guardandolo dritto negli occhi.

Non ebbi neppure bisogno di cantilenare mentalmente. Appena formulai la domanda, la sua mascella si allentò e i suoi occhi divennero vitrei. E che la sua mente fosse tanto cedevole acuì i miei sensi di colpa. Prima o poi, avrei dovuto trovare un modo per farmi perdonare.

«Si trova a Förening, a casa dei suoi genitori», proferì Duncan, battendo ripetutamente le palpebre.

«I suoi genitori?».

«Sì, vivono in fondo alla strada», disse indicando a sud. «Segui la strada principale in direzione del cancello, poi prendi la terza a sinistra, una strada sterrata. Scendendo lungo il fianco del promontorio troverai la loro casa. È quella con le capre».

«Capre?», domandai, chiedendomi se Duncan non mi stesse prendendo in giro.

«Sua madre ha un piccolo allevamento di capre d'Angora. Confeziona maglioni e sciarpe di mohair che poi vende». Scosse il capo. «Ho detto anche troppo. Finirò in un mare di guai».

«No, andrà tutto bene», lo rassicurai saltando giù dal letto.

Corsi all'armadio per cambiarmi. Non ero vestita male ma, se davvero stavo per rivedere Finn, volevo essere bella. Duncan continuò a piagnucolare che era stato un idiota a lasciarsi sfuggire quell'accenno. Tentai di calmarlo ma la mia mente andava troppo veloce.

Non riuscivo a capacitarmi di quanto fossi stata stupida. Avevo creduto che lo avessero mandato a rintracciare qualcun altro subito dopo avergli tolto l'incarico di proteggermi. Ma ora mi rendevo conto che doveva per forza prendersi una piccola pausa tra un incarico e l'altro e che, nel frattempo, doveva pur vivere da qualche parte. Se non risiedeva più a palazzo, la cosa più ovvia era che fosse tornato dai genitori. Mi aveva parlato pochissimo di loro, e non avevo mai pensato che potessero vivere così vicino.

«Elora lo scoprirà. Lei sa tutto», borbottò Duncan mentre uscivo dalla cabina armadio.

«Non lo dirò a nessuno, te lo prometto». Mi guardai allo specchio. Ero pallida, confusa e terrorizzata. Finn mi preferiva coi capelli sciolti, perciò non li legai, nonostante fossero in uno stato pietoso.

«Lo scoprirà comunque», insisté Duncan.

«Farò in modo che tu non perda il lavoro», dissi, ma lui continuava a non credermi. «Sono la principessa. La mia opinione conterà pure qualcosa». Fece spallucce, ma si vedeva che ero finalmente riuscita a rassicurarlo un po'. «Devo andare. Non dire a nessuno dove sono diretta».

«Daranno di matto, non appena si accorgeranno che sei scomparsa».

«Allora…». Mi guardai attorno, riflettendo. «Rimani qui. Se qualcuno viene a cercarmi, di' che sono in bagno e che non voglio essere disturbata. Ci faremo da alibi a vicenda».

«Sei sicura che funzionerà?», mi chiese inarcando un sopracciglio.

«Sì», mentii. «Devo andare. E grazie».

Duncan continuava a non mostrarsi convinto che fosse una buona idea, ma non gli avevo lasciato molta scelta. Corsi fuori dal palazzo, cercando di dare nell'occhio il meno possibile. Per ordine di Elora, qualche altro cercatore si aggirava nei dintorni per tenere tutto sotto controllo, ma riuscii a sgattaiolare via senza essere notata.

Aprendo il portone, mi resi conto di non sapere neanch'io perché avessi tutta quella fretta di vedere Finn. Che cosa pensavo di fare una volta che me lo fossi trovato di fronte? L'avrei convinto a venire via con me? Ma lo volevo veramente?

Considerando il modo in cui ci eravamo lasciati, che cosa andavo cercando?

Non riuscivo a darmi risposte convincenti. L'unica cosa che sapevo era che dovevo vederlo. Scesi a precipizio lungo quella strada serpeggiante, in direzione sud, cercando di ricordare le indicazioni di Duncan.

12. Parentado

Lo sterrato scendeva lungo un pendio ripidissimo. Se non avessi sentito i belati delle capre, avrei pensato di aver sbagliato strada.

Superata la curva, vidi il casolare insinuato nel fianco della rupe. Cespugli e rampicanti lo coprivano a tal punto che non l'avrei notato se non ci fosse stato il fumo che usciva dal camino. Il pascolo per le capre era meno scosceso dei terreni circostanti, quindi doveva trattarsi di un altopiano. Era circondato da uno steccato che impediva la fuga degli animali. Il lungo pelo delle capre era bianco sporco, ma bisogna dire che il cielo coperto e la fredda umidità dell'aria non contribuivano a esaltare i colori. Persino il tappeto di foglie gialle e rosse che ricopriva il cortile attorno alla casa di Finn sembrava sbiadito.

Adesso che ero arrivata, non sapevo cosa fare. Mi strinsi nelle braccia e deglutii. Dovevo andare alla porta e bussare? Che cosa avrei dovuto dirgli? Se n'era andato. Aveva già fatto una scelta e sapevo quale.

Guardai indietro, verso il palazzo, pensando che forse sarebbe stato meglio tornare senza vederlo. Ma una voce femminile interruppe i miei pensieri e mi rivolsi verso la casa di Finn.

«Avete già mangiato», stava dicendo la donna alle capre. Attraversò il pascolo, allontanandosi dal piccolo fienile che sorgeva ai margini del campo. Indossava un vestito logoro lungo fino a terra, dall'orlo completamente annerito. Un mantello scuro le copriva le spalle e i capelli castani erano legati in due strette crocchie. Ci mise un po' ad accorgersi di me, troppo occupata a respingere le capre che le si accalcavano intorno mendicando un boccone.

Non appena mi vide, rallentò il passo, fin quasi a fermarsi. Aveva gli occhi neri, come quelli di Finn, ed era molto bella, ma era la prima volta che vedevo un viso tanto sciupato, da quelle parti. Non doveva superare la quarantina, però aveva la pelle indurita e cotta dal sole di chi ha alle spalle una vita di duro lavoro nei campi.

«Posso aiutarti?», mi chiese, allungando il passo per venirmi incontro.

«Ehm...». Mi strinsi ancor di più tra le braccia, lanciando una rapida occhiata alla strada. «Temo di no».

Aprì il cancello, facendo schioccare la lingua per allontanare le capre, ed uscì dal recinto. Si fermò a un paio di metri da me e, dal modo in cui mi esaminava, capii che non le ispiravo simpatia. Poi si passò le mani sul vestito, per pulirle dalla sporcizia degli animali.

Annuì e sospirò.

«Inizia a far freddo qui fuori», disse. «Perché non vieni dentro?».

«Grazie, ma io...», stavo per declinare ma lei m'interruppe.

«Credo che dovresti».

Si girò e s'incamminò verso il casolare. Invece di seguirla, rimasi ferma per qualche istante, chiedendomi se fosse il caso di filarmela o meno. Ma la donna aveva lasciato aperta la porta dell'abitazione e, dall'interno, sentii provenire un invitante tepore e un delizioso profumo di minestrone, un aroma ricco di cibo fatto in casa. Di rado avevo incontrato un profumino altrettanto allettante.

Quando entrai, si era già tolta il mantello e si era sistemata davanti alla stufa panciuta, in un angolo della stanza. Sul fuoco c'era il paiolo nero in cui ribolliva quel minestrone dal meraviglioso effluvio, e lei lo stava girando con un mestolo di legno.

Era un ambiente umile e pittoresco, proprio come mi sarei aspettata che fosse la dimora di un troll. Ricordava la casetta di Biancaneve e i sette nani. I pavimenti erano sporchi, uniformemente anneriti dall'usura.

Lo spesso tavolo di legno al centro della cucina era pieno di scalfitture. In un angolo c'era una scopa di saggina e ognuna delle finestrelle circolari che si aprivano sulla stanza era decorata da una fioriera. Come le piante nel giardino del palazzo, anche queste erano in fiore, piene di boccioli rosa e violetti, nonostante il tempo della fioritura fosse passato da un pezzo.

«Ti fermi a cena?», mi chiese, aggiungendo un pizzico di qualcosa nel paiolo.

«Cosa?», chiesi, sorpresa dal suo invito.

«Ho bisogno di saperlo». Si voltò verso di me, strofinando le mani sul vestito per rimuovere i residui di spezie. «Dovrò infornare del pane se c'è un'altra bocca da sfamare».

«Oh, no, sto bene così». Scossi il capo, ora che avevo compreso che non si trattava di un invito. Me l'aveva chiesto perché temeva che imponessi la mia presenza a tavola, e sulla sua famiglia. L'amarezza mi procurò una stretta allo stomaco. «Grazie comunque».

«Che cosa vuoi allora?», mi chiese mettendosi le mani sui fianchi e scrutandomi con lo stesso sguardo cupo e duro che aveva Finn quando era arrabbiato.

«Cosa?! Mi hai...», m'impappinai, colta alla sprovvista dalla sua brutale franchezza. «Mi hai invitato tu a entrare».

«Ti stavi aggirando come una ladra. So che vuoi qualcosa». Prese uno straccio dalla bacinella metallica che fungeva da lavandino e iniziò a pulire il ripiano della tavola, anche se non sembrava sporco. «Preferirei che mi dicessi di che si tratta, così la facciamo finita».

«Sai chi sono?», le chiesi piano.

Non volevo darmi delle arie, ma non riuscivo a capire il motivo della sua ostilità. La sua scortesia era comunque inspiegabile, che sapesse o meno che ero la principessa.

«Certo che lo so», disse. «E immagino che tu sappia chi sono io».

«Chi sei?», le domandai pur conoscendo la risposta.

«Sono Annali Holmes, umile serva della regina». Smise di strofinare la tavola e mi fulminò con lo sguardo. «Sono la madre di Finn. E se sei venuta per lui, sappi che non c'è».

Mi sarei sentita crollare il mondo addosso se non fossi stata così sconvolta da come mi stava trattando. Avevo l'impressione di essere sotto accusa, senza nemmeno sapere per cosa.

«Io... io non...», farfugliai. «Ero uscita a fare una passeggiata. Avevo bisogno di prendere una boccata d'aria. Non volevo fare nulla di male».

«Certo, come al solito», ribatté Annali sorridendomi a denti stretti.

«Come fai a dirlo? Ci siamo appena conosciute».

«Può darsi», annuì. «Ma conosco tua madre piuttosto bene». Mi volse le spalle, posando una mano sullo schienale di una sedia. «E conosco mio figlio».

Finalmente capii a cosa fosse dovuto il suo astio. Anni prima, suo marito e mia madre avevano avuto una relazione. Annali lo era venuta a sapere, quindi era ovvio che ce l'avesse con me. Chissà perché, non ci avevo pensato.

Eccomi arrivata a rovinare la vita di suo figlio, dopo che mia madre aveva quasi rovinato la sua. Deglutii per il disagio, realizzando che andare a casa loro non era stata una buona idea. Non era il caso che disturbassi Finn e portassi scompiglio nella sua famiglia più di quanto avessi già fatto.

«Mamma!», gridò una voce infantile proveniente da un'altra stanza. Annali si diede immediatamente un contegno, riuscendo persino a simulare un sorriso di circostanza.

Una ragazzina di circa dodici anni entrò in cucina, tenendo in mano un libro di testo tutto sbrindellato. Portava un vestitino liso e un maglione di lana, e aveva un'aria cenciosa e infreddolita, nonostante la casa fosse ben riscaldata. I suoi capelli erano una scura matassa inestricabile, come i miei, e aveva una guancia sporca di terra.

Appena mi vide spalancò la bocca e sgranò gli occhi.

«È la principessa!», esclamò sbalordita.

«Sì, Ember, so chi è», disse Annali facendo di tutto per mantenere un tono gentile.

«Chiedo scusa, che maleducata che sono». Ember gettò il libro sul tavolo e fece una rapida e profonda riverenza.

«Ember, non sei tenuta a farlo, non in casa nostra», la rimproverò stancamente Annali.

«Ha ragione. Mi sento ridicola quando mi fanno la riverenza», dissi.

Annali mi guardò con la coda dell'occhio ed ebbi l'impressione che, dandole ragione, avevo solo acuito il suo fastidio nei miei confronti. Come se avessi sminuito la sua autorità genitoriale.

«O mio dio, principessa!», gridò Ember girando di corsa attorno al tavolo per venirmi vicino. «Non riesco a credere che sei qui! Come mai sei venuta? È per mio fratello? È uscito con nostro padre, ma tornerà fra poco. Dovresti fermarti per cena. I miei compagni di scuola schiatteranno d'invidia. O mio dio! Sei persino più bella di come ti aveva descritta Finn!».

«Ember!», sbottò Annali quando fu chiaro che la figlia era come un fiume in piena.

Arrossii e distolsi lo sguardo, non sapendo come reagire. Capivo perfettamente che, in teoria, incontrare una principessa costituiva un evento eccitante, ma non vedevo proprio nulla di entusiasmante nel conoscere me.

«Scusa», disse Ember, ma la sua gioia non parve attenuarsi di una virgola. «Ho scongiurato Finn mille volte di farci conoscere e lui…».

«Ember, devi finire i compiti», ingiunse Annali senza guardarci.

«Ero venuta perché c'è una cosa che non capisco», ribatté Ember indicando il suo libro.

«Allora passa ad altro», replicò Annali.

«Ma mamma!», piagnucolò la bambina.

«Niente storie, Ember», disse Annali con un tono severo che conoscevo bene, dopo essermi sorbita per anni le ramanzine di Maggie e Matt.

Ember sospirò, prese il libro e si trascinò in camera sua. Borbottò qualcosa sull'ingiustizia della vita, ma Annali la ignorò.

«Tua figlia è deliziosa», le dissi dopo che se ne fu andata.

«Non venirmi a parlare dei miei figli», scattò lei.

«Scusa», risposi accarezzandomi nervosamente un braccio. Non sapevo più che fare, né che motivo avessi per restare ancora lì. «Perché mi hai invitato a entrare se ti do tanto fastidio?».

«Come se avessi scelta», esclamò alzando gli occhi al cielo e tornando alla stufa. «Sei venuta per prenderti mio figlio e so bene di non poterti fermare».

«Non…». Le parole mi morirono in gola. «Volevo parlargli, non portartelo via», sospirai. «Volevo solo dirgli addio».

«Sei in partenza?», mi chiese Annali dandomi le spalle e continuando a rimestare la zuppa.

«No. Non potrei andarmene anche se esistesse un posto dove preferirei stare», risposi guardando il pavimento e armeggiando coi polsini della camicia. «Non era mia intenzione importunarti, davvero. Non so neppure perché sono venuta. Sapevo che era un errore».

«Davvero non sei venuta per portarlo via?», domandò volgendosi a me con sguardo affilato.

«Ha deciso di andarsene», risposi. «Non posso costringerlo a tornare... e anche se potessi, non lo farei», aggiunsi scuotendo il capo. «Mi spiace averti disturbato».

«Non hai proprio niente a che vedere con tua madre», commentò Annali con tono meravigliato. Alzai lo sguardo su di lei. «Finn me l'aveva detto, ma non gli avevo creduto».

«Grazie», borbottai. «Cioè... non voglio essere come lei».

Delle voci maschili giunsero dalla strada. Le pareti del casolare erano incredibilmente sottili. Guardai fuori da una delle finestrelle accanto alla porta. Il vetro era deformato e appannato, ma riuscii comunque a distinguere due figure che si stavano dirigendo verso la casa.

«Sono tornati», sospirò Annali.

Il cuore iniziò a martellarmi nel petto e fui costretta ad intrecciare le mani per contrastarne il tremore. Continuavo a chiedermi cosa ci fossi venuta a fare e, più Finn si avvicinava alla porta, più aumentava il rimpianto per l'infelice decisione. Non sapevo assolutamente cosa dirgli. In realtà, ne avevo un milione di cose da dirgli, ma il tempo e il luogo erano del tutto inadatti.

La porta si aprì, lasciando entrare una ventata gelida nella quale avrei voluto dissolvermi. Ma un uomo m'intralciava il passaggio e, vedendomi, assunse un'espressione sconvolta e turbata che rispecchiava perfettamente il mio stato d'animo. Rimase pietrificato sulla soglia, impedendo a Finn di entrare e senza distogliere da me quello sguardo basito per un minuto.

Aveva gli occhi più chiari di Finn e la pelle più scura, ma gli somigliava abbastanza da convincermi che si trattava del padre. La sua era una bellezza più delicata di quella del figlio, con la pelle più liscia e gli zigomi più alti. Finn aveva dei lineamenti più irregolari e virili, che preferivo.

«Principessa», salutò infine.

«Sì, Thomas», fece Annali, senza neanche provare a dissimulare l'irritazione. «È proprio la principessa. E adesso entra, prima che tutta la casa si raffreddi».

«Domando scusa», disse Thomas inchinandosi dinanzi a me, poi si fece da parte per consentire a Finn di entrare.

Finn non s'inchinò e non disse una parola. Il suo volto era assolutamente inespressivo e il suo sguardo talmente cupo da risultare indecifrabile. Incrociò le braccia sul petto e i suoi occhi nei miei, tanto che alla fine li distolsi. L'aria si era fatta pesante: avrei tanto voluto trovarmi altrove.

«A cosa dobbiamo il piacere?», chiese Thomas per rompere il silenzio generale. Si era avvicinato alla moglie e le aveva cinto le spalle con un braccio. Lei aveva reagito alzando gli occhi al cielo, ma senza respingerlo.

«Volevo prendere una boccata d'aria», borbottai. Sentivo la bocca addormentata e avevo dovuto fare appello a tutte le mie forze per rispondere.

«Forse è il caso che rientri», mi suggerì Annali.

«Sì», mi affrettai a rispondere, provando un'estrema gratitudine per quest'occasione di fuga.

«Ti accompagno», disse Finn prendendo finalmente la parola.

«Finn, non credo che sia necessario», intervenne subito Annali.

«Devo essere sicuro che torni a casa», spiegò il figlio. Aprì la porta, lasciando entrare l'aria gelata che accolsi come un provvidenziale antidoto all'atmosfera ormai irrespirabile della cucina. «Sei pronta, principessa?».

«Sì», annuii e avanzai verso la porta. Feci un vago cenno di saluto ad Annali e Thomas, per nulla desiderosa di guardarli in faccia. «È stato un piacere conoscervi. Salutate Ember da parte mia».

«Sei sempre la benvenuta, principessa», mi accomiatò Thomas, e avrei giurato di aver sentito il rumore della gomitata che Annali gli diede nel braccio mentre uscivo dal casolare.

Dopo un profondo respiro m'incamminai lungo lo sterrato. Ero scalza e il brecciolino mi si conficcava nelle piante dei piedi, eppure ne ricevevo solo piacere. Mi distraeva dall'imbarazzo che regnava tra me e Finn.

«Non c'è bisogno che mi accompagni», gli dissi piano quando stavamo per raggiungere la fine del viottolo. Da lì, la strada si trasformava in un nastro d'asfalto che portava dritto al palazzo.

«Sì invece», rispose freddo. «È mio dovere».

«Non più».

«È ancora mio dovere adempiere ai desideri della regina. E la sicurezza della principessa è il suo più grande desiderio», disse con tono quasi derisorio.

«Sono perfettamente al sicuro anche senza di te», replicai allungando il passo.

«Almeno hai avvisato qualcuno che lasciavi il palazzo?», mi chiese Finn con un'occhiata in tralice, affrettandosi a raggiungermi. Scossi il capo. «Come hai fatto a trovarmi?». Non risposi, perché non volevo mettere Duncan nei guai, ma Finn ci arrivò da solo. «Te l'ha detto Duncan? Magnifico».

«Duncan se la cava a meraviglia!», sbottai. «E devi pensarla così anche tu, altrimenti non mi avresti lasciata nelle sue mani».

«Non ho alcuna voce in capitolo sui tuoi guardaspalle», ribatté Finn. «Lo sai benissimo. Non capisco perché te la prendi con me».

«Non me la prendo con te!». Allungai ulteriormente il

passo, fin quasi a correre. Non fu una buona idea, perché incappai in un sassolino acuminato. «Merda!».

«Tutto a posto?», mi chiese Finn fermandosi per capire quale fosse il problema.

«Sì, ho solo preso un sasso appuntito», risposi massaggiandomi la pianta del piede. Non essendo ferita a sangue, mi rimisi in marcia. Sentivo un po' di dolore, ma sarei sopravvissuta. «Non potevamo prendere la tua macchina?».

«Non ho una macchina», rispose Finn mettendosi le mani in tasca e rallentando il passo.

Zoppicavo un po' ma lui non mi offriva alcun aiuto. Non lo avrei accettato, ma non era questo il punto!

«E allora di chi è la Cadillac che guidi sempre?», chiesi.

«Di Elora», rispose. «Mi concede la macchina per lavoro, come fa con tutti i cercatori. Ma nessuno di noi ne possiede una. Anzi, per la precisione io non possiedo *niente*».

«E i tuoi vestiti?», insistei, solo per provocarlo. Davo per scontato che fossero suoi, ma dovevo trovare un pretesto perché volevo litigare.

«Hai presente il casolare che hai appena visto, Wendy?», mi chiese fermandosi a indicare casa sua. Ormai eravamo troppo lontani per vederla, ma indirizzai comunque lo sguardo agli alberi che la nascondevano. «È la casa in cui sono cresciuto, in cui vivo e in cui probabilmente morirò. Ecco cosa possiedo. L'*unica* cosa che possiedo».

«Anch'io non ho nulla di veramente mio», replicai suscitando una risata cupa da parte sua.

«Continui a non capire, Wendy». Mi guardò dritto negli occhi e la sua bocca si distorse in un sorriso amaro. «Non sono altro che un cercatore. La devi fare finita. Devi deciderti a essere la principessa, fare ciò che è meglio per te, e lasciarmi al mio lavoro».

«Non volevo certo disturbarti e non c'è bisogno che mi accompagni a casa». Gli voltai le spalle e ricominciai a camminare, molto più velocemente di quanto il mio piede avrebbe gradito.

«Sono qui per garantire la tua sicurezza», ribadì Finn, che era rimasto qualche passo indietro.

«Se l'unica cosa che t'interessa è il lavoro, vai a lavorare!», esclamai fermandomi e voltandomi di scatto verso di lui. «Non faccio più parte dei tuoi compiti, o sbaglio?».

«No, non sbagli!», urlò Finn facendo un passo verso di me. «Perché sei venuta a casa mia, oggi? Cosa pensavi di ottenere?».

«Non lo so!», strillai. «Ma tu non mi hai neanche detto addio!».

«A cosa sarebbe servito?». Scosse la testa. «A niente».

«Sì invece!», insistei. «Non puoi lasciarmi così!».

«Sono costretto!». I suoi occhi scuri e fiammeggianti mi fecero attorcigliare lo stomaco. «*Devi* essere la principessa e io non posso metterti i bastoni fra le ruote. Non lo farò mai».

«Ho capito, ma...». Gli occhi mi si riempirono di lacrime e non riuscii a far altro che deglutire. «Non puoi continuare a sparire in questo modo. Devi almeno dirmi addio».

Finn si avvicinò. Nessun altro al mondo aveva quel fuoco negli occhi e mi parve che l'aria stessa si fosse surriscaldata. Mi abbandonai sul suo petto, anche se temevo che sentisse con quale violenza mi batteva il cuore.

Alzai gli occhi, pregando che mi abbracciasse, ma non lo fece. Rimase immobile.

«Addio, Wendy». Lo sussurrò talmente piano che a malapena riuscii a sentirlo.

«Principessa!», gridò Duncan.

Mi scostai da Finn e vidi il cercatore, a pochi passi di distanza, che si sbracciava come un matto. Il palazzo era appena dietro l'angolo, ma me ne ero accorta solo in quel momento. Quando mi voltai verso di lui, Finn si era già allontanato e stava tornando verso casa.

«Adesso c'è lui a scortarti», disse indicando Duncan, continuando a camminare. Dato che non replicavo, però, si fermò. «Non mi dici addio?».

«No», scossi la testa.

«Principessa!», gridò nuovamente Duncan e sentii che si era messo a correre verso di noi. «Principessa, Matt si è accorto della tua assenza e sta per avvisare le guardie. Ti devo riportare a casa prima che lo faccia».

«Arrivo». Mi girai verso di lui, volgendo le spalle a Finn.

C'incamminammo in direzione del palazzo e non mi girai più a guardare Finn. Ero piuttosto fiera di me. Non gli avevo rinfacciato il fatto che mi avesse tenuto nascosta la verità su mio padre, ma ero comunque riuscita a dirgli alcune delle cose che avevo dentro.

«Per mia fortuna, è stato Matt ad accorgersi che non c'eri, anziché Elora», raccontò Duncan mentre giravamo l'angolo. Lì, la strada asfaltata lasciava il posto a un vialetto lastricato, che fece star meglio il mio piede.

«Duncan, anche tu vivi così?», gli chiesi.

«In che senso?».

«Mi riferisco alla casa di Finn», dissi puntando col pollice in direzione del casolare. «Vivi in un posto simile? Cioè, quando sei fuori servizio».

«Sì, grosso modo», ammise annuendo. «Direi che casa mia è un po' più carina, ma solo perché vivo con mio zio che, prima di ritirarsi, è stato un grande cercatore. E adesso insegna nella scuola dei mänks; un altro lavoro niente male».

«Vivi nei paraggi?», gli domandai.

«Sì», rispose indicando la cima della collina a nord del palazzo. «La casa non si vede, perché è ben nascosta tra le creste dei promontori, ma si trova proprio lassù». Mi lanciò un'occhiata. «Perché? Vuoi venire a vederla?».

«Non ora. Grazie dell'invito, però», dissi. «Ero solo curiosa. Tutti i cercatori vivono così?».

«Vuoi dire come me e Finn?». Duncan ci rifletté un attimo e poi annuì. «Sì, più o meno. Vivono tutti in zona, in ogni caso».

Duncan mi precedette e aprì il portone ma, invece di entrare, mi fermai a osservare il palazzo. L'enorme facciata bianca era coperta da un intreccio di rampicanti. Quando il sole vi batteva, le mura scintillavano. Benché bellissimo, il candore era quasi accecante.

«Principessa?», mi chiamò Duncan, che stava tenendo aperto il battente. «Va tutto bene?».

«Sacrificheresti la tua vita per proteggermi?», gli chiesi brutalmente.

«Che cosa???».

«Se mi trovassi in pericolo, saresti disposto a morire per proteggermi?», gli chiesi. «È mai successo che un cercatore morisse così?».

«Sì, certo», annuì Duncan. «Molti cercatori hanno sacrificato la propria vita in nome del regno e sarei onorato se accadesse a me».

«Non farlo». Mi avvicinai. «Se mai ti trovassi a dover scegliere tra me e te, salva te stesso. Non vale la pena morire per me».

«Principessa, io...».

«Né per nessuno di noi», aggiunsi con sguardo grave. «Non per la regina, né per i Markis o le Marksinna. Si tratta di un ordine della tua principessa e hai il dovere di eseguirlo. Salva te stesso».

«Non capisco», mormorò Duncan col volto stravolto dallo stupore. «Ma se è questo ciò che desideri, principessa...».

«È ciò che desidero. Ti ringrazio». Gli sorrisi ed entrai nel palazzo.

13. Prigioniero

Con gran rammarico di Tove, la sala da ballo era stata ripulita dai detriti, ma il lucernario era ancora coperto dai teli impermeabili. A Tove quel ciarpame era piaciuto perché potevo usarlo per l'addestramento, ma decise che i teli l'avrebbero reso ancora più facile.

Duncan quel giorno non c'era. Credo che il suo cervello iniziasse a patire i miei continui esperimenti. Di tanto in tanto, quando calcavo troppo la mano, veniva colpito da onde cerebrali vaganti e ritenemmo tutti che sarebbe stato meglio per lui starmi un po' alla larga.

Dopo ore che provavo a muovere il telo, ero riuscita soltanto a farlo increspare. A dire il vero, non ne ero neppure sicura. Tove diceva che probabilmente era opera mia, ma temevo fosse stata una forte folata di vento a smuoverlo.

La testa cominciava a dolere e mi sentivo un'imbecille a stare con le braccia tese verso l'alto, a sorreggere il vuoto.

«Non succede niente», sospirai lasciandole cadere lungo i fianchi.

«Devi metterci più impegno», ribatté Tove. Era sdraiato sul pavimento, vicino a me, con le braccia incrociate dietro la nuca.

«Ce la sto già mettendo tutta». Mi lasciai cadere sul pa

vimento con un tonfo assai poco femminile, tanto sapevo che a Tove non importava. Avevo la sensazione che si fosse a malapena reso conto che ero una ragazza. «Non lo dico per fare la lagna, ma sei sicuro che sono in grado?».

«Abbastanza».

«E se mi sto provocando un aneurisma nel tentativo di fare qualcosa che va oltre le mie possibilità?».

«Non accadrà», disse semplicemente. Alzò un braccio e, puntando il palmo verso il telo, lo fece sollevare finché i cavetti elastici che lo ancoravano non furono tesi. A quel punto lo lasciò tornare giù e mi guardò. «Fallo».

«Posso prendermi una pausa?», gli chiesi quasi implorante. Avevo la fronte madida di sudore e i capelli incollati alle tempie.

«Se proprio devi». Abbassò il braccio riposizionandolo sotto la testa. «Se davvero ti riesce così difficile, forse dovresti tornare ad allenarti con cose più semplici. Domani riproviamo con Duncan».

«No, non voglio esercitarmi su di lui». Avvicinai le ginocchia al petto, poggiandoci una guancia. «Non voglio rischiare di fargli danni irreparabili».

«Rhys allora?», propose. «Su di lui ti puoi esercitare?».

«No. È fuori discussione». Mentre grattavo con l'unghia una macchiolina del pavimento, riflettevo. «Non voglio cavie umane».

«Non c'è altro modo per migliorare», disse Tove.

«Lo so ma...». Sospirai. «Forse non voglio migliorare. Cioè, voglio essere in grado di controllarmi, questo sì. Ma non voglio imparare a plagiare le persone. Nemmeno quelle cattive. Non mi sembra giusto».

«Ti capisco». Si mise a sedere e, incrociando le gambe, si voltò verso di me. «Ma imparare a gestire i tuoi poteri non è una cosa cattiva».

«Sono più forte di Duncan, giusto?».

«Sì, certo», annuì.

«Allora perché *lui* protegge *me*?», domandai. «Se tra i due sono io la più potente».

«Perché lui è più sacrificabile», rispose senza girarci attorno. Evidentemente ebbi un'espressione inorridita perché Tove si affrettò a spiegarsi meglio. «Questo è il punto di vista della regina. E della società Trylle. E... se proprio devo essere sincero, anch'io la penso così».

«Non crederai davvero che la mia vita valga di più solo perché sono una principessa?», gli chiesi. «I cercatori vivono nella miseria, e ci aspettiamo anche che muoiano per noi».

«Non vivono nella miseria, ma hai ragione. Il sistema fa schifo», disse. «I cercatori vengono al mondo con un debito inestinguibile sulle spalle per il semplice fatto che crescono qui, anziché essere abbandonati altrove a intascare un'eredità. Si tratta di servitù debitoria, che è solo un modo carino di chiamare la schiavitù. Ed è assolutamente ingiusto».

Soltanto allora mi resi conto che proprio di questo si trattava. I cercatori erano poco più che schiavi. Ne fui nauseata.

«Ma ciò non toglie che tu abbia bisogno di guardie del corpo», proseguì Tove. «Qualsiasi leader del mondo libero ha un qualche tipo di scorta. Persino le popstar ce l'hanno. Non è una cosa così terribile».

«Sì, ma nel mondo libero le guardie del corpo sono pagate. Chi lo fa, lo fa per scelta», dissi. «Non è costretto».

«Credi che Duncan sia stato costretto? O Finn?», mi chiese. «Si sono entrambi offerti volontari. Come tutti gli altri. Proteggerti è un grande onore. E inoltre, l'opportunità di vivere nel palazzo è molto appetitosa».

«Non voglio che qualcuno si faccia male per me», dichiarai guardandolo negli occhi.

«Bene», replicò con un sorrisetto. «Allora impara a difenderti. Fai muovere il telone».

Mi alzai in piedi, pronta a conquistare il telone una volta per tutte, ma fui interrotta dal suono assordante di una sirena.

«L'hai sentito, vero?», mi chiese Tove inclinando la testa da un lato.

«Sì, direi!», gridai per sovrastare il frastuono.

«Dovevo assicurarmi che non fosse solo nella mia testa», confermò Tove.

A quel punto mi venne spontaneo chiedermi che diavolo di suoni avesse nella testa. Sapevo che udiva cose che nessun altro poteva sentire ma, se comprendevano addirittura sirene spiegate, capivo bene perché avesse sempre l'aria distratta.

«Che cos'è?», gli chiesi.

«Un allarme antincendio?», tirò a indovinare Tove facendo spallucce e alzandosi in piedi. «Andiamo a vedere».

Mi coprii le orecchie con le mani e lo seguii fuori dalla sala da ballo. Appena ci affacciammo sul corridoio, la sirena smise di fischiare, al contrario delle mie orecchie. Ci trovavamo nell'ala sud, quella dove si svolgevano le attività ufficiali, e incontrammo alcuni funzionari di corte che si erano a loro volta sporti e si guardavano attorno.

«Perché è scattata quella diavoleria?», si udì Elora gridare dall'atrio. Le sue parole echeggiarono anche all'interno della mia testa. Detestavo che usasse il potere telepatico per sfogare la sua frustrazione.

Non riuscii a sentire le risposte che le vennero fornite, ma dai rumori che arrivavano fino a me si capiva che c'era un gran parapiglia. Versacci, urla, porte che sbattevano, gente che si azzuffava. Nella rotonda stava succedendo qualcosa, non c'era alcun dubbio. Tove vi si diresse deciso e mi affrettai a seguirlo.

«Dove l'avete trovato?», chiese Elora, ma stavolta le sue parole non mi echeggiarono in testa. Ormai eravamo abbastanza vicini da udirla chiaramente senza il bisogno della telepatia.

«Si aggirava vicino alla recinzione», raccontò Duncan e, al suono della sua voce, allungai ulteriormente il passo. Ancora non sapevo in che guaio si fosse cacciato, ma non c'era da aspettarsi nulla di buono. «Quando l'ho sorpreso, aveva appena fatto perdere conoscenza a una guardia».

Raggiunto l'atrio, trovai Elora a metà della scalinata. Indossava una lunga vestaglia, e ne dedussi che l'allarme l'aveva sorpresa a letto con una delle sue solite emicranie. Massaggiandosi una tempia, teneva d'occhio l'atrio col suo solito atteggiamento sdegnoso.

Dal portone, ancora spalancato, entrava a folate la prima neve dell'anno. Al centro della rotonda un gruppo di guardie si azzuffava, mentre raffiche di vento facevano oscillare violentemente il lampadario che pendeva sopra le loro teste. Duncan se ne stava in disparte e ne fui rallegrata, perché lo scontro sembrava volgere al peggio.

In almeno sei o sette stavano cercando di bloccare qualcuno che si trovava nel mezzo. Due guardie erano veramente degli energumeni, eppure sembrava che non riuscissero a tenere a bada la loro preda. Non capivo di chi si trattasse perché continuava ad apparire e scomparire nel mucchio.

«Basta!», gridò Elora, penetrando nel mio cranio come un trapano.

Tove si prese la testa fra le mani e continuò a stringerla forte anche dopo che il mio dolore fu passato.

Le guardie si scostarono, obbedendo all'ordine della regina, e attorno al ragazzo che si trovava nel mezzo si creò un ampio spazio che mi permise finalmente di vedere a cosa fosse dovuto tutto quel trambusto. Mi dava le spalle però lo riconobbi comunque: era l'unico troll coi capelli così chiari.

«Loki?!», esclamai, più sorpresa che altro, e lui si girò verso di me.

«Principessa». Mi fece un sorrisetto sbilenco e i suoi occhi s'illuminarono.

«Lo conosci?», mi chiese Elora con una voce che grondava veleno.

«Sì. Cioè, no», dissi.

«Andiamo, principessa, siamo vecchi amici», disse Loki facendomi l'occhiolino. Sfoderando il suo sorriso più accattivante, si girò verso Elora e allargò le braccia. «Siamo tutti amici qui, non è vero, vostra altezza?».

Elora si mise a fissarlo con gli occhi appena socchiusi e Loki cadde in ginocchio all'istante. Emise un orribile verso gutturale e portò le mani allo stomaco.

«Smettila!», le gridai correndo verso di lui. In quello stesso istante, il portone si chiuse di botto e il lampadario tremò.

Elora spostò lo sguardo da lui verso di me, ma per fortuna fu solo per un'occhiataccia e non per farmi contorcere dal dolore. Mi fermai a pochi passi da Loki. Era piegato in due, con la fronte poggiata sul marmo del pavimento. Ne sentivo i rantoli e notai che aveva girato la testa dall'altra parte perché non vedessi fino a che punto soffriva.

«Perché dovrei smetterla?», mi chiese Elora. La mano posata sulla ringhiera iniziò a stringere, come notai dalle nocche sempre più bianche. «Questo troll stava cercando d'intrufolarsi. Vero, Duncan?».

«Sì», rispose il cercatore un po' titubante, posando lo sguardo su di me per una frazione di secondo. «Almeno credo. Sembrava... sospetto».

«Non hai il diritto di torturare qualcuno solo perché ha un atteggiamento sospetto!», le urlai, e la sua espressione s'indurì ulteriormente. Ero cosciente del fatto che non stavo migliorando la situazione, ma non potevo trattenermi.

«È un Vittra, giusto?», domandò Elora.

«Sì, ma...». M'inumidii le labbra e diedi un'occhiata a Loki. Si era leggermente raddrizzato nel tentativo di darsi del contegno, ma aveva ancora il viso stravolto. «Quando ero da loro, si è comportato bene con me. Anzi, mi ha aiutato. Dovremmo almeno ripagarlo con lo stesso rispetto».

«È la verità?», gli chiese Elora.

«Sì». Mettendosi a sedere sui talloni, si tirò su del tutto per guardarla. «Ho scoperto che un minimo di cortesia è più utile della crudeltà gratuita, per ottenere ciò che voglio».

«Come ti chiami?», gli chiese la regina, insensibile alla sua affermazione.

«Loki Staad», rispose sollevando il mento, come inorgoglito.

«Conoscevo tuo padre», disse Elora, e sulle sue labbra comparve un lieve sorriso niente affatto amichevole. Anzi, sembrava quello di chi ha appena rubato le caramelle a un bambino. «Lo odiavo».

«La cosa mi sorprende, vostra altezza», replicò Loki con un gran sorriso che cancellò ogni traccia della recente sofferenza. «Mio padre era un grandissimo stronzo. Proprio il genere di persona che piace a voi».

«È buffo, stavo giusto pensando che me lo ricordi molto». Elora scese le scale con quel sorriso glaciale stampato in faccia e Loki fu bravissimo a mantenere il proprio. «Credi di poter incantare chiunque col tuo fascino, ma con me non attacca».

«È un gran peccato, maestà», ribatté il troll. «Perché secondo me potrei svoltarti la vita».

Elora scoppiò a ridere e un'eco stridula invase l'aria. Avrei voluto urlare a Loki di smetterla, di non provocarla, e per la prima volta desiderai anch'io di avere la possibilità di comunicare telepaticamente come faceva sempre Elora.

Ma la mia priorità era impedirle di ucciderlo. A Ondarike, lui mi aveva aiutato, mettendo a rischio la sua stessa vita. Non avevamo avuto modo di conoscerci bene, eppure si era esposto al pericolo per me.

Prima di fuggire dalla reggia dei Vittra, c'era stato un

momento in cui avevo addirittura pensato di chiedergli di venire con noi. Non l'avevo fatto e, forse, avevo sbagliato. Tra noi c'era qualcosa che non riuscivo a spiegarmi, un senso di connessione che avrei dovuto reprimere.

Era strano che, mentre scappavamo da Ondarike, ero stata colpita dalla sua condotta di disobbedienza agli ordini. In quanto responsabile della mia sorveglianza, la sua insubordinazione poteva essere punita con la morte.

Eppure Loki aveva preferito me al suo dovere, in barba al sovrano e al suo potere. Finn non l'avrebbe mai fatto.

Elora si fermò di fronte a lui. Loki rimase in ginocchio, guardandola dal basso. Avrei tanto voluto che si togliesse quello stupido sorrisetto dalla faccia: non faceva che inimicarsela.

«Sei una creatura minuscola e insignificante», disse Elora guardandolo dall'alto. «Posso distruggerti. E lo farò, appena lo riterrò opportuno».

«Lo so», annuì Loki.

Gli occhi neri di Elora erano fissi nei suoi. Non compresi subito che gli stava facendo qualcosa. Forse gli stava parlando telepaticamente o lo stava plagiando. Non sembrava che lui soffrisse, ma il suo sorriso era svanito.

Sospirando, Elora distolse lo sguardo e fece un cenno alle guardie.

«Portatelo via», disse.

Due delle guardie più robuste lo tirarono su da dietro, prendendolo per le braccia. Non so cosa lei gli avesse fatto, ma il troll non era in sé e non si reggeva in piedi.

«Dove lo stanno portando?», le chiesi mentre le guardie lo trascinavano via. La testa di Loki penzolava, ma lui era ancora vivo e cosciente.

«Non ti riguarda dove lo portano, né la fine che farà», sibilò Elora.

Dopo una sua occhiata, le altre guardie si allontanarono,

tornando ai rispettivi incarichi. Duncan rimase ad aspettarmi insieme a Tove, il quale era fermo a pochi metri di distanza. Apprezzavo molto che non si lasciasse intimidire da mia madre.

«Un giorno diventerò regina, devo sapere qual è la prassi coi prigionieri», ribattei, appigliandomi all'argomento più ragionevole che avessi. Lei distolse lo sguardo e, per un attimo, rimase in silenzio. «Elora, dove l'hanno portato?».

«Negli alloggi della servitù, per il momento», rispose.

Lanciò un'occhiata a Tove e compresi che, se non fosse stato presente, la conversazione sarebbe andata molto diversamente. Aurora, la madre di Tove, non aspettava altro che rovesciare mia madre, ed Elora non voleva dimostrare debolezza o inquietudine davanti a suo figlio. Anche se non ne condividevo i metodi, capii che su questo punto dovevo rispettare il suo volere.

«Ma come? Di lì non è facile che scappi?», le chiesi.

«No. Ho fatto in modo che se tentasse la fuga, stramazzerebbe al suolo», spiegò. «Dovremmo costruire una prigione vera e propria, ma il cancelliere pone sempre il suo veto. Così mi tocca tenerlo qui». Sospirò, tornando a massaggiarsi la tempia. «Ci sarà una riunione per decidere delle sue sorti».

«Che ne sarà di lui?», domandai.

«Parteciperai alla riunione, per imparare cosa significa essere regina, ma non ti esprimerai in sua difesa». I suoi occhi duri e fiammeggianti fissarono i miei e, telepaticamente, mi disse: *Non puoi difenderlo. Sarebbe considerato un gesto di tradimento. Se Tove racconta alla madre che lo hai anche minimamente difeso, rischi l'esilio.*

Appariva ancora più esausta. La sua pelle, di solito liscia come porcellana, aveva formato piccole rughe attorno agli occhi. Per un attimo si portò la mano allo sterno, come se dovesse riprendere fiato.

«Ho bisogno di stendermi», disse allungando un braccio. «Duncan, per cortesia, accompagnami nei miei appartamenti».

«Sì, maestà». Duncan si precipitò a sorreggerla, ma passando accanto mi sorrise con aria contrita.

Del resto non avrebbe potuto fare altrimenti, perciò risposi scuotendo la testa, come a dirgli "non fa niente". I Vittra avevano cercato di uccidere me, Finn, Tove, mio fratello e praticamente tutte le altre persone a cui tenevo. E Loki era uno di loro. Non avrei mai dovuto difendere i Vittra, ma lui era diverso.

Anch'io trovavo sospetta la sua comparsa a Förening, però non aveva fatto nulla che giustificasse il ricorso alla tortura. Non proponevo di lasciarlo libero di girare, ma volevo che gli venisse concesso il beneficio del dubbio. Prima di rinchiuderlo e buttare la chiave, dovevo capire cosa fosse venuto a fare.

Quando Elora se ne fu andata, inspirai a fondo e scrollai il capo. Sapevo di essere balzata in cima alla sua lista nera e questo non facilitava di certo le cose.

«Sei stata brava», disse Tove, della cui presenza mi ero quasi dimenticata. Voltandomi verso di lui scoprii che aveva stampato in faccia un gran sorriso orgoglioso.

«Ma che dici?», replicai. «Ho solo peggiorato le cose. Sfogherà su Loki la rabbia che prova contro di me. E non so neppure perché Loki sia venuto qui, e da solo. Sto cercando di salvarlo senza nemmeno conoscere le sue intenzioni».

«Sì, in questo senso è andata malissimo», mi diede ragione Tove. «Ma io mi riferivo al portone e al lampadario».

«Cioè?», domandai.

«Mentre Elora lo torturava, hai fatto sbattere il portone e tremare il lampadario», spiegò indicandoli, come se il suo dito rendesse credibile l'affermazione.

«Macché, sarà stato il vento».

«No, sei stata tu», garantì lui. «L'hai fatto involontariamente, ma l'hai fatto. È già un passo avanti».

«Insomma, ogni volta che voglio chiudere una porta mi basta che Elora torturi qualcuno», dissi. «Facile, no?».

«Conoscendola, direi di sì», scherzò Tove.

Tornammo all'allenamento, ma ormai ero distratta e non riuscii a muovere nulla per il resto della giornata. Dopo che Tove se ne fu andato, mi diressi verso la mia stanza. Prima, però, passai da Matt, che immaginavo spaventato dall'allarme e privo di qualunque spiegazione sull'evento, essendo Rhys a scuola. Bussai alla sua porta e, dato che non apriva, mi azzardai a entrare. Non trovai nessuno.

Quella misteriosa assenza mi mise in agitazione, soprattutto ripensando alle irruzioni dei Vittra. Prima di cominciare una ricerca a tappeto in tutto il palazzo, decisi di passare in camera mia a prendere un golf e, sulla porta, trovai un bigliettino di Matt.

«*Sono a pranzo da Willa. A più tardi, Matt*».

Fantastico. Strappai il biglietto ed entrai in camera. Avrei tanto voluto parlare con lui, poiché mi sentivo completamente persa. Ma lui stava con Willa e per giunta, inspiegabilmente. Non capivo cosa facessero, insieme, tutto quel tempo. In teoria, si sarebbero dovuti detestare.

Mi lasciai cadere sul letto e in breve presi sonno. Non mi ero resa conto di essere tanto stanca, ma evidentemente l'uso dei poteri toglieva moltissime energie.

14. La sindrome di Stoccolma

Dopo la grande irruzione dei Vittra durante la cerimonia per il mio battesimo, erano stati convocati numerosi consigli di difesa e ormai c'ero abituata.

C'incontrammo nella Sala della Guerra, nell'ala sud del palazzo. Le pareti erano tappezzate di carte geografiche, piene di bandierine rosse e verdi a segnalare la presenza di altre tribù troll.

In fondo alla stanza, dietro a un enorme tavolo di mogano, ne troneggiava uno da disegno accanto al quale si trovavano Elora e Aurora, la madre di Tove. Chissà perché, i consigli di difesa erano sempre presieduti da entrambe. Aurora non si fidava dell'amministrazione dell'attuale regina, ma non capivo perché Elora tollerasse anche la minima interferenza da parte dell'altra.

Il resto dello spazio era occupato da sedie, per lo più diverse fra loro, in quanto provenienti da varie stanze. Dato che le nostre madri presiedevano questi incontri, Tove e io eravamo sempre ammessi come uditori, condizione vantaggiosa che ci permetteva di starcene in disparte.

Erano presenti i soliti venti partecipanti: Garrett Strom, padre di Willa e ipotetico fidanzato di mia madre; il cancelliere, un uomo grasso e slavato che mi lanciava degli sguardi che mi facevano accapponare la pelle; Noah Kroner, il padre di Tove, sempre silenzioso; altri Markis, Marksinna e cercatori.

Ben presto, la stanza cominciò a riempirsi più del normale. Entrarono persone che non avevo mai visto prima, tra cui davvero molti cercatori. Nessuno di loro si sedette: sarebbe stato considerato scortese poiché i posti a sedere erano limitati. Duncan rimase in piedi alle mie spalle, nonostante, per ben tre volte, l'avessi invitato a sedersi.

Willa entrò di corsa appena in tempo e dovette farsi largo tra la folla. Accompagnata dal tintinnio dei suoi braccialetti, scavalcò un cercatore e, rivolgendomi un sorriso raggiante, si lasciò cadere sulla sedia accanto a me.

«Scusa il ritardo», disse sistemandosi la gonna in modo che le coprisse le ginocchia. Si scostò una ciocca dagli occhi e sorrise. «Mi sono persa qualcosa?».

«Ancora non è successo niente», risposi.

«C'è un sacco di gente, eh?», disse guardandosi attorno. Suo padre si voltò verso di noi e lei gli fece un cenno di saluto.

«Decisamente», commentai.

La sedia davanti a me era libera e Tove la muoveva avanti e indietro con la forza del pensiero.

Le situazioni affollate lo opprimevano creando troppa confusione nella sua testa. Muovere gli oggetti consumava parte delle sue energie paranormali e lo rendeva meno ricettivo alle interferenze dell'ambiente circostante.

«Quindi è veramente una faccenda grossa?», mi chiese Willa abbassando il tono di voce. «Ho sentito dire che conosci il Vittra che hanno catturato».

«Non lo conosco», risposi spostandomi nervosamente sulla sedia. «L'ho visto quando ero da loro. Non è una faccenda grossa».

«Sei stato tu a catturarlo?», chiese Willa a Duncan.

Si rivolse direttamente a lui, invece di chiedere a me se il mio cercatore avesse avuto un ruolo nella vicenda. Ero sconcertata: stava riconoscendo agli altri un minimo di dignità umana.

Duncan s'inorgoglì tutto, ma poi parve ricordare che io avevo difeso Loki. Assunse un'espressione umile e abbassò gli occhi. «L'ho visto far perdere i sensi a una guardia e ho chiamato i rinforzi. Tutto qui».

«Perché con te non l'ha fatto?», gli chiesi.

Non avevo ancora avuto occasione di parlargli, ma mi ero chiesta come avessero fatto a catturare Loki, che aveva il potere di metterli tutti al tappeto con un semplice sguardo.

«Ha pensato che non ce ne fosse bisogno», spiegò Duncan nuovamente fiero. «Il mio aspetto l'ha ingannato e le altre guardie l'hanno catturato».

«Che stava facendo quando l'hai trovato?», chiese Willa.

«Non ho ben capito», rispose il cercatore scuotendo la testa. «Credo che stesse sbirciando da una finestra».

«Probabilmente stava cercando Wendy», disse Tove per tagliar corto e la sedia che stava facendo muovere arretrò fin quasi a sbattere sui miei stinchi. «Scusa».

«Sta' attento», esclamai tirando su le gambe per precauzione.

Misi le braccia attorno alle ginocchia ed Elora mi lanciò un'occhiataccia. Non cambiai posizione e nella mia testa echeggiò la sua voce: *Una principessa non sta seduta in quel modo*. Portavo i pantaloni, dunque decisi di ignorarla e mi rivolsi a Tove.

«Perché pensi che mi stesse cercando?», gli chiesi. Loki mi aveva lasciato andare. Che motivo aveva ora di catturarmi?

«Ti vuole», si limitò a dire Tove.

«Sei la principessa», sottolineò Willa, come se me ne fossi dimenticata. «A proposito, ti va una serata tra ragazze, oggi?».

«Che vuoi dire?», le chiesi.

«Mi sembra che ultimamente non ci siamo viste molto e ho pensato che sarebbe carino farci le unghie e guardare qualche film», disse Willa. «È un periodo stressante, hai bisogno di rilassarti».

«Staccare un po' ti aiuterebbe anche nell'addestramento», rincarò Tove.

«Sarebbe bello, Willa, ma pensavo di sentire se a Matt andava di fare qualcosa», dissi. «Immagino che sia completamente spaesato e non sono riuscita a passare molto tempo con lui».

«Oh, ma Matt ha da fare stasera», disse Willa sistemando il gancio di un braccialetto. «Si vede con Rhys. Per cementare il legame fraterno, suppongo».

Continuai a guardare la sedia mossa avanti e indietro da Tove, sforzandomi di non prendermela per ciò che aveva detto Willa. Era necessario che Matt e Rhys passassero del tempo insieme e io avevo avuto mille cose da fare. Era un bene, sia per loro che per me.

Qualcuno occupò la sedia e Tove sospirò con aria disperata. Elora lo fulminò con lo sguardo, al contrario di sua madre. Un'altra faccenda inspiegabile.

Aurora guardava sempre dall'alto me e mia madre, eppure Tove si comportava molto peggio di me. Faceva tutto quel che gli pareva, quando gli pareva. Io per lo meno mi sforzavo di mantenere un po' di decoro.

«C'è veramente tantissima gente», ripeté Willa vedendo entrare altri Trylle.

Ormai erano rimasti solo posti in piedi, persino alcuni Markis e Marksinna si dovettero accontentare. Elora si schiarì la gola, preparandosi a dare inizio al consiglio, quando altri due cercatori s'intrufolarono nella sala.

Riuscii a malapena a vederli, però li riconobbi subito. Erano Finn e suo padre. Trovarono posto in fondo. Finn incrociò le braccia al petto e Thomas si appoggiò alla libreria che aveva alle spalle.

«Bene. Stanno chiamando i pezzi da novanta», sussurrò Tove.

«Come?», gli chiesi distogliendo lo sguardo da Finn.

«Finn e Thomas», indicò Tove con un cenno della testa. «Sono i migliori. Senza offesa, Duncan».

«Figurati», rispose l'altro, e mi sembrò sincero.

«Dobbiamo cominciare», disse Elora ad alta voce, per farsi sentire nonostante il brusio della folla.

Ci volle un minuto, ma nella sala alla fine calò il silenzio. Elora fece scorrere lo sguardo sui presenti, evitando ad arte Thomas, così come Finn evitava i miei occhi.

«Grazie», disse Aurora con un sorriso mieloso, avvicinandosi a mia madre.

«Come sapete tutti, qualcuno ha cercato di insinuarsi nel palazzo», esordì con calma la regina. «Grazie al nostro sistema d'allarme e alla prontezza dei nostri cercatori, l'intruso è stato catturato prima che potesse causare danni».

«È vero che si tratta del Markis Staad?», domandò la Marksinna Laris. Era una Trylle dal temperamento nervoso che una volta si era complimentata per la mia chioma selvaggia, ammettendo che lei non avrebbe mai avuto il coraggio di andarsene in giro con un look così grossolano.

«Sì, a quanto pare si tratta del Markis Staad», rispose Elora.

«Markis?», bisbigliai. Willa mi guardò con aria interrogativa e io scossi la testa.

Loki Staad era un Markis? Avevo dato per scontato che fosse un cercatore, come Duncan e Finn. I Markis e le Marksinna costituivano l'aristocrazia troll e conducevano un'esistenza protetta. O, per lo meno, non erano costretti a fare il lavoro sporco. Rispetto alle altre Marksinna che avevo conosciuto, Willa aveva la testa a posto e non era granché viziata.

«Cosa vuole?», domandò qualcun altro.

«Non ha importanza», esclamò il cancelliere alzandosi in piedi, col viso coperto di sudore per lo sforzo. «Dobbiamo mandare un messaggio chiaro ai Vittra. Non ci lasceremo intimidire. Dobbiamo giustiziarlo!».

«Non potete ucciderlo!», gridai, ed Elora mi lanciò uno sguardo che mi fece fischiare le orecchie. Tutta la sala si girò verso di me, Finn compreso. Io stessa ero sorpresa della mia convinzione. «È disumano».

«Non siamo barbari», disse il cancelliere asciugandosi la fronte e rivolgendomi un sorriso condiscendente. «Faremo in modo di dargli una morte indolore e misericordiosa, per quanto possibile».

«Il Markis non ha fatto nulla». Scattai in piedi, incapace di restare seduta mentre si decideva del suo assassinio. «Non potete uccidere qualcuno senza giusta causa».

«Principessa, si tratta della vostra sicurezza», precisò il cancelliere, sconcertato dalla mia uscita. «Ha cercato più volte di rapirvi e di farvi del male. Stiamo parlando di un crimine contro il nostro popolo. Giustiziarlo è l'*unica* opzione sensata».

«Non è l'unica opzione», disse Elora cautamente. «Ma la prenderemo in considerazione».

«State scherzando?!», esclamai. «Sono *io* a essere stata rapita e vi dico che non merita la morte».

«Terremo conto delle tue preoccupazioni, principessa», intervenne Aurora con quel sorriso sdolcinato stampato in faccia.

La folla iniziò a mormorare. Di certo, sentii la parola "tradimento", ma non so chi l'avesse pronunciata. Qualcuno, davanti a me, borbottò qualcosa a proposito della sindrome di Stoccolma e scoppiò in una risatina.

«Ehi, è della principessa che state parlando», sbottò Willa. «Mostrate un po' di rispetto».

«Potremmo proporre uno scambio», disse Finn alzando la voce per sovrastare il frastuono.

«Prego?». Aurora inarcò un sopracciglio ed Elora lo guardò storto.

«Abbiamo in mano il Markis Staad», proseguì. «È il Vittra di più alto grado, dopo il re. Se lo uccidiamo, non otterremo nulla. Darebbero la caccia alla principessa con accanimento anche maggiore, perché avremmo tolto loro l'unica speranza di avere un erede al trono».

«Stai proponendo di trovare un accordo coi Vittra?», domandò Elora.

«Non negoziamo coi terroristi!», gridò un Markis. Elora alzò una mano per zittirlo.

«Infatti. Ed ecco a cosa siamo arrivati», replicò Finn e fece un gesto in direzione della sala da ballo. «Nell'ultimo mese, i Vittra si sono introdotti nel palazzo per ben due volte. Sono morti più Trylle in quello scontro che negli ultimi vent'anni».

Tornai a sedermi, osservandolo perorare la sua causa. Anche se continuava a non guardarmi, ero ammirata dal modo in cui dominava l'uditorio. Soprattutto, aveva detto solo cose giuste.

«Non abbiamo mai avuto una moneta di scambio migliore», insisté Finn. «Possiamo usare il Markis Staad per tenerli alla larga. Non vorranno certo correre il rischio di perderlo».

«La migliore moneta di scambio non è lui», lo interruppe la Marksinna Laris. «Ma la principessa». Tutti gli occhi si posarono su di me. «I Vittra non ci avevano mai tormentato fino a questo punto. L'unica cosa che vogliono è la principessa e, in un certo senso, hanno diritto ad averla. Se diamo loro ciò che vogliono, ci lasceranno in pace».

«Non consegneremo la principessa», dichiarò Garrett Strom alzandosi e stendendo in avanti le mani. «È la *nostra* principessa. Non solo è l'erede al trono più potente che abbiamo mai avuto, ma è anche una di noi. Non consegneremo ai Vittra un membro della nostra comunità».

«Ma è lei il centro di tutto!», ribadì la Marksinna Laris alzandosi in piedi, con voce sempre più stridula. «Tutta questa situazione è dovuta al pessimo trattato, stipulato vent'anni fa dalla regina, di cui stiamo tutti pagando il prezzo!».

«Ricordi qual era la situazione, vent'anni fa?», le domandò Garrett. «Se non avesse stipulato quel trattato, i Vittra ci avrebbero massacrato».

«Basta così!», gridò Elora, e la sua voce echeggiò nella mia testa, anzi nelle teste di tutti. «Ho indetto questo consiglio per discutere assieme delle varie opzioni, ma sono pronta a scioglierlo se non siete in grado di dialogare civilmente. Non ho bisogno della vostra approvazione per condurre i miei affari. Sono la vostra regina, e le mie decisioni sono inappellabili».

Finalmente compresi i motivi della durezza di Elora. I presenti stavano discutendo apertamente la possibilità di sacrificare la sua unica figlia, come se niente fosse.

«Per il momento, terrò il Markis Staad a palazzo, in attesa di decidere il da farsi», comunicò. «Sarò io a scegliere se giustiziarlo o usarlo come moneta di scambio. Vi informerò della mia decisione». Lisciò una piega inesistente della gonna. «È tutto».

«Dobbiamo riassumere Finn», intervenne Tove prima che la folla si disperdesse.

«Cosa?», bisbigliai. «No, Tove, non credo che...».

«In questo momento tutti i cercatori devono essere a disposizione», spiegò Tove, ignorandomi. «Ogni cicogna vagante deve essere richiamata sul trespolo. Sia Finn che Thomas devono stare a palazzo. Io posso trasferirmi qui, ma non credo sia sufficiente».

«Tove può restare a palazzo», confermò Aurora con eccessivo zelo. «Se può servire».

«Abbiamo già aumentato i cercatori», ribatté Elora, ma notai che guardava Thomas con la coda dell'occhio. «C'è un nuovo sistema d'allarme e la principessa non viene mai persa d'occhio».

«Hanno mandato un Markis a prenderla», le ricordò Tove. «Thomas e Finn sono i nostri elementi migliori. Per gran parte degli ultimi vent'anni sono stati le tue guardie del corpo personali».

Elora parve rifletterci un attimo.

«Prenderete entrambi servizio domattina», acconsentì Elora, accennando col capo verso di loro.

«Sì, vostra grazia», disse Thomas inchinandosi.

Finn non aprì bocca ma, prima di andarsene, lanciò a Tove uno sguardo diffidente. Dopodiché anche la folla si disperse, ma io rimasi seduta assieme a Tove, Willa e Duncan.

Garrett, Noah, il cancelliere e altre due Marksinna si trattennero a discutere con Elora e Aurora. Percepivo distintamente la rabbia di mia madre e sapevo che avrei fatto bene ad andarmene prima che avesse l'occasione di farmi a pezzetti. Ma avevo bisogno di tempo.

«Perché l'hai fatto?», chiesi a Tove.

«Perché è il modo migliore per garantire la tua sicurezza», rispose con un'alzata di spalle.

«E allora?», gli chiesi bisbigliando sommessamente per non essere udita dai pochi che ancora ciondolavano nei paraggi. «Perché la mia sicurezza è tanto importante? Forse dovrei essere consegnata ai Vittra. La Marksinna Laris ha ragione. Se tutte queste persone corrono dei rischi in nome mio, forse sarebbe meglio che andassi...».

«Laris è solo una stupida stronza arrogante», s'intromise Willa prima che potessi finire la frase. «A nessuno passa per la testa di sacrificarti solo perché stiamo attraversando un momentaccio. Sarebbe folle, Wendy».

«I nobili sono pazzi e paranoici. Bella novità», osservò

Tove chinandosi in avanti e poggiando i gomiti sulle ginocchia. «Farai del bene al popolo, ma solo se sopravvivi».

«Consolante», dissi rilassandomi sullo schienale.

«Vado a casa a fare le valige», disse Tove mentre si alzava in piedi.

«È davvero necessario che ti trasferisca qui a farmi la guardia?», gli chiesi.

«Probabilmente no», ammise. «Ma è meglio che stare a casa, e sarà più facile aiutarti nell'addestramento».

«D'accordo», dissi.

«Allora», attaccò Willa non appena Tove se ne fu andato. «Hai *bisogno* di una serata tra ragazze. Soprattutto perché casa tua, d'ora in poi, sarà un covo di maschi».

Avrei accettato di fare qualsiasi cosa pur di uscire dalla Sala della Guerra prima di finire tra le grinfie Elora e subire la sua strigliata, ma in fondo una serata tra ragazze era anche un'idea carina. Mentre lasciavamo la sala, Willa mi prese sottobraccio.

Passammo la notte in camera mia. Pensavo che Willa volesse fare cose sceme, tipo giocare a vestirci eleganti, invece semplicemente oziammo avvolte in comodi pigiamoni.

Dopo il consiglio, le avevo chiesto qualcosa sui rapporti storici tra Vittra e Trylle, e Willa era andata a prendere un libro di suo padre. Mi permise di dargli una rapida letta e si sforzò di rispondere alle mie domande. In cambio, dovetti partecipare a una sessione di karaoke e permetterle di farmi il pedicure.

Non riuscii a leggere quanto avrei voluto e non scoprii granché. Aggressioni Vittra, controffensive Trylle. Talvolta le vittime erano state numerose, altre non si erano avuti che piccoli danni alle proprietà.

Restai sveglia troppo a lungo, assieme a Willa, e a fine nottata mi ero completamente scordata del libro. Ci riducemmo a cantare e ballare le canzoni di Cyndi Lauper.

Willa si fermò a dormire e, pian piano, occupò tutto il materasso. Insomma, io dormii malissimo. Il mattino dopo scesi dal letto barcollando, sentendomi un rottame. Volevo andare al piano di sotto per mangiare un boccone, bere un po' d'acqua e tornare a dormire per altre tre, quattr'ore.

Quando uscii dalla stanza, notai l'assenza di Duncan e mi rallegrai che finalmente si fosse concesso qualche ora di sonno in più.

Pochi passi dopo, ne capii il motivo.

Finn camminava verso di me, con le mani dietro la schiena. Trattenni un gemito. Era già vestito, coi pantaloni stirati di fresco e i capelli pettinati all'indietro. Invece i miei erano in uno stato pietoso. Dovevo avere un aspetto orribile.

«Buongiorno, principessa», mi accolse Finn quando mi raggiunse.

«Be', si fa per dire», risposi.

Lui annuì e mi superò. Guardai in giro, pensando che qualcuno lo stesse chiamando, ma non c'era nessuno.

«Che stai facendo?», gli chiesi.

«Il mio lavoro, principessa», rispose voltando appena il capo verso di me. «Pattuglio i corridoi per accertarmi che non ci siano intrusi».

«Insomma, nemmeno mi rivolgi la parola?».

«Non fa parte dei miei compiti», ribatté continuando a camminare.

«Ottimo», sospirai.

Stupidamente, una parte di me si era entusiasmata all'idea che Finn fosse riassunto. Ma avrei dovuto immaginare che la sua presenza non avrebbe cambiato i nostri rapporti. Avrebbe solo reso tutto più imbarazzante e doloroso.

15. Capuleti e Montecchi

«Perché sei qui?», gli chiesi, e Loki, per tutta risposta, inarcò un sopracciglio.

La sua stanza era nella zona dove una volta alloggiava la servitù, e non aveva nulla a che vedere con la cella che mi sarei aspettata. Duncan mi aveva spiegato che un tempo vivevano a palazzo tantissimi domestici, ma negli ultimi decenni il numero di mänsklig e Trylle che risiedevano nella cittadella si era drasticamente ridotto. Di conseguenza, era diminuito il personale a palazzo.

Nonostante sapessi che non esistevano, pensavo ugualmente che Loki sarebbe stato rinchiuso in una segreta simile a quella dei Vittra. Invece si trattava di una normale stanza, simile a quella in cui alloggiava Finn nei periodi in cui viveva qui. L'unica differenza era che questa non aveva finestre. Era piccola, fornita di bagno e due letti. Come se non bastasse, la porta era spalancata. E il cercatore di guardia si teneva a qualche metro di distanza, nel corridoio. Poiché volevo parlare a quattrocchi con Loki, convinsi Duncan a distrarlo e lui non ebbe grandi difficoltà a togliermelo dai piedi.

Loki era sdraiato sul letto, sopra le lenzuola, con le mani sotto la nuca e le gambe accavallate. Sul tavolino c'era un piatto pieno di cibo, intonso.

«Principessa, se avessi saputo che venivi a trovarmi avrei dato una sistemata», sorrise Loki. Con un vago cenno indicò la stanza scarna e, quindi, assolutamente ordinata.

«Perché sei qui, Loki?», ripetei. Non avevo oltrepassato la soglia, con le braccia conserte sul petto.

«Non credo che la regina gradirebbe, se me ne andassi». Si mise a sedere, facendo scivolare le lunghe gambe oltre il bordo del letto.

«Perché non te ne vai?», gli chiesi, e lui scoppiò a ridere.

«Non posso andarmene, o sbaglio?», rispose alzandosi in piedi e pian piano avvicinandosi a me.

La mia parte razionale suggerì d'indietreggiare, ma non l'ascoltai. Non volevo mostrargli alcuna debolezza, quindi sollevai il mento e lui, giunto sulla soglia, si fermò.

«Non vedo nulla che te lo possa impedire».

«Già, ma l'invisibile è la specialità di tua madre», disse. «Se uscissi dalla stanza, mi sentirei tanto male da non poter fare un passo».

«Come fai a esserne sicuro?».

«Perché ci ho provato», rispose sorridendo. «L'idea di sopportare un po' di dolore fisico non basta certo a dissuadermi dal tentare la fuga. Ma ho sottovalutato la regina. È davvero eccellente con la persuasione».

«Come funziona? Mentre ti persuadeva ti ha detto cosa sarebbe successo se fossi uscito dalla stanza?», gli domandai. «E quindi adesso non puoi uscire?».

«Non so esattamente come funzioni la persuasione», ammise voltandomi le spalle, come se fosse stufo di quella conversazione. «Non è mai stata il mio forte».

«Qual è il tuo forte?», gli chiesi.

«Un po' di questo, un po' di quello», rispose con un'alzata di spalle, tornando a sedersi sul letto.

«Perché sei venuto?», gli chiesi. «Cosa speravi di ottenere?».

«Non è ovvio?». Sul suo volto si dipinse quel solito sorriso malizioso. «Sono venuto per te, principessa».

«Da solo?», ribattei scettica. «L'ultima volta, i Vittra sono venuti a cercarmi qui con un esercito, e li abbiamo comunque sconfitti. Come ti è saltato in mente di venire da solo?».

«Speravo di non essere catturato», rispose facendo di nuovo spallucce con aria stupefatta. Sembrava che per lui essere imprigionato fosse una cosa di poco conto.

«Ma che idiozia!», gridai, esasperata da quella sua aria tranquilla. «Lo sai che vogliono giustiziarti?».

«Mi è giunta voce», sospirò Loki, abbassando lo sguardo per un istante. Ma poi, evidentemente, gli venne in mente qualcos'altro, giacché si alzò in piedi col viso illuminato. «Ho anche sentito che hai preso le mie difese». Si avvicinò. «È forse perché ti mancherei, se non ci fossi più?».

«Non essere ridicolo», sbuffai. «Non giustifico la pena di morte, neanche per quelli come te».

«Quelli come me, eh?». Inarcò un sopracciglio. «Intendi fascinosi giovani dalla bellezza sconvolgente che vengono qui a far perdere la testa a principesse ribelli?».

«Tu sei venuto a rapirmi, non a farmi perdere la testa», precisai, ma lui tagliò corto con un gesto infastidito.

«Sottigliezze».

«Ma com'è possibile che tu faccia il rapitore?», chiesi stupita. «Sei un Markis».

«Ovvero quanto di più vicino a un principe ci sia tra i Vittra», ammise con un sorriso sarcastico.

«E allora perché diavolo sei qui?», chiesi. «La regina non mi manderebbe mai in missione».

«Però ha mandato un Markis a prenderti», osservò Loki riferendosi a Tove. «Quello che mi ha incollato al muro».

«Non è la stessa cosa», dissi scuotendo la testa. «Lui è molto forte, e non è venuto da solo». Lo guardai con rinnovato sospetto. «Sei solo, vero?».

«Certo che sì. Nessuno sarebbe così stupido da accompagnarmi, dopo quel che è successo l'ultima volta che siamo venuti a trovarvi».

«A maggior ragione, non capisco perché tu sia venuto», insistei. «Perché ti sei offerto di partire, sapendo quanto sarebbe stato rischioso? Ti *rendi conto* del rischio che stai correndo? Quando ho detto che vogliono giustiziarti ti sei messo a ridere, ma fanno sul serio, Loki».

«Mi mancavi troppo, principessa, e non potevo fare a meno di raggiungerti». Cercò di pronunciare la frase con la sua solita teatralità, ma stavolta il suo sorriso aveva qualcosa di onesto.

«Non scherzare». Alzai gli occhi al cielo.

«Ma era questo che volevi sentirti dire, giusto? Che ho deciso di tornare per te». Loki si appoggiò allo stipite interno e sospirò. «Mia cara principessa, forse hai un'opinione troppo alta di te stessa. Non sono venuto di *mia volontà*».

«Lo so benissimo», m'inalberai arrossendo. «Ma se non ti sei offerto, perché hanno mandato te?».

«Sei scappata per colpa mia», rispose osservando il corridoio, dove Duncan continuava a tenere impegnato il cercatore di guardia. «Il re mi ha mandato perché rimediassi al mio errore».

«Perché il responsabile della mia sorveglianza a Ondarike eri tu? Perché non un cercatore o roba simile?».

«Da noi la pratica dei changeling non esiste, quindi non abbiamo tanti cercatori», spiegò guardandomi. «Gli hobgoblin fanno la maggior parte del lavoro sporco, ma tu li metteresti fuori combattimento in un attimo. I Vittra che hanno cercato di prenderti l'altra volta sono poco più potenti di un mänsklig, ecco perché li avete sconfitti. Io sono il più forte, perciò il re ha mandato me».

«Chi sei?», chiesi e lui parve pronto a darmi la solita risposta sarcastica, ma alzai una mano per impedirglielo. «Mia madre ha detto che conosceva tuo padre. Sei nella cerchia del re e della regina Vittra».

«Non sono nella cerchia del re», disse scuotendo la testa. «Nessuno lo è. Ma sono legato alla regina. Sara, la moglie del re, era la mia promessa sposa».

«Cosa?», domandai incredula. «È... molto più vecchia di te».

«Ha dieci anni di più», annuì. «Ma i matrimoni combinati vanno spesso così, soprattutto perché nella nostra il numero degli individui adatti al matrimonio è ridottissimo comunità. Purtroppo, prima che raggiungessi l'età da matrimonio, il re ha deciso di sposarla».

«L'amavi?», chiesi, sorpresa che me ne importasse qualcosa.

«Era un matrimonio combinato!», rispose ridendo. «Avevo nove anni quando ha sposato il re... sono riuscito a rifarmi una vita. Sara mi considerava e mi considera tuttora un fratello minore».

«E tuo padre? Elora ha detto che lo conosceva».

«Non avevo dubbi». Si passò una mano tra i capelli e cambiò leggermente posizione. «Lei ha vissuto con i Vittra, per un certo periodo. All'inizio, subito dopo il matrimonio, risiedevano qui a Förening, ma non appena Elora è rimasta incinta Oren ha voluto che si trasferisse da lui».

«E lei l'ha fatto?», domandai, meravigliata che qualcuno fosse riuscito a imporre il proprio volere su mia madre.

«Non aveva scelta, suppongo. Quando il re vuole qualcosa, sa essere molto...». Le parole gli morirono in gola. «Ero presente al loro matrimonio, lo sapevi?».

Mi guardò, sorridendo al ricordo. Di fronte a quel sorriso dalla schiettezza disarmante, privo di ogni sarcasmo, mi resi conto della sua incredibile bellezza. Quando smetteva di fare il presuntuoso diventava veramente sexy e, per un attimo, mi lasciò ammutolita.

«Il matrimonio dei miei genitori?», domandai non appena ebbi recuperato la favella.

«Sì. Ero molto piccolo, due o tre anni appena, e non ricordo granché, a parte il fatto che mi ci portò mia madre e che mi permise di rimanere tutta la notte a ballare. Avevo il compito di percorrere la navata lanciando petali. È un'attività assai poco virile, ma ero l'unico bambino di sangue nobile presente alle nozze».

«Dov'erano gli altri?».

«I Vittra non ne avevano e quelli dei Trylle erano fuori visto che erano changeling», mi spiegò Loki.

«Ma eri piccolissimo! Come fai a ricordartelo?».

«Be', è stato il matrimonio del secolo», rispose con un sorrisetto. «C'erano tutti. Fu un vero spettacolo».

Mi resi conto che usava l'ironia e l'umorismo per tenermi a distanza, così come Finn si difendeva nascondendosi dietro alla sua maschera da duro. Un attimo prima, mentre parlava di sua madre, avevo intravisto in Loki un barlume di autenticità, come quando a Ondarike si era calato nella mia condizione di prigioniera.

«Sai perché si sono sposati?».

«Oren ed Elora?», mi chiese aggrottando le sopracciglia. «Tu non lo sai?».

«So che Oren voleva un erede al trono ma i Vittra non possono riprodursi tra loro, mentre Elora voleva congiungere le tribù», risposi. «Ma perché? Perché era così importante che Vittra e Trylle si unissero?».

«Be', perché ci facciamo la guerra da secoli», rispose Loki facendo spallucce. «Forse dall'alba dei tempi».

«Perché?», ripetei. «L'ho cercato nei libri di storia, ma non sono riuscita a trovare un motivo reale. Perché ci odiamo così tanto?».

«Non lo so», disse scuotendo la testa con aria impotente. «Perché i Capuleti odiavano i Montecchi?».

«Il Montecchi aveva sottratto la moglie al Capuleti. In quel caso si trattava di un triangolo amoroso».

«Cosa?!», esclamò. «Non mi pare che Shakespeare dica una cosa del genere».

«L'ho letto in un altro libro», tagliai corto per non dilungarci. «Non ha importanza. Il punto è che esiste sempre un motivo scatenante».

«Non ne dubito», concordò.

Per un attimo lasciò che il suo sguardo indugiasse su di me. Avevo la sensazione che quegli occhi color miele mi attraversassero. Presi pienamente coscienza della nostra vicinanza, soli e protetti dall'intimità della sua stanza.

Abbassai gli occhi e indietreggiai, ordinando al mio cuore di rallentare.

«Ormai tra noi si è creato un baratro», disse infine Loki. «I Vittra vogliono di più e i Trylle restano disperatamente aggrappati alla loro vacillante egemonia».

«Semmai, sono i Vittra a vacillare», ribattei. «Almeno noi possiamo procreare».

«Wow, che colpo basso, principessa», replicò portando una mano al petto, come se fosse stato ferito.

«È la verità, no?».

«Oh sì». Abbassò la mano, e sul suo volto ricomparve il solito ghigno sornione. «Insomma, principessa, qual è il tuo piano per farmi uscire vivo di qui?».

«Non ho un piano», dissi. «È proprio questo che cercavo di dirti. Vogliono ucciderti e non so come fermarli».

«Principessa!», mi chiamò Duncan dal fondo del corridoio.

Quando mi voltai vidi che stava fermo di fronte al cercatore ormai innervosito. Non so cosa gli avesse raccontato per tenerlo alla larga da Loki, ma aveva chiaramente esaurito gli argomenti.

«Devo andare», dissi a Loki.

«Il tuo cercatore ha bisogno di te?», chiese con un'occhiata al corridoio. Duncan mi fece un sorrisetto colpevole, perché la guardia si stava avvicinando alla propria postazione.

«Qualcosa del genere. Ma stammi a sentire: devi comportarti bene. Fa' ciò che ti dicono. Non creare problemi». Loki mi rivolse uno sguardo melodrammaticamente innocente, come a dire "Chi? Io?". «Altrimenti non avrò nessuna possibilità di convincerli a non giustiziarti».

«Se è questo che desideri, principessa...». S'inchinò e poi mi voltò le spalle per tornare al suo letto.

La guardia, di nuovo al suo posto, si prostrò ancora di più. Le risposi con un sorriso prima di affrettarmi. Avrei voluto continuare a parlare con Loki, anche se non credo che avrei ottenuto granché. La guardia era ai miei comandi e avrei potuto insistere per rimanere, ma non volevo che a palazzo circolasse la voce che trascorrevo il mio tempo con il Vittra. Già così, avevo corso più rischi di quanto avrei dovuto.

«Mi spiace», disse Duncan appena lo raggiunsi. «Ho cercato di bloccarlo, ma temeva di finire nei guai o qualcosa del genere. Idea insensata visto che, in quanto principessa, sei tu il suo capo, ma...».

«Va bene così, Duncan». Gli sorrisi e lo liquidai. «Hai fatto un buon lavoro».

«Grazie». Si fermò un attimo, colto di sorpresa da quel mini complimento.

«Sai dove posso trovare Elora?», gli chiesi mentre camminavo.

«Mmm, credo che abbia la giornata piena di appuntamenti», disse controllando l'orologio e rimettendosi al mio passo. «Adesso dovrebbe essere col cancelliere a discutere le misure di prevenzione, perché temono che quello di Loki possa non essere un episodio isolato».

Non avevo ancora capito perché Loki fosse venuto, ma

ero quasi certa che non avesse intenzione di fare del male a me o agli abitanti di Förening. A Ondarike mi aveva dato l'impressione di essersi arrabbiato con Kyra per la violenza che mi aveva usato e qui a palazzo non aveva fatto del male a nessuna delle guardie che lo avevano catturato. Se fossero venuti Kyra o altri Vittra, avrebbero di certo opposto molta più resistenza e probabilmente mi avrebbero anche aggredito.

Loki era forse qui per proteggermi? Era il suo modo di tenermi lontana dai Vittra ancora una volta?

«Sono quasi certa che si tratti di una minaccia isolata, e non la considero neanche una vera minaccia», dissi. «Non credo che i Vittra abbiano abbastanza uomini per un contrattacco».

«È questo che ti ha detto?».

«In sostanza, sì». Annuii.

«E tu gli credi?», mi chiese Duncan. Nel suo tono non c'era traccia di sarcasmo o esasperazione, ed ebbi la sensazione che si fidava del mio istinto. Se avessi espresso un parere positivo su Loki, Duncan avrebbe fatto altrettanto.

«Sì, gli credo». Corrugai la fronte, sorpresa dalla mia stessa convinzione. Ritengo che mi abbia aiutato a fuggire da Ondarike».

«Capisco», disse annuendo, convinto dal mio ragionamento.

«Devo parlare con Elora. Da sola», dissi una volta raggiunte le scale. «Avrà un buco nell'agenda?».

«Non saprei», rispose. Quando iniziai a salire le scale, il cercatore mi seguì. «Dovrei controllare con il suo consigliere, ma se hai davvero bisogno di parlarle, posso fare presente che si tratta di una cosa urgente e far sì di trovare il tempo tra un impegno e l'altro».

«Ne ho davvero bisogno», dichiarai. «Se parlando con lei o col suo consigliere scopri che non ha tempo di ricevermi, cerca di capire quando potrò trovarla da sola. Sono disposta a farle la posta al bagno, se necessario».

«Va bene», annuì. «Vuoi che vada ora, subito?».

«Magari. Grazie».

«Nessun problema». Fece un gran sorriso, come sempre contento di rendersi utile, e si precipitò indietro sui nostri passi, per raggiungere Elora.

Proseguii verso la mia stanza, perché volevo riflettere in solitudine. Non mi raccapezzavo più tra il rapimento, i miei genitori, l'addestramento di Tove e i tentativi di salvare Loki. Per non parlare della mia stessa gente che, durante il consiglio di difesa del giorno prima, si era dimostrata pronta a darmi in pasto ai lupi.

Mi chiesi se mi trovavo davvero nel posto giusto. Non avevo alcun interesse per il trono, quindi in un certo senso non importava quale corona avrei finito per indossare. Certo, Oren sembrava crudele, ma anche Elora non scherzava. Se avessi scelto i Vittra, almeno avrebbero lasciato i Trylle in pace. Forse era la mossa migliore che avrei mai potuto fare, in veste di principessa.

«Wendy!», urlò Matt, strappandomi ai miei pensieri. Diretta alla mia camera, ero passata davanti alla sua, che aveva la porta aperta.

«Matt», risposi fiacca mentre lui si precipitava fuori dalla stanza per venirmi incontro. Era uscito talmente di fretta da portarsi dietro il libro che stava leggendo. «Mi dispiace che ultimamente non ci siamo visti molto. Sono stata molto occupata».

«No, capisco», disse, ma non ero sicura che potesse davvero comprendere. Stringeva il libro tra le braccia, davanti al petto. «Come stai? Va sempre tutto bene? Nessuno mi sta dicendo niente, e dopo l'attacco dell'altro giorno...»

«Non è stato un attacco», spiegai scuotendo il capo. «È solo Loki, ed è...».

«Sarebbe il tipo che ti ha rapita?», mi chiese con tono duro.

«Sì, ma...». Provai a pensare a una scusa per giustificare un rapimento, ma lasciai perdere perché di certo Matt non se la sarebbe bevuta. «È da solo. Non può fare granché. In più l'hanno messo sotto chiave. Insomma, è tutto a posto, siamo al sicuro».

«Come fai a dirlo, se c'è chi s'intrufola nel palazzo?», ribatté. «La ragione per cui ci troviamo qui è che questo dovrebbe essere il posto più sicuro per te, ma se non riescono a proteggerti...».

«Siamo al sicuro», insistei, interrompendolo. «Ci sono guardie ovunque. Non c'è luogo al mondo dove staremmo meglio».

Non ne ero del tutto convinta, ma volevo evitare che Matt decidesse di verificare di persona. Ormai Oren sapeva quanto fossi protettiva nei suoi confronti e, se ne avesse avuta l'occasione, non si sarebbe certo fatto scrupolo di usare questi miei sentimenti a suo vantaggio. Per Matt l'opzione migliore era restare qui, sotto l'occhio vigile dei Trylle.

«Continuo a non capire fino in fondo cosa stia succedendo e chi sia questa gente», confessò infine. «Non posso che fidarmi di te, e devo essere certo che sei al sicuro».

«Sono al sicuro. Davvero. Non devi più preoccuparti». Gli rivolsi un sorriso triste, perché mi resi conto di aver detto la verità. «Ma tu come sei stato? Hai trovato qualcosa da fare per tenerti occupato?».

«Sì, ho trascorso un po' di tempo con Rhys, e sono stato bene», raccontò. «È un bravo ragazzo. Un po'... strano, ma bravo».

«Te l'avevo detto».

«È vero», rispose sorridendo.

«Vedo che hai trovato anche qualcosa da leggere». Indicai il volume che aveva fra le mani.

«Sì, me lo ha dato Willa, a dire il vero». Aprì le braccia per mostrarmelo. Era rilegato a mano, in pelle antica. «Sono tutte le planimetrie e i progetti storici dei palazzi della zona».

«Ah sì?». Lo presi per sfogliare le pagine ingiallite, in cui venivano esposti gli elaborati progetti delle lussuose dimore aristocratiche.

«Ho detto a Willa che ero un architetto e lei è andata a scovarmi questo libro». Matt si avvicinò per ammirare i disegni assieme a me. «Credo che sia di suo padre».

Immediatamente mi sentii una scema. L'unica vera passione di Matt era l'architettura e in quel momento ci trovavamo in un maestoso palazzo costruito sull'orlo di un dirupo. Era ovvio che se ne appassionasse. Non riuscivo a capire come avessi fatto a non pensarci prima.

Matt iniziò a indicarmi alcuni dettagli dei disegni, spiegandomi quanto fossero geniali le soluzioni adottate. Io annuivo e, quando mi sembrava opportuno, lo sostenevo con esclamazioni ammirate.

Restai ancora a chiacchierare con lui, poi mi diressi in camera mia per rilassarmi un po'. Appena mi buttai sul letto bussarono alla porta. Sospirando, mi rialzai e andai ad aprire.

Mi trovai davanti Finn che, immobile sull'uscio, mi guardava coi suoi occhi neri come la notte.

«Principessa, ho bisogno di te», disse semplicemente.

16. Specialità

«Come, prego?», risposi non appena recuperai la voce.

«La regina ha trovato il tempo di vederti», annunciò Finn. «Ma devi sbrigarti».

Detto questo, si girò e s'incamminò lungo il corridoio. Uscii dalla stanza chiudendomi il battente alle spalle. Il fatto che Finn avesse rallentato udendo il tonfo della porta mi fece capire che dovevo affrettarmi.

«Dov'è Elora?», chiesi senza accelerare, costringendolo così a girarsi per darmi un'occhiata. «Dove abbiamo appuntamento?».

«Ti ci porto io», rispose Finn.

«Non ce n'è bisogno. Posso trovarla da me».

«Non devi restare sola». Si fermò, in attesa che lo raggiungessi, poi proseguimmo il cammino fianco a fianco.

«Questo posto brulica di guardie. Penso di potercela fare ad attraversare il corridoio da sola», gli dissi.

«Può darsi».

Camminargli accanto fingendo che non m'importasse nulla di lui era insopportabile. Il silenzio tra noi mi metteva talmente a disagio che feci di tutto per riempirlo.

«Insomma... com'è lavorare con tuo padre?», gli domandai.

«Accettabile», rispose, ma era palese che si stesse trattenendo.

«Accettabile?». Gli rivolsi una rapida occhiata, cercando qualcosa che tradisse il suo reale stato d'animo, ma il suo viso pareva una maschera. Fissava il vuoto davanti a sé e le labbra erano talmente contratte che quasi sparivano.

«Sì. È la definizione appropriata».

«Siete uniti, tu e tuo padre?», gli chiesi. Dato che non rispondeva, continuai: «Ho avuto l'impressione che tu e tua madre siate molto uniti. O almeno, sembra che lei ci tenga moltissimo a te».

«È difficile essere uniti a qualcuno che non si conosce», disse misurando le parole. «Mio padre è stato assente per gran parte della mia infanzia. Quando è tornato sono dovuto partire io, sempre per lavoro».

«È bello che adesso siate vicini», commentai. «Avrete modo di passare un po' di tempo insieme».

«Potrei dire la stessa cosa di te e della regina», replicò guardandomi con la coda dell'occhio, e nel suo sguardo notai un accenno di presa in giro che faceva da contraltare alla freddezza del suo tono.

«Tuo padre sembra un tipo più alla mano di mia madre», ribattei. «Almeno ha un'aria vagamente umana».

«Lo sai che qui è un insulto», mi ricordò Finn. «Facciamo di tutto per non essere umani».

«Già, me ne sono accorta», borbottai.

«Mi spiace per come sono andate le cose ieri, al consiglio di difesa». Aveva abbassato la voce, e parlava in quel modo sussurrato e complice che usava esclusivamente quando eravamo da soli.

«Non è colpa tua. Anzi, mi sei venuto in aiuto. Ho un debito di gratitudine nei tuoi confronti».

«Non sono d'accordo con ciò che hanno detto». Finn rallentò fino a fermarsi davanti a una massiccia porta in mogano. «Tu e tua madre non siete colpevoli per quanto accaduto. Ma non vorrei che serbassi rancore, sono solo spaventati».

«Lo so». Ero ferma accanto a lui e feci un profondo respiro. «Posso chiederti un parere sincero?».

«Certo», disse, ma non sembrava convinto.

«Credi sia meglio che mi unisca ai Vittra?». Finn spalancò gli occhi e allora mi affrettai a chiarire la domanda prima che potesse rispondermi. «Non ti sto chiedendo se sarebbe meglio per me, e vorrei che mettessi da parte i tuoi sentimenti, quali che siano... Nell'interesse dei Trylle, di tutti gli abitanti di Förening, sarebbe meglio che mi unissi ai Vittra?».

«Il fatto che tu sia pronta a sacrificarti per loro è il motivo per cui hanno bisogno che resti qui». Mi fissò intensamente negli occhi. «Devi restare. Abbiamo tutti bisogno di te».

Deglutii e abbassai lo sguardo. Sentivo le guance in fiamme e trovavo insopportabile che una semplice chiacchierata con Finn mi facesse quest'effetto.

«Elora è dentro che ti aspetta», disse a bassa voce.

«Grazie». Senza guardarlo, aprii la porta ed entrai nel salotto privato della regina.

Non c'ero mai stata prima, ma era praticamente identico agli altri che avevo visto. Tanti scaffali pieni di libri, un'enorme scrivania in legno di quercia e una chaise-longue di velluto sistemata davanti alla vetrata. Appeso alla parete c'era un ritratto di Elora che, a giudicare dalle pennellate, aveva dipinto lei stessa.

Seduta alla scrivania, aveva davanti una pila di carte. In mano stringeva un pennino d'avorio completo di calamaio e lo teneva pericolosamente sospeso sui fogli, come se stesse valutando con timore se apporre o meno la propria firma.

Non aveva ancora sollevato la testa e i capelli neri le incorniciavano il viso come una tenda, perciò non ero sicura che si fosse accorta della mia presenza.

«Elora, devo parlarti». Mi avvicinai alla scrivania.

«Sì, me l'hanno detto. Sputa il rospo. Non ho molto tempo oggi». Quando sollevò la testa trasalii.

Non l'avevo mai vista così. La sua pelle perfetta sembrava invecchiata e raggrinzita nel giro di una notte. Sulla fronte erano apparsi dei solchi profondi che il giorno prima non esistevano. I suoi occhi neri erano diventati lattiginosi, come se fossero scese delle precoci cataratte. Una ciocca di capelli bianchi era evidente a metà scriminatura, e non capivo come mai non l'avessi notata prima.

«Principessa, dico sul serio», sospirò con aria irritata. «Che cosa vuoi?».

«Volevo parlarti di Lo... cioè, del Markis Vittra», balbettai.

«Ritengo che tu abbia già detto abbastanza in merito». Scosse il capo e una goccia d'inchiostro cadde sul ripiano.

«Credo che non dobbiate giustiziarlo», dissi alzando la voce.

«Hai già espresso i tuoi sentimenti, principessa».

«Non avrebbe senso, da un punto di vista politico», proseguii, rifiutandomi di chiuderla lì. «Ucciderlo non farebbe altro che dare motivo ai Vittra di preparare altri attacchi».

«I Vittra non si fermeranno, a prescindere dal fatto che giustiziamo o meno il Markis».

«Appunto!», esclamai. «Non abbiamo bisogno di provocarli. Ne sono morti sin troppi. Non c'è bisogno di aggravare il bilancio delle vittime».

«Non posso tenerlo prigioniero ancora per molto», confessò Elora. Poi, in un raro momento di franchezza, abbandonò il suo contegno di facciata, permettendomi di vedere fino a che punto fosse esausta. «Ciò che sto facendo per tenerlo prigioniero è... mi sta consumando».

«Mi dispiace», mormorai semplicemente, non sapendo come reagire di fronte a quell'ammissione di fragilità.

«La vostra giovane maestà sarà contenta di sapere che proprio ora sto cercando di trovare una soluzione», disse, sottolineando il termine *maestà* con tono particolarmente acido.

«Che cosa pensi di fare?», chiesi.

«Sto studiando i vecchi trattati», spiegò picchiettando sulle carte che aveva davanti. «Sto cercando di stilare un accordo di scambio: noi liberiamo il Markis e loro ci concedono un po' di tregua. Non so se Oren smetterà mai di darti la caccia, ma abbiamo bisogno di avere del tempo prima della loro prossima aggressione».

«Oh». Per un istante mi sentii disarmata. Non credevo che avrebbe fatto nulla per aiutare me o Loki. «Che cosa ti fa pensare che Oren sia in grado di organizzare un nuovo attacco? Al momento i Vittra sembrano troppo deboli per combattere».

«Non sai nulla dei Vittra, né di tuo padre», disse con tono stanco e assieme condiscendente.

«E di chi è la colpa?», chiesi. «Ho scoperto la tua esistenza un paio di mesi fa! Se vengo lasciata all'oscuro di tutto, è soprattutto per causa tua. Ti aspetti che salga alla guida del regno, eppure ti rifiuti di parlarmene».

«Non ho tempo, principessa!», sbottò Elora. Avrei giurato che i suoi occhi si fossero riempiti di lacrime, ma scomparvero prima che me ne potessi accertare. «Vorrei tanto dirti tutto, ma non ho tempo! Le uniche spiegazioni che ricevi sono quelle imprescindibili. Anche se vorrei che fosse diverso, è così che va nel mondo in cui viviamo».

«Che vuoi dire? Perché non hai tempo?».

«Non ho neppure il tempo per questa discussione», rispose scuotendo il capo e congedandomi con un gesto. «Tu hai molte cose da fare e io ho un appuntamento fra dieci minuti. Se vuoi salvare il tuo prezioso Markis, ti consiglio di andartene e lasciarmi fare il mio lavoro».

Indugiai di fronte alla sua scrivania per un altro istante prima di rendermi conto che non avevo nient'altro da dirle. Per una volta, Elora era dalla mia parte e non voleva giustiziare Loki. In fin dei conti era meglio che me ne andassi prima di uscirmene con qualcosa che avrebbe potuto farle cambiare idea.

Pensavo di trovare Finn in corridoio, che attendeva per riaccompagnarmi in camera. Invece c'era Tove. Era appoggiato al muro e giocherellava distrattamente con un'arancia.

«Che ci fai qui?», chiesi.

«Anch'io sono contento di vederti», replicò ironico.

«No, voglio dire, non mi aspettavo di trovarti qui».

«Siccome sarei comunque rimasto per incontrarti, ho detto a Finn che poteva andare». Fece un sorrisetto e scosse la testa.

«Ho l'addestramento oggi?», gli chiesi. Mi piaceva allenarmi con Tove, ma lui aveva deciso che sarebbe stato meglio staccare per un paio di giorni, perché non esaurissi tutte le mie forze.

«No». Quando c'incamminammo, allontanandoci dallo studio di Elora, Tove lanciò in aria l'arancia. «Ma adesso risiedo qui e ho pensato di venire a vedere come stavi».

«Ah, già». Mi ero dimenticata che, temporaneamente, Tove avrebbe risieduto a palazzo per dare il suo contributo a garantirne la sicurezza. «Perché dovresti venire a vedere come sto?».

«Non so». Fece spallucce. «È solo che sembri…».

«Ho l'aura del colore sbagliato oggi?», chiesi, guardandolo con la coda dell'occhio.

«Sì, in effetti», annuì. «Ultimamente è di un marroncino sbiadito, quasi un giallo zolfo».

«Non ho idea di che colore sia lo zolfo e, anche se lo sapessi, non capirei cosa significa», dissi. «Parli spesso di aura, ma non mi spieghi mai come funziona».

«La tua è arancione», disse mostrandomi il frutto, come per esemplificare, prima di cominciare a lanciarlo da una mano all'altra. «È un colore che indica un carattere ispiratore e compassionevole. Quando sei accanto alle persone che ami, vieni avvolta da un alone viola. L'aura dell'affetto e degli istinti protettivi».

«OK, e poi?», chiesi inarcando un sopracciglio.

«Alla riunione di ieri, quando ti sei alzata per sostenere una causa in cui credevi, la tua aura si è fatta dorata». Si arrestò, perso nei pensieri. «Era abbagliante».

«Cosa significa il color oro?», domandai.

«Non lo so esattamente». Scosse il capo. «Non ne avevo mai vista una tutta dorata. Quella di tua madre tende a essere grigia, con delle sfumature rosse, ma quando è completamente presa dal suo ruolo di regina compaiono delle chiazze dorate».

«Quindi l'oro vuol dire… che cosa? Che sono una leader?», chiesi scettica.

«Forse». Fece di nuovo spallucce e riprese a camminare.

Scese al piano di sotto e, nonostante desiderassi stare da sola, lo seguii. Continuò a spiegarmi tutto ciò che sapeva delle aure e mi raccontò il significato di ogni colore.

L'utilità dell'aura continuava a sfuggirmi, ma Tove disse che gli permetteva di capire il carattere e le intenzioni delle persone. A volte, se l'aura era davvero potente, poteva addirittura percepirne il calore. Il giorno prima, al consiglio, gli era quasi parso di trovarsi sotto in pieno sole estivo.

Si fermò in salotto e si lasciò cadere su una poltrona vicino al camino. Cominciò a pelare l'arancia, lanciando la buccia tra le braci spente. Io mi sedetti sul divano più vicino e guardai fuori dalla finestra.

L'autunno cominciava a cedere il passo all'inverno, come dimostrava l'intensa grandinata in atto. Quando i chicchi sbattevano sulla vetrata, si aveva l'impressione che piovessero monete.

«Cosa sai dei Vittra?», chiesi.

«Mmm?». Tove diede un morso all'arancia, poi mi lanciò un'occhiata, asciugando il succo che gli era colato sul mento.

«Sai molte cose sui Vittra?», dissi riformulando la domanda.

«Un po'». Mi porse uno spicchio d'arancia: «Ne vuoi un po'?».

«No grazie». Scossi la testa. «Cosa intendi con "un po'"?».

«Volevo darti uno o due spicchi, ma puoi avere anche il resto se ci tieni». Mi porse di nuovo l'arancia e, con un cenno garbato, gli feci capire che non ne volevo.

«No, mi riferivo ai Vittra. Voglio sapere quello che sai», precisai.

«È una richiesta troppo vaga». Diede un altro morso, fece una smorfia e lanciò il resto dell'arancia nel caminetto. Strofinò le mani sui pantaloni per pulirsi dal succo e iniziò a guardarsi attorno.

Sembrava distratto quel giorno e mi chiesi se il palazzo non fosse troppo per lui. Troppe persone con troppi pensieri intrappolate in un unico edificio. Normalmente, non vi si tratteneva più di qualche ora.

«Sai perché i Vittra e i Trylle sono in guerra?», gli chiesi.

«No», rispose scuotendo il capo. «Credo che c'entri una ragazza, però».

«Davvero?».

«Un classico, no?». Con un sospiro si alzò. Avvicinatosi alla cappa del camino, iniziò a spostare le statuine in legno e avorio che erano posate sul ripiano. Usava le mani oppure la telecinesi. «Una volta ho sentito dire che Elena di Troia era una Trylle».

«Credevo che Elena di Troia fosse una creatura mitologica», dissi.

«Come i troll». Prese una statuetta che rappresentava un cigno, in avorio, avvolto da un'edera lignea, e la carezzò delicatamente, come se avesse paura di rovinarne l'elaborata decorazione. «Chi è che decide cosa è vero e cosa non lo è?».

«Che vuoi dire? Che Troia e i Vittra sono la stessa cosa? O che altro?».

«Non lo so». Alzò le spalle e rimise la statuetta sul ripiano della cappa. «Non do molto credito alla mitologia greca».

«Ottimo». Mi sdraiai sul divano. «Che cos'è che *sai*?».

«So che il loro re è tuo padre». Si mise a fare su e giù per la stanza, lasciando vagare lo sguardo. «E che, essendo spietato, non si fermerà davanti a nulla pur di ottenerti».

«Sapevi che era mio padre?!», esclamai sbalordita. «Perché non me l'hai detto?».

«Non spettava a me». Si mise a osservare la grandine. Raggiunse la vetrata e vi posò il palmo della mano, caldo, che lasciò un'impronta.

«Avresti dovuto dirmelo», insistei.

«Non lo uccideranno», disse Tove con tono assente. Si chinò in avanti e, alitando sul vetro, lo fece appannare.

«Chi?», chiesi.

«Loki. Il Markis». Tracciò un disegno nella condensa e poi lo cancellò col gomito.

«Elora dice che proverà a...».

«No, non *possono* ucciderlo», mi rassicurò prima di voltarsi verso di me. «Tua madre è l'unica abbastanza potente da poterlo soggiogare, a parte te e me».

«Frena, frena», dissi alzando una mano. «Che significa che nessuno è abbastanza forte da soggiogarlo? Dopo che è stato catturato, le guardie sono riuscite a trattenerlo, giù nell'atrio. Duncan ha persino contribuito a buttarlo per terra».

«No, i Vittra sono diversi». Scosse la testa e si sedette all'altra estremità del divano. «I nostri poteri risiedono qui...», e si picchiettò una tempia. «Con la forza del pensiero possiamo spostare gli oggetti o controllare il vento».

«Loki può far perdere i sensi con la forza del pensiero e la regina dei Vittra guarisce i malati», ribattei.

«Nelle vene della regina scorre sangue Trylle, risalente a una o due generazioni fa, altrimenti non avrebbe potuto accedere al trono. E Loki, in realtà, ha il nostro stesso sangue. Suo padre era un Trylle».

«Adesso è coi Vittra?», domandai, ripensando a quando Elora aveva detto di conoscerlo.

«C'è stato, per un po'. Ormai è morto», raccontò Tove in modo spiccio.

«Cosa? E come è morto?», chiesi.

«L'hanno giustiziato per tradimento». Tove si chinò in avanti e, usando il suo potere, sollevò un vaso che stava su un tavolo lì vicino. Avrei voluto urlargli di piantarla e non distrarsi, ma sapevo che in realtà era proprio ciò che stava cercando di fare.

«Lo abbiamo ucciso noi?», volli sapere.

«No. Credo che stesse cercando di tornare a Förening». Si morse un labbro, sempre più concentrato man mano che il vaso si alzava fluttuando. «L'hanno ucciso i Vittra».

«Oh mio Dio». Mi abbandonai contro lo schienale del divano. «Perché Loki sta ancora dalla parte dei Vittra?».

«Non conosco Loki, né ho conosciuto suo padre». Il vaso planò delicatamente sulla tavola. «Non sono in grado di dirti proprio nulla sui loro ragionamenti».

«Come fai a sapere queste cose?», gli chiesi.

«Le sapresti anche tu, se le circostanze fossero diverse». Inspirò profondamente e sembrava più calmo dopo aver fatto muovere il vaso. «Di norma, le lezioni di Storia sono parte integrante dell'addestramento a cui ti stai sottoponendo. Ma visto che abbiamo subito delle aggressioni, nel tuo caso si sta privilegiando la preparazione bellica».

«In che cosa sono diversi i Vittra?», chiesi tornando all'argomento principale.

«Nella forza», rispose, piegando le braccia per mimare il concetto. «Dal punto di vista fisico, non hanno rivali. Persino le loro menti sono più impenetrabili, quindi più difficili da controllare per quelli come te ed Elora. Anche per me è più difficile spostarli. E, come da noi, più un Vittra è potente, più è in alto nella gerarchia sociale: dunque un Markis come Loki dev'essere estremamente forte».

«Ma quando eravamo nel castello dei Vittra, l'hai scaraventato via come niente fosse», gli ricordai.

«Già. Ho riflettuto su quell'episodio». Corrucciò la fronte con aria perplessa. «Credo che me l'abbia lasciato fare».

«In che senso? Perché?».

«Non lo so», ammise scuotendo la testa. «Però mi ha permesso di sopraffarlo e ora si è lasciato catturare dalle nostre guardie. I poteri della regina sono davvero in grado di soggiogarlo, ma le guardie...». Scosse il capo. «Non hanno alcuna possibilità contro di lui».

«Perché avrebbe fatto una cosa del genere?».

«Non ne ho idea», confessò Tove. «Eppure è molto più forte di tutti noi. Elora non sarebbe in grado di tenerlo abbastanza a lungo da permettere alle guardie di ucciderlo».

«Tu potresti?», domandai cautamente.

«Credo di sì», annuì. «Voglio dire che ne sarei capace, ma non lo farei».

«Perché no?».

«Non credo sia la cosa giusta da fare. Non ci ha danneggiato in nessun modo concreto, e in più voglio capire che cosa ha in mente». Fece spallucce e, lanciandomi un'occhiata, aggiunse: «E poi tu non saresti d'accordo».

«Disobbediresti a Elora, se ti chiedessi di farlo?», gli domandai, e lui annuì. «Perché? Perché sei disposto ad aiutare me e non lei?».

«La mia lealtà appartiene a te, principessa», rispose sorridendo. «Mi fido di te, e gli altri Trylle impareranno a fare altrettanto, quando capiranno di cosa sei capace».

«Di cosa sono capace?», chiesi, stranamente emozionata dalle parole di Tove.

«Di condurci alla pace», rispose con una convinzione tale che non mi azzardai a contraddirlo.

17. Intorpidita

Dopo aver ricevuto da Tove quelle informazioni sul conto di Loki, decisi che dovevo parlargli. Non si era dimostrato molto disponibile, ma dovevo assolutamente scoprire perché fosse venuto qui. Che cosa sperava di ottenere irrompendo da solo nella reggia dei Trylle?

Purtroppo, però, la sorveglianza su Loki era diventata più severa.

Si era diffusa la voce che ci eravamo parlati, e le guardie avevano deciso di industriarsi per tenermi lontana da lui. Duncan, che non aveva fatto nulla per impedirmi di andare da Loki, aveva subito una terribile reprimenda e, quando infine era tornato in servizio, aveva dichiarato che non avrebbe più permesso che avvicinassi il prigioniero.

Avrei potuto ricorrere alla persuasione, ma avevo già smanettato abbastanza col suo cervello durante l'addestramento. Tra l'altro, mi ero ripromessa di non usare più questa tecnica, anche se a Tove ancora non lo avevo detto.

Infine, sarebbe stato davvero meglio sfruttare quel giorno di pausa per rilassarmi. Potevo rimandare la visita a Loki all'indomani, dopo l'allenamento. Avrei di sicuro trovato un modo per aggirare le guardie senza dover ricorrere alla persuasione.

La solitudine durò poco. Duncan mi scortò in camera e, dopo neanche cinque minuti, Rhys tornò dalla scuola. Preparò una pizza e m'invitò in camera sua per guardare qualche film e rilassarmi in compagnia di Matt e Willa.

Avevo la sensazione di averli trascurati, quindi accolsi l'invito portando con me anche Duncan. Mi sistemai sul divano, a distanza di sicurezza da Rhys, anche se si trattava di una misura non necessaria dato che c'era Matt a tenerci d'occhio.

A dire il vero, però, Matt sembrava trascurare i suoi doveri di fratello maggiore. Era tutto preso da Willa, con cui rideva e scherzava. Ma fu proprio lei a sorprendermi più di tutti e, incredibile ma vero, mangiò la pizza. Persino per me era impensabile mandarla giù, eppure lei se la pappò senza fare una piega.

Diversamente dall'ultima volta che ero stata in camera di Rhys per goderci un film, fui ben attenta ad andarmene prima che fossi sopraffatta dal sonno. Li salutai mentre erano immersi nella visione de *La casa*.

Mentre tornavo in camera mia, incontrai Finn che faceva il suo giro di ronda. Lo salutai e lui, come se fossi trasparente, non mi degnò neppure di un cenno di saluto. Duncan si scusò in sua vece, facendomi arrabbiare ancor di più. Era inaccettabile che altri cercatori dovessero consolarmi delle sue scortesie.

Il mattino seguente, Tove mi venne a chiamare prestissimo. Ormai, vivendo a palazzo, si svegliava già sul posto di lavoro. Mi parve un orario veramente inumano, ma da quando si era trasferito la sua insonnia era peggiorata, perciò evitai di lamentarmi.

Dopo che mi fui preparata, ebbe inizio una lunga giornata d'addestramento. Andammo in cucina. Di solito era deserta ma in quel periodo, col palazzo brulicante di ospiti e guardie, il cuoco lavorava a tempo pieno. Con sua grande costernazione, Tove mi fece esercitare a muovere il pentolame.

Speravo di provocare una danza di utensili in stile *Mary Poppins*, invece le cose andarono diversamente. Riuscii a far fluttuare un paio di padelle di ghisa, e per poco non decapitai Duncan lanciando un pentolino attraverso la stanza con la forza del pensiero.

Una parte di me era entusiasta all'idea di essere finalmente riuscita a muovere qualcosa. Secondo Tove era stato fondamentale che avessi sbattuto il portone mentre Elora torturava Loki. In quell'occasione si era sbloccato qualcosa che fino ad allora mi aveva impedito di sfruttare il potenziale.

L'entusiasmo venne infine soffocato dalla stanchezza. A fine giornata, mi sentivo esausta come non mai. Duncan mi offrì il suo aiuto per salire le scale e tornare in camera ma, nonostante ne avessi davvero avuto bisogno, rifiutai. Dovevo imparare a cavarmela da sola.

Non volevo che persone come Duncan e Finn, o persino Tove, rischiassero la vita per proteggermi. E, al di là di questo, non volevo *dipendere* da loro. Ero la più forte di tutti e dovevo imparare a prendermi cura di me stessa.

Sapevo di non poter imparare tutto alla perfezione in un giorno, però ce l'avrei messa tutta, fino a raggiungere la forza di cui tutti mi credevano capace.

Dopo una lunga seduta d'allenamento, mi concessi una breve pausa, in attesa del consiglio di difesa convocato per quel giorno. Ci andai con Tove, Duncan, alcune guardie scelte ed Elora. Quando entrammo nella sala, sia Finn che suo padre Thomas erano già lì. Salutai entrambi ma, mentre Thomas ricambiò il saluto, Finn mi ignorò. Di nuovo.

L'incontro si rivelò poco sostanzioso. Elora ci aggiornò sulla situazione. Nessun altro Vittra si era introdotto nel palazzo e Loki non era fuggito. Poi si mise a rivedere i turni di guardia con i cercatori. Avrei voluto chiederle come procedeva il piano per restituire Loki ai Vittra in cambio di una tregua, ma dalle sue occhiate ammonitrici capii che non era il momento di sollevare la questione.

A fine riunione decisi di tornarmene in camera per una lunga doccia calda e per infilarmi sotto le coperte. Un attimo prima di entrare nella doccia, mi accorsi che era finito il bagnoschiuma e allora raggiunsi l'armadietto in corridoio per prenderne uno nuovo.

Mi sembrava di avere il cervello intorpidito, sull'orlo del cortocircuito. Non so perché, ma non sentivo più le dita dei piedi e delle mani. Avevo un dolore pulsante alla base del cranio e dall'occhio sinistro vedevo sfocato.

L'addestramento, quel giorno, era stato più duro di quanto avessi voluto ammettere. Tove aveva proposto varie volte di fare una pausa, ma io mi ero rifiutata e ora ne pagavo le conseguenze.

Probabilmente fu per questo che persi il controllo non appena Finn mi passò accanto senza salutare. Stavo appunto camminando nel corridoio, in accappatoio, per prendere il bagnoschiuma, quando incrociai Finn che, guarda caso, era di nuovo di ronda. Mi passò accanto, lo salutai eppure lui non mi degnò né di un cenno né di un sorriso.

Eppure tanto bastò. Fu la goccia che fece traboccare il vaso.

«E che cavolo, Finn!», urlai, girandomi di scatto verso di lui. Si fermò, ma solo perché lo avevo spaventato. Mi guardò con un'espressione sconcertata. Penso che fosse la prima volta che lo vedevo preso così alla sprovvista. «Non dici nulla, ovvio. Stai lì a fissarmi come se fossi trasparente, tanto per cambiare».

«Io... io...», balbettò lui e io scossi la testa.

«No, davvero, Finn», lo interruppi alzando una mano. «Se accorgerti che esisto ti scoccia tanto, non disturbarti neanche adesso».

«Wendy», sospirò con tono esasperato. «Sto solo facendo il mio lavoro...».

«Sì, va be'», replicai alzando gli occhi al cielo. «Sul tuo contratto di lavoro c'è scritto che devi comportarti da stronzo con la principessa e fare finta che non esiste? È scritto da qualche parte?».

«Sto semplicemente facendo del mio meglio per proteggerti, lo sai».

«Ho capito che non possiamo stare insieme. E, credimi, non sono così rammollita da saltarti addosso in mezzo a un corridoio soltanto perché dici "ciao"». Sbattei con violenza l'anta dell'armadietto. «Non hai alcun motivo per essere così scortese».

«Non sono scortese». La sua espressione si ammorbidì, addolorata e confusa. «Io...». Abbassò lo sguardo. «Non so come comportarmi con te».

«E come mai hai deciso che ignorarmi era la scelta migliore?», gli chiesi, constatando con sorpresa che avevo gli occhi colmi di lacrime.

«È proprio per questo che non volevo venire», disse scrollando il capo. «Ho tanto supplicato la regina di esonerarmi...».

«L'hai supplicata?», gli feci eco, sentendo che aveva veramente superato ogni limite.

Finn non era tipo da suppliche. Era troppo orgoglioso e fiero per implorare qualcuno. E invece, pur di starmi lontano, si era ridotto perfino a quello.

«Sì!», esclamò indicandomi. «Guardati! Guarda che cosa ti sto facendo!».

«Quindi te ne rendi conto?», chiesi. «Te ne rendi conto, ma lo fai comunque?».

«Non ho molte alternative, Wendy!», urlò. «Che cosa vuoi che faccia? Dimmi cos'è che dovrei fare, secondo te!».

«Non voglio più niente da te», strillai piantandolo in asso.

«Wendy!», mi urlò dietro, ma io scossi il capo senza fermarmi.

«Adesso sono troppo stanca per discutere con te, Finn», risposi rientrando in camera mia.

Subito dopo averla chiusa, mi appoggiai alla porta e scoppiai in lacrime. A dire il vero non sapevo neppure perché Finn mi mancasse. Piuttosto, era come se non riuscissi a controllare le mie emozioni, che si riversavano fuori di me in forma di lacrime e singhiozzi.

Crollai sul letto e decisi che il sonno era l'unica cura possibile.

18. Segreti

Il giorno dopo, Duncan impiegò ben venti minuti per svegliarmi, o almeno così mi raccontò. Prima aveva tentato bussando alla porta, ma io non mi ero accorta di nulla. Anche scuotermi non aveva sortito effetto. Alla fine, ormai convinto che fossi morta, arrivò Tove, che mi aveva tirato in faccia un secchio d'acqua fredda.

«Ma che cavolo...?», urlai alzandomi a sedere.

Avevo il viso grondante e dovetti battere più volte le palpebre per liberarle dall'acqua e mettere a fuoco Tove e Duncan, che si stavano stringendo la testa tra le mani. Col cuore che batteva all'impazzata, mi tolsi i capelli dal viso.

«L'hai rifatto, principessa», disse Tove massaggiandosi le tempie.

«Che cosa?», domandai. «Che sta succedendo?».

«Ci hai dato quella specie di schiaffo mentale», spiegò Tove con una smorfia di dolore. Duncan, invece, aveva già smesso di tenersi la testa. «L'hai fatto ancora incosciente, perché svegliandoti ti abbiamo spaventata. Ma l'effetto sta già diminuendo».

«Mi spiace», dissi alzandomi dal letto, col pigiama bagnato. «Ma questo non spiega perché sono fradicia».

«Non ti svegliavi!». Duncan mi espose l'accaduto guardandomi con occhi sgranati per l'ansia. «Temevo che fossi morta».

«Te l'avevo detto che non lo era», rispose Tove guardandolo con espressione polemica. Poi spalancò la bocca muovendo la mandibola, per alleviare il dolore del mio schiaffo involontario.

«Tu stai bene?», mi chiese Duncan avvicinandosi per verificare che non fossi ferita.

«Sì, sto bene», risposi, «a parte il fatto che sono zuppa. E che ho ancora sonno».

«Saltiamo l'addestramento, oggi», m'informò Tove.

«Cosa?!», esclamai girandomi di scatto. «Perché? Avevo appena cominciato a cavarmela».

«Lo so, ma ti toglie troppe energie», spiegò. «Finiresti per farti male. Riprenderemo domani».

Accennai una protesta, ma senza troppa convinzione, anche perché sapevo che Tove non mi avrebbe dato retta. Inoltre, nonostante la lunga dormita, continuavo a sentirmi debole ed esausta. Uno strano torpore si era diffuso su un lato della mia testa, come se metà del cervello fosse addormentata. Naturalmente, dato che non ero in preda a un ictus, si trattava solo di una sensazione, ma avevo davvero bisogno di una pausa. Tove tornò a dedicarsi alle attività per il suo tempo libero, quali che fossero, e Duncan mi promise un pomeriggio di relax, che lo volessi o meno.

La mia priorità era togliermi i vestiti bagnati e infilarmi sotto la doccia. Quando uscii dal bagno, trovai Duncan piazzato sul mio letto sfatto. Iniziò a elencare tutte le attività rilassanti a cui avremmo potuto dedicarci, però nessuna m'ispirava.

«Secondo te parlare con gli amici è un'attività rilassante?», gli domandai mentre passavo l'asciugamano sui miei ricci bagnati. Mi faceva male la testa, perciò avevo deciso di tenere i capelli sciolti, una volta tanto.

«Sì», rispose lui con una certa esitazione.

«Ottimo. Allora so cosa fare». Lanciai l'asciugamano sulla sedia più vicina e Duncan si spostò dal centro al bordo del letto.

«E cioè?», mi domandò con sguardo sospettoso. Vista la fredda accoglienza che avevo riservato alle sue proposte, non poteva che diffidare delle mie.

«Andrò a parlare con un amico», dissi aprendo la porta.

«Quale amico?», chiese Duncan scendendo dal letto e mettendosi alle mie calcagna.

«Un amico», risposi facendo spallucce e uscendo in corridoio.

«Non hai molti amici», mi fece notare Duncan. Io finsi di esserci rimasta male. «Scusa».

«Fa niente. È la verità», dissi mentre passavamo davanti alla stanze di Rhys e Matt.

«Oh, no», esclamò il mio cercatore mangiando la foglia. «Principessa, dovresti riposarti. In più, quel Markis Vittra non è certo un amico».

«Ma neanche un nemico. E voglio solamente parlarci».

«Principessa». Sospirò. «È una pessima idea».

«Ho preso atto delle tue perplessità, Duncan. E non vorrei far pesare la mia autorità, ma sono la principessa: non puoi impedirmi di andare».

«Sai che non dovresti nemmeno rivolgergli la parola?», insisté seguendomi a pochi passi di distanza. «Dopo la tua ultima visita, la regina ha dato precise disposizioni alle guardie».

«Se sei contrario, non devi venire per forza», gli feci notare.

«Certo che vengo», rispose piccato, e allungò il passo. «Non ti lascio andare da sola».

«Grazie dell'interessamento, ma me la cavo benissimo», dissi lanciandogli una rapida occhiata. «Non voglio metterti nei guai, né niente. Se vuoi venire, va bene».

«No, non va bene», replicò guardandomi duro. «Sono io che devo proteggere te, non il contrario. Devi smetterla di impicciarti della mia sicurezza».

Appena raggiungemmo le scale, si udì un gran colpo proveniente dal portone. Di solito, nessuno bussava. Usavano tutti il campanello, che aveva il suono di una campana a vento.

E, cosa ancor più strana, fu Elora ad andare ad aprire, attraversando la rotonda col lungo strascico del suo abito nero che scivolava sul pavimento di marmo.

Eravamo ancora al primo piano, perciò la regina si trovava esattamente sotto di noi. Mi acquattai dietro la balaustra prima che potesse vedermi e Duncan fece altrettanto. Anche attraverso il graticcio di legno riuscivo a vederla benissimo.

Era sola e, prima di aprire il portone, si voltò a controllare che non ci fosse nessuno. Notai che aveva il viso più disteso e liscio rispetto all'ultima volta che l'avevo vista, quasi fosse ringiovanita, però aveva due ciocche di capelli bianchi in più.

«Perché va lei ad aprire la porta?», mormorò Duncan. «Senza scorta, per giunta!».

«Sssh!». Gli feci cenno di tacere sventolando una mano.

Visto che le sembrava che il campo fosse sgombro, Elora aprì il portone. L'atrio venne spazzato da una folata di vento gelido e lei dovette fare uno sforzo per evitare che la porta si richiudesse di scatto.

Mentre la teneva, cercando nel frattempo di conservare un contegno dignitoso, una donna sgusciò all'interno. Portava un mantello verde scuro, con tanto di cappuccio a coprirle il capo e nasconderle il volto. Il suo vestito bordeaux sembrava di raso e l'orlo, che le ricadeva attorno ai piedi, era zuppo e rovinato dalle intemperie.

«Sei stata davvero gentile a venire nonostante questo

tempaccio», le disse Elora sfoderando uno dei suoi sorrisi tirati e condiscendenti.

Poi si passò una mano sui capelli, cercando di coprire il più possibile le ciocche bianche. La donna non disse nulla ed Elora la invitò con un cenno a salire al piano di sopra. Era strano. Gli incontri ufficiali si tenevano nell'ala sud del piano terra. La regina invece la stava guidando verso i propri appartamenti privati.

«Vieni», proseguì Elora incamminandosi assieme alla donna. «Abbiamo molto di cui discutere».

Presi Duncan per un braccio e schizzai dal lato opposto del pianerottolo prima che le due iniziassero a salire le scale. Sul pianerottolo non c'era altro che un ripostiglio per le scope, quindi lo aprii avendo cura in tutti i modi di non fare rumore.

Una volta dentro, richiusi l'anta lasciando giusto uno spiraglio da cui sbirciare. Duncan mi stava incollato alla schiena, cercando a sua volta di vedere qualcosa attraverso la fessura, e fui costretta a dargli una gomitata nello stomaco perché smettesse di schiacciarmi e io potessi respirare.

«Ahi!», esclamò lui.

«Zitto!», sbottai.

«Non c'è bisogno che urli», ribatté Duncan bisbigliando.

«Non ho...». Stavo per dirgli che non avevo urlato quando mi resi conto che non avevo proprio aperto bocca. L'avevo solo pensato, eppure lui mi aveva sentito. Avevo appena usato la comunicazione telepatica di cui si serviva sempre Elora.

Duncan, riesci a sentirmi?, gli chiesi senza parlare, tanto per provare, ma lui non rispose. Rimase immobile in punta di piedi, sbirciando fuori, al di sopra della mia testa.

Avrei voluto riprovarci ma, sentendo che stavano arrivando in cima alle scale, mi concentrai sulle due donne. Elora era la più vicina al ripostiglio e m'impediva di scorgere il volto della sua ospite che, tra l'altro, non si era ancora tolta il mantello.

Dopo che furono passate, aspettai qualche altro istante prima di aprire ulteriormente la porta. Poi feci capolino e le vidi rimpicciolire in fondo al corridoio. Superarono il cercatore che sorvegliava la cella di Loki, l'unica guardia presente al primo piano.

Al contrario del piano terra, che brulicava di sentinelle, il primo piano era quasi deserto, se si eccettuava il paio di guardie del corpo che mi ronzavano sempre attorno.

«Per quale motivo dovrebbe portare qualcuno quassù?», mi chiese Duncan che, a sua volta, era sbucato fuori dal ripostiglio e le stava osservando.

«Non ne ho idea», risposi scuotendo il capo. «Sai dove stanno andando?».

«No, la regina non mi ha mai invitato nei suoi spazi privati», rispose.

«Già, neanche a me».

Decisi che dovevo seguirla e scoprire la ragione di tanta riservatezza. Mi mossi furtiva, appiattendomi il più possibile contro il muro, con Duncan al seguito. Sembravamo Willy il coyote quando cerca di nascondersi dietro un alberello troppo sottile o una roccia minuscola.

Elora aprì le grandi porte in fondo al corridoio, lasciandomi di stucco. Si trattava dell'entrata della sua camera da letto, o almeno così mi avevano detto. In effetti, non c'ero mai stata. Mi appiattii di più contro la parete e, per fortuna, quando si girò per richiudere le porte la regina non alzò lo sguardo.

«Che diamine sta facendo?», domandai.

«Potrei chiederti la stessa cosa», disse Loki cogliendomi di sorpresa.

La sua stanza era a poca distanza dal punto in cui Duncan e io avevamo tentato di nasconderci. Loki si era affacciato dalla porta, il massimo dove osava spingersi, e il suo sorvegliante, sentendolo rivolgermi la parola, gli aveva lanciato un'occhiataccia.

Fino a quel momento, ero stata troppo presa da Elora per ricordarmi di Loki. Mi scostai dal muro e raddrizzai la schiena, cercando di sistemare il più possibile i ricci ancora bagnati.

«Non sono affari tuoi», replicai avvicinandomi a passi lenti e risoluti. Sul suo volto comparve un sorrisetto compiaciuto.

«Non che mi disturbi, ma tu e il tuo amico...», disse accennando a Duncan, «sembrate usciti dalla scuola per spie dell'ACME, e col minimo dei voti».

«Mi fa piacere che non ti disturbi», replicai incrociando le braccia sul petto.

«Già, però sono curioso». La sua fronte si corrugò in un'espressione di autentico interesse. «Perché pedini tua madre?».

«Principessa, non sei tenuta a rispondergli», intervenne la sentinella guardandolo con la coda dell'occhio. «Posso chiudere la porta e togliertelo dai piedi».

«No, va benissimo», risposi sorridendogli gentilmente per poi rivolgermi a Loki con sguardo severo. «Hai visto con chi era mia madre?».

«No», fece lui esagerando il sorriso. «E mi pare di capire che non lo sai neppure tu».

«Principessa, questa situazione mi sembra tutto fuorché rilassante», s'intromise Duncan.

«Duncan, va tutto bene».

«Ma principessa...».

Duncan! Con mia sorpresa, la capacità di comunicare telepaticamente tornò a manifestarsi e mi affrettai a sfruttarla. Mi voltai verso di lui. *Va tutto bene. Adesso, per cortesia, allontana la guardia.*

«D'accordo», sospirò Duncan. Poi si rivolse all'altro cercatore: «La principessa vorrebbe restare un momento da sola».

«Ma ho ricevuto ordini precisi...».

«È la principessa», ribatté Duncan. «Vuoi metterti a discutere con lei?».

Apparivano entrambi restii ad andarsene. Mentre si allontanavano, Duncan non mi tolse gli occhi di dosso e l'altro continuò a brontolare che se la regina l'avesse scoperto sarebbe finito in un mare di guai.

«Vedo che hai imparato dei nuovi trucchetti», ridacchiò Loki.

«Non puoi neanche immaginare quanti ne conosco», dissi, e Loki sollevò un sopracciglio di apprezzamento.

«Se vuoi mostrarmene qualcuno, sei sempre la benvenuta». Fece un gesto in direzione della propria stanza e si spostò, casomai volessi entrare.

Non so come mi venne in mente, ma accettai il suo invito. Entrai e, passandogli accanto, i nostri corpi si sfiorarono. Dato che non c'erano sedie, mi sedetti sul suo letto, mantenendo però una postura rigida. Non volevo mettermi comoda né dargli l'impressione sbagliata.

«Fa' come se fossi a casa tua, principessa», scherzò lui.

«Non ho bisogno di fare come se», replicai. «Questa *è* casa mia».

«Per ora», disse lui sedendosi sul letto. Si mise apposta vicino a me e io mi scansai, fino a creare una distanza di mezzo metro. «Ah, così stanno le cose!».

«Tove mi ha parlato di te», dissi. «So quanto sei potente».

«Eppure vieni nella mia stanza tutta sola?», domandò. Sorreggendosi con le braccia, si inclinò all'indietro, senza smettere di osservarmi.

«Anche io sono potente, e lo sai», replicai.

«Touché».

«Il re mi ha posto sotto la tua sorveglianza proprio perché sei forte», dissi. «Hai lasciato che me ne andassi».

«È una domanda?», chiese Loki distogliendo lo sguardo e concentrandosi su un filo scucito della sua camicia nera.

«No, so che è così». Continuavo a fissarlo, nella speranza di riuscire a strappargli qualche informazione, invece mi accorsi che stava assumendo un'espressione sempre più cupa e annoiata. «Voglio sapere perché mi hai lasciato andare».

«Principessa, quando sei entrata in camera mia pensavo che volessi giocare un po', non parlare di politica». Mise il broncio, si girò su un fianco e iniziò a guardarmi dal basso in alto con aria abbattuta.

«Loki, sto parlando sul serio», lo rimproverai.

«Anch'io». Si rimise a sedere normalmente e sfruttò l'occasione per avvicinarsi. Aveva posato una mano proprio dietro di me, perciò il suo braccio mi sfiorava la schiena.

«Perché non mi dici perché mi hai lasciato andare?», gli chiesi ancora, facendo del mio meglio per tenere salda la voce mentre lo guardavo negli occhi.

«Perché t'interessa tanto?», mi chiese con voce grave e seria.

«Perché sì». Deglutii. «Devo sapere se stai macchinando qualcosa».

«E se così fosse», mi chiese con lo sguardo incatenato al mio e sollevando il mento, con aria di sfida, «mi faresti uccidere?».

«Certo che no», risposi.

Inclinò la testa da un lato, studiandomi, e poi capì. «Il problema è che l'idea ti disturba».

«È vero. Adesso mi dici perché mi hai lasciato andare?».

«Probabilmente per lo stesso motivo perché tu non vuoi che mi uccidano».

«Non capisco».

Avrei voluto scuotere la testa, ma temevo troppo d'interrompere il contatto visivo. Non lo stavo sottoponendo alla persuasione, né niente del genere, ma ero riuscita a catturare la sua attenzione e avevo paura che, rompendo quell'equilibrio, decidesse di non parlare più.

«Invece credo di sì, principessa». Deglutì e inspirò a fondo prima di continuare. «So bene cosa significhi essere prigionieri e ho pensato che, per una volta, sarebbe stato bello vedere qualcuno che scappava».

«Ti credo. Ma perché sei tornato a cercarmi? A che pro lasciarmi andare, per poi ricominciare a darmi la caccia?».

«Te l'ho già detto. Ordini del re».

«Ha deciso lui di mandarti qui da solo?».

«Non esattamente». Fece spallucce, ma non distolse lo sguardo. Avevo l'impressione che i suoi occhi mi trafiggessero. «Gli ho chiesto io di venire solo. Gli ho detto che ti fidavi di me e che avrei potuto convincerti a seguirmi».

Ebbi un tuffo al cuore. Sapevo che avrei dovuto essere arrabbiata con lui, eppure non lo ero. «Lo credi davvero?».

«Non saprei. Non ho mai avuto intenzione di provarci. Però sapevo che se Oren mi avesse mandato con dei rinforzi, quelli non si sarebbero fermati finché non ti avessero catturato, e non mi sembrava una bella prospettiva».

«Quindi non cercherai di trascinarmi a Ondarike?», gli chiesi.

Socchiuse un poco gli occhi, come se ci stesse davvero riflettendo. Infine disse: «No. Sarebbe decisamente troppo complicato».

«Troppo complicato?», domandai perplessa. «Potresti semplicemente farmi perdere i sensi come la volta scorsa e portarmi via di peso, no? O per lo meno, avresti potuto quando sei arrivato, prima di lasciare che ti catturassero».

«Non ho *lasciato* che mi catturassero», disse ridendo. «Certo, non ho opposto grande resistenza, ma solo perché non ne avevo motivo. Non volevo veramente portarti via, volevo solo darne l'impressione, per evitare di fornire al re un pretesto per uccidermi».

Inclinai la testa da un lato, studiandolo. «Quindi sei qui solo per salvarti il collo?».

«Sembra così, eh?».

«Mi hai fatto qualcosa?», gli chiesi.

Sentivo infatti che mi girava un po' la testa e che il cuore mi batteva più forte. Avevo quasi l'impressione che i suoi occhi color miele mi stessero ipnotizzando, e lo stomaco era sottosopra. Solo accanto a Finn avevo provato qualcosa di simile e non volevo credere che stesse accadendo lo stesso con Loki: che potessi essere attratta da lui. Perciò sperai che mi avesse lanciato qualche specie di incantesimo, come quando mi aveva fatto perdere i sensi.

«Tipo cosa?», domandò con espressione incuriosita.

«Non lo so. Tipo quel trucchetto con cui mi hai fatto perdere conoscenza».

«No, assolutamente». Fece un lungo sospiro, che parve quasi di rammarico. «E credo che non lo rifarò mai più».

«Perché no?».

Sollevando appena un angolo della bocca, si avvicinò. Per un attimo fui invasa dalla paura che stesse per baciarmi e, col cuore che martellava in petto, mi resi conto di temere anche di più che non lo facesse.

Continuava a fissarmi negli occhi, ma io distolsi lo sguardo e studiai il suo viso. La sua pelle abbronzata era liscia e priva d'imperfezioni, la mascella forte e delicata allo stesso tempo. A prescindere da tutto, Loki era veramente bellissimo, e credo che avessi cercato di nascondere a me stessa questo fatto sin dal nostro primo incontro.

Un attimo prima che le sue labbra incontrassero le mie, si fermò improvvisamente. Avvertivo persino il tepore del suo respiro sulla mia guancia.

«Voglio essere sicuro che quando stai con me è perché

lo vuoi, non perché sei costretta». Rimase per un istante in silenzio. «E in questo momento non ti stai muovendo».

«Io... io...», provai a replicare balbettando, poi distolsi lo sguardo e saltai giù dal letto.

«Chi è adesso che sta macchinando?», disse Loki sospirando. Si distese sul letto e mi guardò.

Feci un profondo respiro incrociai le braccia al petto.

«Wendy!», urlò Duncan dal fondo del corridoio e, non appena mi girai, vidi Finn fermo sull'uscio che ci guardava in cagnesco.

«Principessa, devi uscire immediatamente da questa stanza», disse Finn. Aveva un tono pacato, ma percepivo la sua rabbia ribollire sotto la superficie.

«Ma che storia è questa?», chiese Loki, guardandomi perplesso. «Perché ti fai dare ordini da questi cercatori? Sei quasi regina. Hai sovranità assoluta».

«Ti suggerisco di tenere la bocca chiusa prima che te la chiuda io, Vittra». Finn con occhi di fuoco fissò il Markis che, dal canto suo, con aria assolutamente indifferente, sbadigliò.

«Finn», sospirai, decidendo comunque di uscire dalla stanza. Non potevo parlare con Loki di fronte a lui, e non volevo litigare con Finn di fronte al Vittra.

«Non ora, principessa», fece Finn digrignando i denti.

Appena uscii dalla stanza, Finn chiuse la porta sbattendola violentemente. Mi voltai verso di lui, preparandomi ad aggredirlo per quella reazione sproporzionata, ma fu lui ad afferrarmi per il braccio e a trascinarmi lungo il corridoio.

«Piantala, Finn!». Cercai invano di divincolarmi ma era molto più forte di me. «Loki ha ragione. Tu sei il mio cercatore. Devi smetterla di tirarmi da una parte all'altra e di dirmi cosa devo fare».

«Loki?». Finn si fermò per darmi un'occhiata sospettosa. «Sei così in confidenza col prigioniero Vittra che ti ha rapita? E fai a *me* la lezione su ciò che è appropriato?».

«Non ti sto dando nessuna lezione!», gridai, riuscendo finalmente a divincolarmi. «Ma se te la dovessi fare, il tema sarebbe questo tuo atteggiamento da stronzo».

«Ehi, forse vi dovreste calmare...», intervenne Duncan cercando di mediare. Era a un paio di metri da noi e aveva l'aria intimidita e preoccupata.

«Duncan, non ti azzardare a dirmi come devo fare il mio lavoro!», si rivoltò Finn puntandogli un dito contro. «Sei il cercatore più inutile e incompetente che abbia mai conosciuto e, alla prima occasione, farò in modo che la regina ti licenzi. E fidati, si tratta di un favore. Ti dovrebbe esiliare!».

Il viso di Duncan iniziò a tremare e, per un orribile istante, fui convinta che sarebbe scoppiato a piangere. Invece, dopo averci fissato a bocca aperta, abbassò gli occhi e annuì.

«*Finn!*», gridai, pronta a schiaffeggiarlo. «Duncan non ha fatto niente di male!». Duncan si girò per allontanarsi, ma provai a fermarlo. «Duncan, no. Non devi andartene».

Continuò a camminare e io non lo seguii. Forse avrei dovuto, ma avevo ancora voglia di accanirmi su Finn.

«Ti ha lasciata più volte da sola con il Vittra!», gridò Finn. «So che hai degli istinti suicidi, ma il compito di Duncan è impedirti di seguirli».

«Sto indagando sui Vittra, in modo da fermare questa ridicola guerra!», ribattei. «Stavo interrogando un prigioniero, e allora? Non c'è niente di strano e non correvo il minimo rischio».

«Oh, sì, lo stavi "interrogando"», ribatté lui con tono beffardo. «Ci stavi flirtando».

«Flirtando?», ripetei alzando gli occhi al cielo. «Quindi stai facendo lo stronzo perché pensi che ci stavo flirtando? Be', ti sbagli e comunque, anche se fosse, non avresti il diritto di trattare me o Duncan in questo modo».

«Non sto facendo lo stronzo», insisté Finn. «Sto facendo il mio lavoro. E fraternizzare con il nemico è una cosa inconcepibile, principessa. Se non sarà lui a farti del male, saranno i Vittra o i Trylle».

«Stavamo solo parlando, Finn!».

«Vi ho visti, Wendy», sbottò. «Stavate flirtando. Ti sei persino sciolta i capelli per venirlo a trovare di nascosto».

«I capelli?», ripetei toccandoli. «Li ho slegati perché avevo mal di testa per l'addestramento, e non sono venuta a trovarlo di nascosto. Stavo... No, sai che ti dico? Non ti devo nessuna spiegazione. Non ho fatto niente di male e non devo rispondere a te delle mie azioni».

«Principessa...».

«No, non voglio sentire!». Scossi il capo. «Ne ho abbastanza di questa discussione. Vattene, Finn!».

Gli voltai le spalle per riprendere fiato. Avvertivo la sua presenza: era fermo dietro di me, ma alla fine se ne andò. Mi strinsi tra le braccia, per non iniziare a tremare. Non ricordavo l'ultima volta che mi ero arrabbiata così tanto, né riuscivo a credere che Finn avesse trattato me e Duncan in quel modo.

In fondo al corridoio, la porta della camera di Elora si aprì con un cigolio, strappandomi ai miei pensieri. Alzai lo sguardo e la vidi che spalancava le grandi ante, però non mi preoccupai di nascondermi.

La donna col mantello uscì. Aveva il cappuccio abbassato e finalmente potei vederla in volto.

Rivolse a Elora quel suo solito sorriso smagliante e mellifluo. Quando mi vide, il suo sorriso non mutò.

Era Aurora, e non avevo idea di cosa stesse complottando insieme a mia madre.

19. Patti

Mi ci volle un po', ma alla fine riuscii a convincere Duncan a rimanere. L'avevo trovato intento a provare il suo discorso di dimissioni. Era terrorizzato all'idea di aver deluso me o la regina ma, quando gli feci capire che non era così, acconsentì a restare.

Per il resto della giornata assecondai ogni sua proposta, compresa quella di starmene tranquilla e a riposo. Il che si tradusse nel poltrire sdraiata sul letto a guardare un episodio dopo l'altro di *Casalingo Superpiù*, su Hallmark, in sua compagnia, nonostante il mio cervello galoppasse a cento all'ora.

Invece la pausa mi fece bene. Il giorno dopo, al risveglio, nonostante la sensazione di non aver ancora recuperato tutte le energie, dovevo avere un aspetto abbastanza riposato, perché Tove si convinse che potevamo riprendere l'addestramento.

Durante la sessione, gli raccontai di aver comunicato telepaticamente con Duncan e gli spiegai di essermi accorta che ci riuscivo solo quando ero nervosa. Di conseguenza, per spingermi a rifarlo, Tove passò gran parte della mattinata a cercare di farmi innervosire. In qualche occasione riuscì a ottenere l'effetto desiderato, ma per la maggior parte del tempo non fecc altro chc irritarmi.

Ci apprestavamo a interrompere per la pausa pranzo quando arrivò Thomas. Tornando a palazzo, gli era stato assegnato l'incarico di guardia del corpo a Elora, che lo aveva appunto mandato a prendermi.

«Insomma...», dissi, cercando di iniziare una conversazione per evitare di percorrere in silenzio l'intero tragitto fino allo studio. «Come ci si sente a essere di nuovo a palazzo?».

Lo guardai. Con i capelli impomatati, assomigliava di più a Finn, ma i suoi lineamenti erano molto più delicati. A quel punto, curiosamente, pensai che aveva l'aria di un mantenuto.

«Quando vivevo qui era tutto diverso», raccontò con lo stesso tono distaccato con cui il figlio rispondeva sempre alle mie domande.

«Davvero?», chiesi.

«Alla regina piace rimodernare, di tanto in tanto», disse.

«Non mi sembra il tipo», commentai in tutta onestà.

«Le persone non sono sempre ciò che sembrano».

Non seppi come replicare a quell'affermazione, perciò proseguimmo in silenzio fino allo studio. Thomas mi tenne aperta la porta e, quando entrai nella stanza, trovai Elora distesa sulla chaise-longue.

«Grazie, Thomas», disse la regina rivolgendogli quello che probabilmente era il sorriso più sincero che le avessi mai visto fare.

Senza dire nulla, Thomas fece un inchino e si congedò. Mi parve una scena triste. O meglio, mi sarebbe parsa una scena triste, se avessi approvato la relazione di mia madre con quell'uomo sposato.

«Volevi vedermi?», le chiesi sedendomi sul divano più vicino a lei.

«Sì. Avrei preferito incontrarti nel mio salotto, ma...». Scosse il capo e s'interruppe, come dando per scontato che sapessi a cosa alludeva. Appariva esausta, ma non quanto l'altro giorno. Avrei detto che si stava riprendendo.

«Hai fatto qualche progresso coi Vittra?», le chiesi.

«In effetti sì». Rimase stesa, ma si tirò un po' su. «Ho contattato la loro regina. Non so per quali oscure ragioni, è piuttosto affezionata al Markis Staad, ed è disposta a uno scambio».

«Questa è un'ottima notizia», dissi, però avvertii che la mia allegria era un po' forzata. Ero contenta che Loki non sarebbe stato giustiziato ma mi sorpresi a considerare con tristezza il fatto che se ne sarebbe andato.

«Sì, lo è», concordò Elora, ma neanche lei sembrava molto contenta. Anzi, era stanca e malinconica.

«C'è qualcosa che non va?», chiesi gentilmente. Scosse il capo.

«In realtà no, sta andando tutto... come dovrebbe». Passò una mano sul vestito e si sforzò di sorridere. «I Vittra hanno accettato di cessare le ostilità fino all'incoronazione».

«L'incoronazione?», chiesi.

«L'incoronazione che ti renderà regina», chiarì.

«Manca ancora un po', no?», borbottai, agitata alla sola idea. Nonostante tutto l'addestramento degli ultimi tempi, mi sentivo ancora assolutamente impreparata a governare. «Un *bel* po', giusto?».

«Sì manca ancora un po'», rispose Elora sorridendo debolmente. «Ma il tempo vola».

«Be', io non ho nessuna fretta», aggiunsi rilassandomi sullo schienale del divano. «Puoi tenerti la corona finché vuoi».

«Non mancherò», disse Elora scoppiando a ridere, eppure la sua risata mi parve vuota e triste.

«Aspetta. C'è una cosa che non capisco. Il re ha accettato una tregua che dovrebbe durare fin *dopo* la mia incoronazione?», le domandai. «Ma a quel punto non avrebbe più senso rapirmi!».

«Oren ha sempre pensato di poter ottenere tutto ciò che vuole», disse Elora. «Ma vuole cose preziose, e tu sarai ben più preziosa, una volta divenuta regina. Probabilmente pensa che a quel punto sarai un'alleata ancora più formidabile».

«Per quale motivo dovrei allearmi con lui?».

«Sei sua figlia», disse con rammarico. «È convinto che prima o poi inizierai a pensarla come lui». Alzò su di me uno sguardo distante. «Devi proteggerti, principessa. Fa' affidamento sulle persone che ti circondano e impara a difenderti con ogni mezzo».

«Ci sto provando», la rassicurai. «È tutta la mattina che mi alleno e Tove dice che me la cavo niente male».

«Tove è molto potente», annuì in segno d'approvazione. «Ecco perché è fondamentale che ti resti accanto».

«Be', le nostre stanze sono sullo stesso corridoio», dissi.

«È potente», ripeté. «Ma non abbastanza da governare».

«Non saprei», dissi facendo spallucce. «Secondo me ci capisce».

«È svagato e, spesso, irrazionale». Per un attimo si perse con lo sguardo nel vuoto. «Ma è leale e rimarrà al tuo fianco».

«Sì...». Non capivo dove stesse andando a parare. «Tove è in gamba».

«È un sollievo sentirtelo dire». Elora sospirò e prese a massaggiarsi una tempia. «Oggi non ce l'avrei fatta a sostenere un litigio con te».

«Perché avremmo dovuto litigare?», le chiesi.

«Per Tove», rispose guardandomi come se fosse stato ovvio. «Non te l'ho detto?».

«Ma cosa?». Mi chinai, completamente disorientata.

«Mi sembrava di avertelo detto. Appena un attimo fa». Aggrottò la fronte, che si riempì ulteriormente di rughe. «Sta andando tutto così in fretta».

«Tutto cosa?», domandai alzandomi in piedi. Ormai ero preoccupata per lei. «Di che stai parlando?».

«Sei appena arrivata... pensavo che avremmo avuto più tempo». Scosse il capo. «Be', ormai è stato pattuito».

«Cosa?», ripetei.

«Il tuo matrimonio», disse Elora guardandomi con l'aria di non capire come mai non l'avessi ancora intuito. «Tu e Tove vi sposerete appena compirai diciotto anni».

«Cosa?!». Misi le mani avanti e feci un passo indietro, quasi dovessi difendermi. «Frena!».

«È l'unica soluzione». Elora abbassò lo sguardo e scosse la testa, come a dire che aveva tentato di tutto per fare altrimenti. E probabilmente era vero, visto l'odio che nutriva nei confronti di Aurora, la madre di Tove. «Non c'è altro modo per proteggere il regno e la corona».

«Cosa?», ripetei per l'ennesima volta. «Ma il mio compleanno è fra tre mesi».

«Almeno Aurora si occuperà dell'organizzazione», disse stancamente. «In tre mesi riuscirà a metter su il matrimonio del secolo».

«No, Elora», dissi agitando le mani. «Non posso sposare Tove!».

«Perché mai?», domandò sbattendo le lunghe ciglia nere.

«Perché non lo amo!».

«L'amore è una favoletta che i mänks raccontano ai loro figli per ottenere qualche nipotino», mi liquidò Elora. «Non ha nulla a che vedere con il matrimonio».

«Non... non puoi aspettarti davvero che...». Sospirai e scossi la testa. «Non posso».

«Devi». Elora si alzò in piedi aiutandosi con un braccio. Rimase poggiata alla chaise-longue per un istante, come se temesse di cadere. Appena fu certa del proprio equilibrio, fece un passo verso di me. «Principessa, non c'è altro modo».

«Ma per fare cosa?», le domandai. «Preferisco rinunciare alla corona, piuttosto che sposare un uomo che non amo».

«Non dire così!», scattò Elora recuperando il suo solito

tono velenoso. «Una principessa, non deve *mai* dire una cosa del genere!».

«Be'... non ce la faccio! Mi rifiuto di sposare Tove!, o chiunque altro, a meno che non lo decida io!».

«Principessa, stammi a sentire». Elora mi prese per un braccio e mi fissò negli occhi. «I Trylle sono già convinti che dovresti essere spedita dai Vittra, per via di tuo padre, e ad Aurora tanto basta per farti detronizzare».

«Non m'importa niente del trono», insistei. «Non me ne è mai importato niente».

«Una volta detronizzata sarai esiliata e finirai a vivere dai Vittra. So bene che il Markis Staad non ti appare così terribile», proseguì lei. «E forse non hai tutti i torti. Ma ti assicuro che sul re la penseresti diversamente. Ho vissuto con lui per tre anni e quando sei nata l'ho lasciato, pur sapendo quali sarebbero state le conseguenze per il nostro regno. È un uomo così terribile che non ho potuto fare altrimenti».

«Non finirò a vivere coi Vittra», dissi. «Mi trasferirò in Canada, in Europa o da qualche altra parte».

«Ti troverà», ribatté Elora. «E anche se non ti trovasse, la tua fuga significherebbe la fine per il nostro popolo. Tove è potente, ma non abbastanza da guidare un regno e resistere a Oren. I Vittra attaccherebbero i Trylle, distruggendoli. Ucciderebbe tutti, soprattutto coloro che ami».

«Non puoi saperlo». Indietreggiai ancora, per togliermi le sue mani di dosso.

«Sì, invece, principessa». Mi fissò dritto negli occhi e capii senz'ombra di dubbio che stava dicendo la verità.

«L'hai visto?», le chiesi guardandomi attorno in cerca di un dipinto premonitore dove si mostrasse la devastazione di cui era stata testimone.

«Ho visto che hanno bisogno di te», rispose Elora. «Hanno bisogno di te per sopravvivere».

Era la prima volta che la vedevo tanto disperata e ne rimasi terrorizzata. Tove mi piaceva, ma non in quel senso, e non avevo alcuna intenzione di sposare un uomo che non amavo. Soprattutto perché, forse, qualcuno di cui ero innamorata c'era davvero.

Ma Elora mi stava implorando di obbedire. Era convintissima di ciò che aveva detto e, per quanto mi costasse ammetterlo, aveva sollevato delle ragioni valide.

«Elora...». Avevo la bocca secca e non riuscivo a deglutire. «Non so che dire».

«Sposalo, principessa», disse imperiosamente. «Ti proteggerà».

«Non posso sposare qualcuno solo perché mi faccia da guardia del corpo», mormorai. «Tove merita una vita felice. E anche a me non dispiacerebbe».

«Principessa non...». Strizzò gli occhi e premette con le dita sulle tempie. «Principessa».

«Mi spiace. Non è per contraddirti».

«No, principessa, io...». Allungò un braccio cercando il sostegno del divano per non cadere.

«Elora?». Mi precipitai a sorreggerla. «Elora, cos'hai?».

Dal naso iniziò a colarle del sangue, e non si trattava di qualche goccia. Sembrava le si fosse rotta un'arteria. Le si rovesciarono gli occhi all'indietro e le gambe cedettero. Stava cadendo e a malapena riuscivo a sostenerla. «Aiuto!», gridai. «Qualcuno mi aiuti!».

20. Dinastia

Thomas fu il primo ad arrivare. A quel punto l'avevo già adagiata sul pavimento, dove si contorceva, come in preda a un lieve attacco epilettico.

Mi ero accovacciata al suo fianco, ma Thomas mi aveva spinta via per assisterla. Avevo poggiato la schiena contro il divano e, pregando che andasse tutto bene, ero rimasta a guardare i suoi tentativi di rianimarla.

«Wendy!», disse Finn.

Non mi ero neanche accorta del suo ingresso. Alzai gli occhi, pieni di lacrime, e lui mi porse la mano. L'afferrai e lasciai che mi tirasse su.

«Chiama Aurora Kroner», ordinò Thomas a Finn. «*Subito*».

«Sissignore», disse Finn.

Sempre tenendomi per mano, mi trascinò fuori dalla stanza. Camminava in fretta, perché non c'era tempo da perdere. Sentivo le gambe addormentate e molli, ma le costrinsi a marciare.

«Vai a cercare Tove o Willa. O anche Duncan», mi disse Finn quando fummo giunti nell'atrio. «Verrò a riprenderti più tardi».

«Cos'ha Elora?», gli chiesi.

«Adesso non ho tempo, Wendy», rispose scuotendo la testa con sguardo addolorato. «Appena avrò notizie verrò da te».

«Vai», lo incitai, facendogli cenno di sbrigarsi.

Finn schizzò fuori dal portone e io rimasi lì nell'ingresso, sola e spaventata.

Duncan mi trovò nello stesso punto in cui mi aveva lasciata Finn. Era stato informato del malore di Elora dagli altri cercatori, che erano in stato d'allerta. Li sentivo correre su e giù per tutto il palazzo, ma la sicurezza era una faccenda secondaria. Mia madre rischiava di morire.

Duncan mi consigliò di ritirarmi in camera, ma non volevo allontanarmi troppo. Preferivo restare nei paraggi, per essere pronta ad accorrere nel caso in cui fosse successo qualcosa. Ci sedemmo in soggiorno e lui si sforzò invano di tirarmi su il morale.

Finn rientrò poco dopo accompagnato da Aurora. Entrambi imboccarono di corsa il corridoio. Per la velocità, il vestito di Aurora si era gonfiato come una vela e i capelli, sfuggiti all'acconciatura, le ondeggiavano dietro la nuca.

Ben presto arrivarono anche Garrett e Willa. Garrett andò a verificare le condizioni della regina, mentre Willa si sedette accanto a me. Mi mise un braccio attorno alle spalle e iniziò a ripetermi senza sosta che Elora era molto forte. Niente poteva fermarla.

«Ma... se morisse?», domandai guardando fissa il caminetto spento che avevo di fronte.

Nel soggiorno faceva un freddo tremendo, per via del vento gelido che soffiava contro le vetrate. Duncan, in ginocchio davanti al caminetto, stava tentando da diversi minuti di accendere il fuoco.

«Non morirà», mi consolava Willa stringendomi ancor più forte.

«No, Willa, sul serio», dissi. «Che succede se muore?».

«Non morirà», insisté sforzandosi di sorridere. «Non pensiamoci, adesso».

«Sono quasi riuscito ad accendere il fuoco», annunciò Duncan, mentendo per cambiare argomento.

«Va a gas, Duncan», gli spiegò Willa. «Devi semplicemente girare una manopola».

«Ah». Il cercatore fece come gli era stato suggerito e una fiammata brillante divampò nel focolare.

Guardando le macchie di sangue sulla mia maglia, mi riscoprii terrorizzata. Non volevo che morisse.

Sembrava sempre così forte e controllata. Mi chiesi quanto avesse sofferto durante il nostro colloquio. Aveva detto che avrebbe preferito incontrarmi nel salotto anziché nello studio. Mi resi conto che non aveva potuto, perché stava talmente male da non riuscire neppure a muoversi. Non avrebbe dovuto alzarsi né fare il minimo sforzo, né tantomeno mettersi a discutere con me. Avevo solo contribuito a peggiorare le sue condizioni già precarie.

Perché non mi aveva detto di essere tanto debilitata? Conoscevo la risposta. Il suo senso del dovere veniva prima di ogni altra cosa.

«Principessa», mi chiamò Finn strappandomi ai pensieri. Era fermo sulla soglia del soggiorno e aveva il volto tirato.

«Sta bene?», domandai, sottraendomi all'abbraccio di Willa e saltando immediatamente in piedi.

«Ha chiesto di vederti», disse lui indicando in direzione dello studio ed evitando d'incrociare il mio sguardo.

«Quindi è cosciente? È viva? Sta bene? Sa cos'è accaduto? Aurora l'ha guarita?», chiesi a raffica, senza dargli il tempo di rispondere e senza riuscire a fermarmi.

«Preferisce rispondere personalmente alle tue domande», si limitò a dire.

«Questo è tipico suo», annuii. Ma era sveglia e voleva vedermi. Non poteva che essere un buon segno.

Willa e Duncan mi rivolsero dei sorrisi rassicuranti, ma che non mascheravano la loro angoscia. Li salutai dicendo che sarei tornata presto e che ero sicura che sarebbe andato tutto bene. Non sapevo se fosse vero o meno, ma dovevo pur rassicurarli, in qualche modo.

Seguii Finn lungo il corridoio, fino allo studio. Camminava con andatura lenta e misurata. Avrei voluto mettermi a correre, ma mi sforzai di stare al suo passo. Mi strinsi tra le braccia, sfregandole, come infreddolita.

«È arrabbiata con me?», gli chiesi.

«La regina?», domandò lui sorpreso. «No. Certo che no. Perché dovrebbe?».

«Stavamo discutendo quando è... Se non l'avessi contrariata, forse non sarebbe stata così... male».

«No, non è colpa tua», disse scuotendo la testa. «Anzi, la tua presenza è stata provvidenziale. Hai chiamato subito i soccorsi».

«In che senso?», domandai.

«Hai lanciato una richiesta d'aiuto telepatica», rispose picchiettandosi la fronte. «Eravamo talmente lontani che, altrimenti, non ci saremmo accorti del suo malore. Se tu non fossi stata presente, Elora ora sarebbe in condizioni molto più gravi, probabilmente».

«Cosa le è successo?», gli chiesi senza girarci attorno. «Lo sai?».

«Te lo deve dire lei».

Presi in considerazione l'idea d'insistere, ma eravamo quasi arrivati. Inoltre, in quel momento, mi sembrava fuori luogo mettermi a discutere con lui. Il suo atteggiamento era completamente cambiato: sembrava più dolce e malinconico. La corazza con cui si difendeva da me si era di nuovo incrinata e, per quanto non fossi dell'umore adatto per approfittarne, fui felice di riassaporare la sensazione di stargli accanto senza quel muro insormontabile a dividerci. Mi mancava.

Aurora uscì dallo studio un attimo prima che noi vi entrassimo. La sua pelle, di solito immacolata, era grigia. Aveva lo sguardo vitreo e i capelli scarmigliati le ricadevano sul volto. Si appoggiò al muro, in cerca di sostegno, sforzandosi nel frattempo di riprendere fiato.

«Marksinna!», disse Finn accorrendo immediatamente e mettendole un braccio attorno alla vita. «Tutto bene?».

«Sono solo stanca», rispose Aurora mentre lui l'aiutava a sistemarsi su una sedia nel corridoio. Si muoveva come una vecchietta e, quando si sedette, le sue ossa scricchiolarono. «Puoi chiamare mio figlio? Ho bisogno di stendermi e vorrei che mi aiutasse a tornare a casa».

«Certamente», rispose Finn lanciandomi uno sguardo contrito. «Principessa, ti dispiace andare da sola dalla regina?».

«No», risposi. «Va' a chiamare Tove. Io me la cavo».

Finn corse a fare quanto gli era stato chiesto e io mi apprestai a entrare nella stanza. Mi sentivo in colpa a lasciare Aurora da sola in corridoio, perché aveva l'aria veramente distrutta, d'altronde dovevo accudire mia madre.

La porta dello studio era aperta e, prima di entrare, sbirciai all'interno.

Elora era stesa sulla chaise-longue come quando ero arrivata per l'appuntamento, ma adesso era avvolta in una coperta di pelliccia nera. Gran parte dei suoi capelli corvini era diventata bianca, tanto che adesso sembrava una testa canuta con qualche filo nero, anziché il contrario. Aveva gli occhi chiusi e sul suo viso non c'era più traccia di sangue.

Garrett era seduto al suo capezzale. Le stringeva una mano tra le proprie e la fissava con sguardo angosciato e adorante. I suoi capelli erano persino più arruffati del solito e aveva la camicia macchiata di sangue.

Anche Thomas la vegliava, in piedi all'altro capo della chaise-longue. Manteneva un contegno stoico, come tutti i cercatori quando erano di guardia, ma i suoi occhi erano puntati su di lei. La sua espressione era meno intensa di quella di Garrett, ma tradiva comunque qualcosa, il lontano ricordo del sentimento che li aveva uniti molti anni prima.

E, quando Elora si svegliò, cercò lui con lo sguardo. Garrett strinse i denti, ma non disse nulla e non le lasciò la mano.

«Elora?», la chiamai timidamente entrando nella stanza.

«Principessa». Aveva una voce flebile e a stento riuscì a sorridere.

«Volevi vedermi?», le chiesi.

«Sì». Cercò di mettersi a sedere, ma Garrett la trattenne posandole una mano sulla spalla, con delicatezza.

«Sto bene», disse lei per allontanarlo, ma tornò comunque a sdraiarsi. «Ho bisogno di parlare in privato con mia figlia. Potete lasciarci un momento da sole?».

«Certo, maestà», rispose Thomas inchinandosi. «Ma, per il vostro bene, vi prego di non sforzarvi troppo».

«Naturalmente, Thomas». Gli rivolse un sorriso stanco e lui, dopo un altro inchino, se ne andò.

«Sono qui fuori in corridoio, se hai bisogno di me», disse Garrett, che sembrava restio ad andarsene. Non fece neanche un passo in direzione dell'uscita finché Elora non gli lanciò un'occhiataccia. «Se hai bisogno di qualcosa, chiamami. O manda la principessa a chiamarmi, OK?».

«Accetto qualunque condizione, purché serva a farti uscire», sospirò lei.

Passandomi accanto, Garrett rallentò con l'aria di volermi dire qualcosa, probabilmente di non farla affaticare troppo. Ma Elora pronunciò il suo nome per esortarlo ad andare e lui obbedì. Si chiuse la porta alle spalle e io presi il suo posto accanto a Elora.

«Come ti senti?», le chiesi.

«Indubbiamente, ho passato momenti migliori». Cercò

una posizione più comoda e sistemò la coperta. «Ma anche oggi sopravvivrò, ed è questo l'importante».

«Cos'è successo?», le chiesi. «Perché sei svenuta?».

«Quanti anni pensi che abbia?», mi domandò, girandosi in modo da guardarmi dritto in faccia. Le cataratte calate sui suoi occhi, che fino a pochi giorni prima erano quasi neri, li avevano fatti diventare grigi.

Era difficile rispondere. Quando l'avevo vista per la prima volta, le avevo dato una cinquantina d'anni. Se li portava bene, ma si vedeva che la sua era una bellezza in parte sfiorita. Ora, fragile e debilitata, sembrava ancor più avanti con l'età. Mi parve quasi vecchia, ma ovviamente non volevo dirglielo.

«Mmm... quaranta, forse?».

«Sei gentile, ma non sai mentire». Si tirò un po' su con una spinta. «Dovrai imparare. Le menzogne sono parte integrante della vita di chi governa, triste ma vero».

«Vedrò di diventare più inespressiva», dissi. «Ti trovo bene, comunque, se è questo che volevi sapere. Sembri solo stanca e debilitata».

«Lo sono», ammise Elora debolmente. «E ne ho solo trentanove».

«Trentanove cosa?», le chiesi confusa.

Sorreggendosi la testa con una mano per guardarmi più comodamente, rispose: «Trentanove anni», e il suo sorriso si allargò. «Sembri sconvolta e non posso biasimarti. Però è strano che non ci fossi arrivata. Ti ho detto che ero molto giovane quando ho sposato tuo padre. Quando sei nata avevo ventun anni».

«Ma...», farfugliai. «È questo il problema? Invecchi troppo rapidamente?».

«Non esattamente», rispose arricciando le labbra. «Questo è il prezzo che paghiamo per i nostri poteri. Usarli ci consuma e c'invecchia».

«Le cose che fai, tipo comunicare telepaticamente o tenere Loki prigioniero, ti stanno uccidendo?», le chiesi.

«Temo di sì», rispose annuendo.

«Allora perché le fai?». Avrei voluto mettermi a urlare, ma mi sforzai di mantenere un tono pacato. «Capisco se si tratta di difendersi, ma chiamare Finn con la telepatia? Perché fare una cosa del genere se il prezzo è la vita?».

«La comunicazione telepatica consuma poca energia», spiegò. «Le cose davvero estenuanti, come ad esempio tenere in casa un prigioniero, le faccio solo se costretta. Ma ciò che davvero mi logora è la pittura chiaroveggente, sulla quale non ho alcun tipo di controllo».

Osservai i numerosi quadri poggiati alle vetrate. Dall'altro lato del corridoio c'era una stanza colma di suoi dipinti.

«In che senso?», le chiesi. «Non puoi semplicemente evitare di dipingere?».

«Non visualizzo le premonizioni, eppure le sento accumularsi nella mia testa», disse indicandosi la fronte. «Mi gettano in un'atroce oscurità finché non me ne libero dipingendole. Non posso evitare che si presentino e ignorarle è troppo doloroso. Diventerei pazza se me le tenessi dentro».

«Ma tutto questo ti sta uccidendo», insistei accasciandomi sulla sedia. «Perché permettere che anche gli altri Trylle imparino a usare i propri poteri, se questo significa farli indebolire e invecchiare?».

«È il prezzo che paghiamo», sospirò. «Se non li usiamo, diventiamo pazzi. Se li usiamo, invecchiamo. Maggiore è la potenza, maggiore è la disgrazia».

«Che vuoi dire?», le chiesi. «Che impazzirò se smetto?».

«Non lo so di preciso», rispose posando il mento sul palmo della mano e osservandomi. «Dopotutto, sei anche figlia di tuo padre».

«Che significa?», dissi scuotendo la testa. «Ti riferisci al fatto che nelle mie vene scorre anche sangue Vittra?».

«Esattamente».

«Tove mi ha parlato un po' di loro. Dice che sono molto forti, ma io non sono forte». Ripensai a tutte le risse che avevano costellato la mia brillante carriera scolastica: le avevo date tanto quanto le avevo prese. «No, non lo sono».

«Alcuni di loro sono molto forti fisicamente, è vero», disse Elora. «Ad esempio, credo che quel Loki Staad sia davvero potente. Se non ricordo male, quando ha smesso di gattonare era già in grado di sollevare un pianoforte a coda».

«Ecco, io non ce la farei».

«Oren è diverso. Lui...», s'interruppe, riflettendo. «L'hai visto, quanti anni pensi che abbia?».

«Non lo so». Feci spallucce. «Qualcuno meno di te, direi».

«Quando l'ho sposato, aveva settantasei anni e da allora sono passati vent'anni», rivelò Elora.

«Eh?!», esclamai alzandomi in piedi. «Mi stai dicendo che ha quasi cento anni? Che ha più del doppio della tua età? Quindi tu sembri più vecchia e lui sembra più giovane... perché?».

«Perché è quasi immortale».

«È immortale?», le chiesi allibita.

«No, principessa, ho detto *quasi* immortale», precisò. «Invecchia, ma a velocità ridotta. Inoltre guarisce velocemente, quindi è molto difficile che subisca dei veri danni fisici. È uno degli ultimi Vittra purosangue a essere venuti al mondo».

«Ecco perché sono considerata così speciale. Ed ecco perché quando ti ho detto che la mia madre ospite aveva cercato di uccidermi sembravi indifferente». Cercai un sostegno posando le mani sullo schienale della sedia. «Pensi che io sia come lui».

«La speranza è che tu sia simile a entrambi», disse Elora. «Perché così avresti sia i poteri Trylle, con cui muovere e controllare ciò che ti circonda, sia quelli Vittra che ti permetterebbero di riprenderti e recuperare le energie perdute».

«Dio santo!». Mi tremavano le mani e fui costretta a sedermi. «Adesso so come si sente un cavallo da corsa. Non sono stata concepita, sono stata geneticamente selezionata!».

Mia madre parve indignarsi un po' di fronte a quest'accusa. «Non è andata esattamente così».

«Ah no?», mi girai a guardarla. «È per questo che hai sposato mio padre, no? Per mettere al mondo questa piccola e perfetta arma biologica. Dopodiché l'hai lasciato e mi hai tenuto tutta per te. Ecco il perché di questa faida, vi state contendendo il controllo su di me!».

«No, ti sbagli», disse scuotendo la testa. «Sposai tuo padre perché avevo diciotto anni e obbedivo ai miei genitori, che decisero al posto mio. All'inizio Oren sembrava gentile, e tutti mi dicevano che quel matrimonio era l'unica speranza per porre fine al nostro conflitto. Bastava che lo sposassi per fermare lo spargimento di sangue, perciò ho acconsentito».

«Quale spargimento di sangue?», le chiesi. «Per cosa combattevano i Vittra e i Trylle?».

«I Vittra si stanno estinguendo. I loro poteri si affievoliscono, i loro patrimoni pure e Oren ha sempre creduto che tutto gli fosse dovuto». Si fermò per prendere fiato. «Il suo scopo era toglierci tutto, ricchezze e sudditi.

Ma ciò che desiderava di più era il *mio* potere», proseguì. «Anzi, originariamente, il potere di mia madre. Quando lei rifiutò le sue avance, ci dichiarò una guerra senza quartiere. Eravamo un grande popolo, con colonie sparse in tutto il mondo, e lui ci ha ridotti a pochi gruppi isolati».

«E tu hai sposato un essere simile? Uno che ha massacrato la tua gente perché tua madre lo aveva respinto?», le chiesi.

«Quando ci fidanzammo, non conoscevo tutta la verità.

Ma Oren aveva acconsentito a porre fine alle ostilità in cambio della mia mano», raccontò Elora. «I miei genitori erano convinti di non avere altra scelta e Oren tirò fuori tutto il proprio fascino. Anche senza poteri mentali, sa essere molto persuasivo, quando vuole».

«Quindi l'hai sposato, riconciliando i rispettivi popoli. Cosa è andato storto allora?».

«Alcune città si ribellarono, perché non volevano mischiarsi coi Vittra. I miei genitori erano ancora alla guida del regno e decisero che la cosa migliore era dialogare coi ribelli. Perciò mandarono me e Oren in delegazione, per cercare di riportarli dalla nostra parte.

Nella prima città, fummo contestati. Lui soprattutto», proseguì. «Io usai un po' di persuasione, lui sfoderò il suo carisma, e riuscimmo a convincere anche i più scettici a allearsi coi Vittra. Ma in seguito si rivelò un errore fatale.

Non ho mai amato Oren, ma all'inizio del nostro matrimonio gli volevo bene. Pensavo che magari, un giorno, sarei riuscita ad amarlo. Non avevo capito che l'uomo che avevo davanti non era il vero Oren. E durante quel viaggio la sua maschera cadde.

Ci fermammo in un villaggio canadese. Come nelle altre città, dovevamo partecipare a un'assemblea per discutere coi Trylle». Elora s'interruppe e fissò lo sguardo fuori dalla finestra, sul cielo plumbeo. «Era presente tutta la popolazione, persino i piccoli mänsklig, i cercatori e le loro famiglie.

Qualcuno chiese a Oren cosa sperasse di ottenere e, chissà perché, questa domanda oltrepassò il limite della sua sopportazione». Elora sospirò rumorosamente e abbassò gli occhi. «Iniziò a urlare e li aggredì. Loro reagirono e lui... li sterminò. Alla fine fummo gli unici due rimasti in vita.

Imbastì una storia per spiegare la carneficina e io, non sapendo cos'altro fare, gli tenni il gioco. I miei genitori mi avevano convinta che c'era bisogno di lui, per mantenere la pace. Oren era mio marito e io, incapace di tenergli testa, mi ero resa complice del massacro della mia stessa gente. Se avessi agito altrimenti, sarei stata uccisa a mia volta, ma restava il fatto che non avevo fatto nulla per salvarli».

«Mi spiace», dissi, non sapendo come altro reagire di fronte a quella confessione.

«Oren venne acclamato eroe di guerra e io...», le morirono le parole in gola mentre piluccava i peli della coperta con aria assente.

«Perché sei rimasta con lui?», le chiesi.

«Intendi dopo che mi sono resa conto di aver sposato un mostro?», mi domandò con un sorriso triste. «Allora ero diversa. Molto più fiduciosa, molto più propensa a sperare, credere e obbedire. Di questo sono grata a tuo padre, mi ha fatto capire che dovevo assumere il comando».

«Alla fine, cos'è che ti ha convinto ad andartene?», le chiesi.

«Al nostro ritorno, Oren fece uno sforzo. Cercò di essere gentile, per quanto possibile. Non mi picchiò, né m'insultò. Aveva da ridire su qualsiasi cosa dicessi o facessi, ma eravamo in pace. Niente guerra. Niente morti. Mi sembrava che un matrimonio infelice non fosse un prezzo troppo alto da pagare. L'avrei sopportato, se significava evitare che altri perdessero la vita.

Poi rimasi incinta di te, e tutto cambiò». Elora si sistemò meglio sulla chaise-longue. «Non avevo ancora capito che tu eri l'incarnazione di tutti i suoi desideri. Un'erede perfetta per il suo trono. Ci avevamo messo quasi tre anni a concepire, e quell'attesa lo aveva esasperato.

La scoperta che aspettavamo un figlio, fece scattare qualcosa dentro di lui», disse Elora facendo schioccare le dita. «Divenne ancor più dispotico. Non mi permetteva di uscire dalla mia stanza. Anzi, arrivò a impedirmi di scendere dal letto, perché temeva che potessi perderti.

Mia madre e io iniziammo a valutare le famiglie in cui mandarti. Sapevo di doverti lasciare da qualche parte come changeling, e non per rispetto della tradizione, ma perché non avrei tollerato che fossi allevata da Oren». Scrollò il capo. «Lui non era d'accordo. Ti voleva tutta per sé.

Perciò, quando il re mio padre proclamò che saresti stata una changeling come tutti gli eredi al trono della storia, Oren mi prese e mi portò via. Andammo a vivere a Ondarike, dove mi tenne sotto chiave, come una prigioniera.

Due settimane prima della tua nascita, i miei genitori mi fecero evadere dal castello. Mio padre morì nello scontro, assieme a molti altri Trylle. Mia madre mi portò in una famiglia su cui, in segreto, aveva fatto ricerche. Gli Everly. Fu uno scambio organizzato in modo frettoloso, ma sembrava che potessero offrirti tutto ciò di cui avresti avuto bisogno. Dopo il parto, io...», s'interruppe, completamente persa nei pensieri.

«Tu cosa?», la esortai poiché rimaneva in silenzio.

«È stata la cosa migliore, per te», disse. «So bene che hai avuto problemi con la famiglia ospite, ma non ebbi il tempo di stare a scegliere o fare la schizzinosa. La priorità era nasconderti a Oren».

«Grazie», dissi senza troppa convinzione.

«Subito dopo il parto ci separammo. Tua nonna almeno ti ha tenuto in braccio, mentre io non ebbi neanche quell'opportunità. Fummo costrette a correre via, per evitare che i Vittra ti rintracciassero. Ci rifugiammo in un posto sicuro: uno chalet in Canada. Anche nel periodo in cui Oren aveva vissuto qui da noi, non eravamo giunti a fidarci fino al punto di rivelargli tutti i nostri nascondigli segreti». Chiuse gli occhi e inspirò a fondo. «Ma comunque ci trovò.

Hai presente il Markis che ti piace tanto?», disse Elora indicando verso la stanza di Loki. «Fu suo padre a condurre Oren da noi. Fu lui il responsabile della strage.

Oren uccise mia madre davanti ai miei occhi e giurò che ti avrebbe rapita non appena fossi tornata. Mi lasciò in vita solo perché voleva che assistessi all'adempimento della sua promessa. Voleva che fossi testimone della sua vittoria».

21. Confessioni

Avrei voluto farle altre domande, ma mi sembrava sfinita. Anche se non avrebbe mai ammesso di essere stanca, era chiaro che, sin dall'inizio, avrebbe preferito dormire anziché chiacchierare con me.

Dopo aver parlato ancora, mi congedai. Giunta sulla soglia, mi voltai a guardarla e la vidi sprofondare nella chaiselongue. Si era coperta gli occhi con le mani.

Appena fuori dalla porta, trovai Garrett che cercava d'ingannare l'attesa camminando su e giù per il corridoio. Thomas, per lasciargli spazio, aveva atteso un po' più in là, mentre Aurora e Finn erano andati via già da un pezzo.

«Come sta?», mi chiese Garrett.

«Sta... bene, credo». Non ne ero affatto sicura. «Riposa, è questo l'importante».

«Bene», replicò Garrett annuendo. Per un istante, rimase a fissare la porta chiusa dello studio, poi rivolse la sua preoccupazione su di me. «Il vostro colloquio è andato bene, quindi?».

«Sì», risposi passandomi una mano sulla nuca. Non sapevo cosa pensare.

Da quando l'avevo conosciuta, Elora si era mostrata molto fredda nei miei confronti, tanto da convincermi che mi odiasse. Ma adesso non ne ero più così sicura. Non avevo la più pallida idea di quali fossero i suoi sentimenti.

La regina era poco più grande di me quando aveva sposato un uomo che non conosceva e che aveva quattro volte la sua età. Quell'uomo si era poi rivelato crudele e spietato ma, nonostante tutto, lei aveva sacrificato la propria felicità per il bene del regno.

In seguito, per difendere me, la figlia che portava in grembo, rimise tutto in discussione. Nel giro di pochi mesi, dovette sopportare la perdita di entrambi i genitori, uccisi dal suo stesso marito, in nome di una figlia che non poté neppure tenere accanto.

Mi domandai se mi odiasse, se mi ritenesse responsabile della morte dei suoi genitori e di tutti i problemi che le aveva causato Oren da quando ero nata.

Non sapevo se Elora avesse avuto un legame profondo con i suoi genitori, ma prima della cerimonia di battesimo mi aveva proposto di prendere il nome di sua madre, Ella.

In più, aveva risparmiato Loki. A causa di suo padre, mia nonna era morta ed Elora e io eravamo arrivate a un passo dalla stessa fine. Eppure, nonostante ne avesse avuto l'opportunità, Elora non si era vendicata su Loki. Iniziai a pensare di aver preso una cantonata colossale nel giudicarla.

Ora mi spiegavo le sue manie di perfezionismo e l'insistenza sul mio futuro di regina: i sacrifici per proteggermi e garantire la mia ascesa al trono erano stati enormi.

Mi si strinse lo stomaco al pensiero di quanto dovevo esserle parsa ingrata. Lei, la sua famiglia, l'intera comunità Trylle avevano fatto talmente tanto per me, senza ricevere praticamente nulla in cambio.

Quando tornai a incrociare lo sguardo ansioso di Garrett, in mente mi balenò un'altra cosa. Sua moglie (la madre di Willa) era deceduta molto tempo prima che la figlia tornasse a Förening. Mi venne il dubbio che fosse morta in uno degli attacchi sferrati da mio padre. Forse anche Garrett aveva perso una persona cara a causa mia.

«Mi spiace», gli dissi con le lacrime agli occhi.

«E di cosa?», rispose lui e, sorpreso da quell'esplosione di emotività, si avvicinò per posare una mano sul mio braccio.

«Elora mi ha detto tutto». Cercai di mandar giù il nodo che avevo in gola. «Tutto quello che è successo con Oren. E mi dispiace».

«Che colpa ne hai tu?», domandò Garrett. «È successo tutto molto prima che nascessi».

«Lo so, ma sento che... avrei dovuto essere migliore. Che *dovrei* essere migliore», mi corressi. «Dopo tutto quello che avete passato, meritate una grande regina».

«Questo è vero», ammise accennando un sorriso. «E siamo sulla buona strada, visto che te ne sei resa conto». Chinò la testa per guardarmi dritto negli occhi. «Sono certo che un giorno diventerai una grande regina».

Non ne ero così sicura, ma sapevo che dovevo fare di tutto perché la sua profezia si avverasse. Non avrei deluso il mio popolo. Non *potevo* deluderlo.

Garrett doveva accudire Elora, perciò lo lasciai andare. Thomas rimase fuori dalla porta, in modo da lasciarli un po' soli senza però smettere di fare la guardia.

Duncan, Willa e Matt mi aspettavano vicino alle scale. Appena vidi Matt, non riuscii a trattenermi. Scoppiai a piangere mentre lui mi stringeva tra le braccia.

Dopo che mi fui calmata, salimmo in camera mia. Duncan portò del tè caldo per tutti, e siccome non sopportavo di vederlo comportarsi come un servo lo invitai a sedersi e berne una tazza. Willa si accoccolò accanto a me, sul letto, e quel suo modo di consolarmi mi fece venire nostalgia di mia zia Maggie.

«Insomma, sta morendo?», domandò Matt. Era poggiato alla mia scrivania e rigirava la tazza vuota tra le mani.

Non sapevo se Duncan e Willa fossero a conoscenza della mia storia familiare e del fatto che l'uso dei nostri poteri era dannoso, quindi evitai di spiattellare tutto perché temevo che si spaventassero (soprattutto Matt). Quindi, omettendo diverse questioni salienti, mi limitai a informarli che Elora stava molto male.

«Penso di sì», risposi. Non era arrivata a dirmelo in quei termini, ma il suo incredibile invecchiamento lasciava ben poche speranze. Ormai sembrava una settantenne, nonostante le cure di Aurora Kroner.

«Che tristezza», disse Duncan, sedendosi sul baule ai piedi del letto.

«Stavate parlando quando è svenuta?», mi chiese Willa. Teneva il gomito puntato sul cuscino accanto al mio e si sorreggeva la testa con la mano.

«Sì», risposi. «E la cosa peggiore è che stavamo litigando».

«Oh, tesoro», esclamò lei mettendomi una mano sul braccio. «Lo sai che non è colpa tua, vero?».

«Ti ha detto di cosa sta morendo?», domandò Matt. Aveva la fronte sempre più corrugata. Sapeva che avevo tralasciato qualcosa.

«La conoscete», dissi con un'alzata di spalle. «Non entra mai nei dettagli».

«Questo è vero», sospirò Matt con l'aria di essersela bevuta. «Il fatto è che le malattie misteriose non mi piacciono».

«Be', non piacciono a nessuno, Matt», disse Willa con una punta di sarcasmo.

«Perché stavate litigando?», mi chiese Duncan. Aveva cambiato argomento e gliene fui grata finché non mi venne in mente la risposta alla sua domanda.

Dovevo sposare Tove Kroner.

«Oh, dio». Abbandonai il capo all'indietro, sbattendo contro la testiera del letto.

«Che c'è?», chiese Willa.

«Niente. È stato solo uno stupido diverbio. Tutto qui».

«Stupido?», fece Matt venendo a sedersi sul letto, vicino ai miei piedi. «Come stupido?».

«Ma niente, le solite cose», risposi arrampicandomi sugli specchi. «Elora ha detto che dovevo essere una principessa migliore. Più puntuale e roba del genere».

«Effettivamente sei una ritardataria», disse Matt. «Maggie te lo rimproverava sempre».

Di nuovo, il ricordo di Maggie mi spezzò il cuore. Da quando eravamo a Förening, qualche volta Matt l'aveva sentita, mentre io avevo evitato le sue telefonate. Avevo avuto molto da fare, ma il vero motivo era che non volevo sentire la sua voce perché temevo di soffrire di troppa nostalgia.

«Come sta Maggie?», gli chiesi cercando di ignorare la mia stretta al cuore.

«Sta bene», rispose Matt. «È a New York, a casa di amici. Tutta questa faccenda l'ha molto turbata. Continuo a dirle che va tutto bene, che siamo al sicuro e che deve restare nascosta».

«Bene».

«Però dovresti parlarci», aggiunse con sguardo severo. «Non posso farvi per sempre da intermediario».

«Lo so». Abbassai gli occhi, mettendomi a stuzzicare una scheggiatura della mia tazza. «Non saprei come rispondere alle sue domande. Tipo perché siamo qui e quando ci rivedremo».

«Neanche io so come risponderle, però mi arrangio», disse Matt.

«Wendy ha avuto una giornata pesante», s'inserì Willa venendo in mio soccorso. «Non credo che sia il momento adatto per farle la paternale».

«Hai ragione», disse Matt sorridendole. Poi mi guardò con aria mortificata e aggiunse: «Mi dispiace. Non volevo tormentarti».

«Non ti preoccupare», lo rincuorai. «Stai solo svolgendo il tuo lavoro».

«Non sono più così sicuro di quale sia il mio lavoro», replicò lui stancamente.

Qualcuno bussò alla porta e Duncan corse ad aprire.

«Duncan, piantala», sospirai. «Non sei mica il maggiordomo».

«Può darsi, ma tu sei pur sempre la principessa», disse mentre apriva la porta.

«Non vorrei disturbare», intervenne Finn guardando oltre Duncan, verso di me.

Appena i nostri occhi s'incrociarono, mi mancò il fiato. Stava lì fermo, coi capelli in disordine. La sua camicia, sempre ben stirata, era macchiata del sangue di Elora.

«No, assolutamente», feci raddrizzandomi sul letto.

«A dire il vero, stavamo...», iniziò Matt con tono duro.

«Stavamo andando via», lo interruppe Willa saltando giù dal letto. Matt la guardò male e lei, per tutta risposta, gli sorrise. «Stavamo appunto dicendo che dovevamo fare una cosa in camera tua, vero, Matt?».

«E va bene», brontolò lui alzandosi. Finn si fece da parte per lasciar uscire Willa e Matt, che gli lanciò uno sguardo ammonitore e disse: «Sappi che siamo qui di fronte».

Willa lo tirò via prendendolo per mano. Come al solito, l'indifferenza di Finn alle sue minacce fece ancor di più imbestialire Matt.

«Andiamo, Duncan», disse Willa mentre trascinava fuori Matt.

«Come?», disse il cercatore e poi capì. «Oh. D'accordo. Allora, mi metto... ehm... qui fuori».

Duncan si chiuse la porta alle spalle, lasciandomi sola con Finn. Mi misi a sedere sul bordo del letto, con le gambe penzoloni, mentre Finn rimase fermo accanto alla porta senza dir nulla.

«Volevi qualcosa?», gli chiesi misurando le parole.

«Volevo sapere come stavi». Mi fissò con quel suo sguardo penetrante e non potei far altro che abbassare gli occhi.

«Sto bene, tutto sommato».

«La regina ti ha dato delle spiegazioni?», mi domandò.

«Non so», risposi. «Non so se riuscirò mai a capire questo mondo».

«Ti ha detto che sta per morire?», chiese. Sentirlo dalla sua bocca mi fece male.

«Sì», risposi con voce roca. «Me l'ha detto. E finalmente mi ha detto cos'ho di tanto speciale. Incarno il perfetto mix fra Trylle e Vittra. Sono il non plus ultra degli ibridi».

«E tu che non volevi credermi, quando ti dicevo che eri speciale». Doveva essere una battuta, ma anche lui riuscì a malapena a sorridere.

«Direi che avevi ragione». Mi sciolsi i capelli, tutti arruffati dopo esser rimasti schiacciati sul cuscino, e iniziai a pettinarli con le dita.

«Come ti senti?», mi chiese avvicinandosi ai piedi del letto. Si fermò accanto a uno dei sostegni del baldacchino e, con aria assente, passò una mano sulla coperta di raso.

«Come mi sento a essere la prescelta delle due fazioni che si scontrano in questa epica guerra tra troll?».

«Se c'è qualcuno che può reggere questo peso, quella sei tu», tentò di rassicurarmi.

Alzai lo sguardo su di lui. I suoi occhi tradivano un po' dell'affetto che aveva provato per me. Avrei voluto gettarmi tra le sue braccia e sentirle, possenti e protettive, attorno al mio corpo. Avrei voluto baciargli la fronte e le guance, su cui spuntava un velo di barba che mi avrebbe graffiato la pelle.

Era un desiderio forte (talmente forte da farmi star male), ma sapevo che era mio dovere diventare una grande principessa e, in tal senso, controllarmi. Anche a costo di strapparmi il cuore.

«Elora vuole che sposi Tove», proferii tutto d'un fiato. Avrei preferito dirglielo in altro modo, ma sapevo che quella rivelazione avrebbe guastato il momento, rompendo l'incantesimo che ci avvolgeva prima che potessi fare qualche sciocchezza.

«Quindi te l'ha detto», commentò Finn con un gran sospiro.

«Come?». Lo guardai incredula, sconvolta dalla sua risposta. «Che intendi dire? Lo sapevi? Da quanto tempo?».

«Non ricordo esattamente», rispose scuotendo il capo. «Lo so da molto. Da prima di conoscere te e Tove».

«*Cosa?*». Lo fissavo a bocca aperta, incapace di trovare le parole per esprimere il mio smarrimento e la mia rabbia.

«Il matrimonio tra il Markis Kroner e la principessa Dahl è stato combinato da lungo tempo», mi spiegò senza scomporsi. «Credo che gli accordi siano stati conclusi solo negli ultimi giorni, ma Aurora Kroner ci lavora da sempre. E la regina sapeva che era il modo migliore per garantirti la sicurezza e la successione al trono».

«Lo sapevi?», ripetei, incapace di farmene una ragione. «Sapevi che voleva farmi sposare qualcun altro e non mi hai mai detto niente?».

Mi parve sorpreso. «Non spettava a me dirtelo».

«Forse non in quanto cercatore, ma visto che te la sei spassata con me in questo letto», esclamai indicandolo, «direi che ti spettava eccome farmi presente che ero destinata a sposare un altro uomo».

«Wendy, ti ho detto mille volte che non potevamo stare insieme...».

«Non è la stessa cosa e lo sai!», sbottai. «Come hai potuto tenermelo nascosto? È un tuo amico. È un *mio* amico. E non ti è mai venuto in mente di dirmelo?».

«No. Non volevo influenzare il tuo giudizio su di lui».

«Ma che dici?».

«Temevo che iniziassi a odiarlo per spirito di contraddizione nei confronti di tua madre. E non volevo assolutamente che accadesse. Volevo che fossi felice con lui», disse Finn. «Non sarà un matrimonio d'amore, ma almeno siete amici. Potete sperare in una vita felice».

«Tu... cosa?». Ebbi l'impressione che il mio cuore si fosse frantumato. Per un attimo, rimasi in silenzio. Non riuscivo a muovere la bocca. «Ti aspetti che lo sposi».

«Sì, certo», rispose stancamente.

«Non vuoi nemmeno provare a...». Cercando di rimandare indietro le lacrime, distolsi lo sguardo. «Quando Elora me l'ha detto, mi sono opposta. Mi sono battuta per te».

«Mi dispiace, Wendy». La sua voce si era fatta bassa e roca. Si avvicinò e sollevò la mano come se volesse toccarmi, ma la lasciò subito ricadere. «Ma con Tove sarai felice. Ti proteggerà».

«Vorrei che la smetteste di parlare di lui in questi termini!». Mi ributtai sul letto, esasperata. «Tove è una persona! Si tratta della *sua* vita! Non merita qualcosa di più che fare il cane da guardia?».

«Sposarti non è la cosa peggiore che possa capitare nella vita, credimi», rispose Finn sottovoce.

«Smettila», dissi scuotendo la testa. «Non scherzare. Non adularmi». Lo fulminai con lo sguardo. «Me l'hai tenuto nascosto. Ma la cosa peggiore è che non ti sei battuto per me».

«Sai benissimo che non posso, Wendy». Mi guardò con occhi fiammeggianti e strinse i pugni. «Adesso sai chi sei e ciò che significhi per il regno. Non posso battermi per qualcosa che non mi appartiene. Soprattutto perché sei troppo importante per il nostro popolo».

«Hai ragione Finn, non ti appartengo», replicai annuendo e fissando il pavimento. «Non appartengo a nessuno. Posso scegliere, e puoi farlo anche tu. Ma non hai alcun diritto di privarmi di questa possibilità, di dirmi chi devo sposare».

«Non sono stato io a combinare il matrimonio», ribatté esterrefatto.

«Però pensi che dovrei sposarlo e non hai fatto nulla per impedirlo», insistei scrollando le spalle. «Tanto valeva che lo combinassi tu».

Mi asciugai gli occhi mentre lui rimaneva in silenzio. Alla fine mi sdraiai girandomi su un fianco, in modo da dargli le spalle. E, qualche minuto dopo, udii i suoi passi e il rumore della porta che si chiudeva dietro di lui.

22. L'accordo

Sara Elsing, regina dei Vittra, sarebbe arrivata alle tre del pomeriggio per prelevare Loki Staad, perciò la mattinata fu un susseguirsi di consigli della difesa. Vi prendemmo parte io, Tove, Aurora Kroner, Garrett Strom e una rosa di cercatori che comprendeva Finn e suo padre.

Si notava l'assenza di Elora, che non aveva le forze per presiedere e non si sarebbe rimessa finché Loki non se ne fosse andato.

Quando ci fermammo per la pausa pranzo, Tove mi propose di mangiare insieme, ma io rifiutai. Continuava a starmi simpatico, ma dopo aver saputo che ci saremmo dovuti sposare avevo cominciato a sentirmi a disagio con lui.

Inoltre, volevo rivedere Loki prima che se ne andasse, perché sarebbe stata l'ultima occasione che avevo di parlargli.

Stavolta non appioppai il lavoro sporco a Duncan e cacciai le guardie io stessa. Tentarono di opporsi, ma un mio sguardo gelido ricordò loro chi comandava. Non m'importava che si spargesse la voce di quella mia visita. Tanto Loki se ne stava per andare e non ci sarebbe più stato nulla su cui spettegolare.

«Uuuh, mi piaci quando sei aggressiva», fece lui dopo

che ebbi allontanato le guardie. Se ne stava appoggiato alla sponda del letto con quel solito sorriso impertinente stampato in faccia.

«Non sono aggressiva», replicai. «Volevo parlarti».

«Sei venuta a dirmi addio, immagino». Inarcò un sopracciglio. «Ti mancherò terribilmente, lo so. Ma puoi sempre evitare la nostalgia venendo via con me».

«Sto bene così, grazie».

«Sul serio?», mi chiese arricciando il naso. «Non credo che le nozze imminenti ti entusiasmino molto».

«Di che stai parlando?», gli domandai irrigidendomi.

«Ho sentito del tuo fidanzamento con quel pallosissimo Markis», disse Loki facendo un gesto vago con la mano e alzandosi. «Mi sembra un'assurdità. È noioso, insignificante e tu non lo ami affatto».

«Come fai a sapere tutte queste cose?», gli chiesi raddrizzando la schiena, pronta a difendermi.

«I sorveglianti, da queste parti, sono dei tremendi pettegoli e io sento tutto», rispose avvicinandosi con un gran sorriso. «Tra l'altro ho un paio d'occhi e ho visto il piccolo melodramma che si è consumato fra te e quel cercatore. Fon? Fuffi? Come si chiama?».

«Finn», risposi acida.

«Ecco, lui». Si appoggiò alla porta. «Posso darti un consiglio?».

«Come no? Non vedo l'ora di sentire il parere di un prigioniero».

«Ottimo». Loki si chinò in avanti, avvicinandosi il più possibile, fino al limite oltre il quale avrebbe iniziato a soffrire per l'incantesimo che gli impediva di fuggire da quella stanza. «Non sposare qualcuno che non ami».

«Che ne sai tu di amore e matrimonio?», gli chiesi. «Eri pronto a sposare una donna di dieci anni più grande, prima che il re te la portasse via».

«Non l'avrei fatto comunque», disse con un'alzata di spalle. «A meno che non l'avessi amata».

«Insomma tu saresti un campione di rettitudine?!», esclamai beffarda. «Proprio tu, che mi hai rapita e sei figlio di un traditore».

«Non ho mai speso una parola in favore di mio padre», disse tutto d'un fiato. «E non ti ho mai fatto nulla di male».

«Mi hai rapita!», ripetei sconcertata.

«Ne sei sicura?», mi chiese inclinando la testa da un lato. «Perché a me sembra che sia stata Kyra a rapirti, mentre io non ho fatto altro che impedirle di picchiarti a morte. Poi, quando ti sei messa a sputare sangue, ho fatto chiamare la regina per aiutarti. Mentre fuggivi non ti ho fermato. E quando sono venuto qui, non ti ho fatto niente. Dopo che me l'hai chiesto, mi sono persino comportato bene. Quindi quali sono gli orrendi crimini che avrei commesso contro di te, principessa?».

«N-non...», balbettai, «non ho mai detto che hai fatto cose orrende».

«Allora perché non ti fidi di me, Wendy?».

Era la prima volta che mi chiamava per nome e la tenerezza con cui l'aveva pronunciato mi lasciò sbigottita. Anche il suo sguardo tradiva un sentimento profondo, al di là della solita facciata spiritosa. Quando smetteva di fare il fico, lo diventava davvero.

«Mi fido di te», ammisi. «Mi fido, ma non so perché e non capisco come mai mi hai aiutato».

«Vuoi la verità?», mi chiese con un sorriso dolce e sincero. «Mi hai incuriosito».

«Hai rischiato la vita per curiosità?», gli domandai perplessa.

«Sin dall'inizio, la tua unica preoccupazione è stata aiutare i tuoi amici e non ti sei mai arresa», continuò Loki. «Sei stata gentile. Non avevo mai visto tanta gentilezza in tutta la mia vita». Detto questo, distolse lo sguardo da me, mettendosi a fissare il vuoto. Credo che si stesse sforzando di nascondere la tristezza che gli riempiva gli occhi e di cui mi accorsi comunque: un'aria smarrita che appariva fuori luogo su quel viso virile.

Loki scosse il capo, nel tentativo di scacciare i sentimenti che stava provando, e mi rivolse un mezzo sorriso incredibilmente triste. «Ho pensato che, una volta tanto, la bontà andava premiata. Ecco perché ti ho lasciata andare e non ti ho riportata dal re».

«Ma se lì si sta così male, perché non ti trasferisci qui da noi?», gli chiesi senza riflettere.

«No», disse abbassando gli occhi e scuotendo la testa. «È un'offerta molto allettante, ma la tua gente non lo permetterebbe e la mia... Be' diciamo solo che non reagirebbero bene se non tornassi a casa. Perché, che mi piaccia o meno, è quella casa mia».

«Ti capisco fin troppo bene», sospirai. Anche se cominciavo ad ambientarmi a Förening, avevo il sospetto che non mi sarei mai sentita veramente a casa.

«Vedi? Te l'avevo detto, principessa», disse con un sorriso più lieve. «Non siamo poi così diversi, io e te».

«Lo dici come se significasse qualcosa».

«Perché, non è così?».

«Direi proprio di no. Oggi tornerai indietro, dai miei nemici». Sospirai forte, sentendo ancora una volta il cuore che si fermava. «Dovrò augurarmi di non rivederti più. Perché se ti rivedessi vorrebbe dire che siamo in guerra e sarei costretta a farti del male».

«Oh, Wendy, probabilmente è la cosa più triste che mi abbiano mai detto», confessò, apparentemente sincero. «Ma non essere così pessimista! Non hai proprio nessuna speranza?».

«Non oggi», risposi scuotendo la testa. Sentii Garrett che

mi chiamava dal piano di sotto. Significava che il pranzo era finito e che la riunione stava per ricominciare. «Devo andare. Ci vediamo per lo scambio con la regina».

«Buona fortuna», disse annuendo.

Mi voltai ma quasi immediatamente Loki mi richiamò. «Wendy!». Si era affacciato troppo in corridoio, infatti era già preda del dolore, come si capiva dalla sua smorfia. «Forse quel che dici è vero, forse la prossima volta che ci vedremo i nostri regni saranno in guerra, ma noi no. Non combatterò mai contro di te, questo te lo posso promettere».

La sequela di riunioni continuò a lungo, l'una più estenuante dell'altra. Si ripetevano sempre le stesse questioni: cosa fare se i Vittra fossero venuti meno ai patti, cosa fare in caso di attacco, cosa se avessero tentato di rapirmi.

E la risposta era sempre la stessa: contrattaccare. Tove e io avremmo usato i nostri poteri, i cercatori la loro forza e la loro competenza, e il cancelliere si sarebbe rintanato in un angolo.

Prima dell'arrivo della regina Vittra, c'era un'ultima cosa da fare. Firmare il trattato. Era stato precedentemente recapitato ai Vittra, quindi il nome di Oren già campeggiava in fondo al documento, scarabocchiato con un inchiostro rosso sangue. Garrett salì in camera di Elora per farglielo firmare e, quando fu di ritorno, non restò altro che attendere l'arrivo di Sara nella Sala della Guerra.

Alle due e mezza Elora liberò Loki, che promise di comportarsi bene. In ogni caso, Thomas e Finn lo trattarono come se fosse una bomba sul punto di esplodere.

Visto che stavamo per incontrare la dignitaria di una nazione nemica, ritenni opportuno darmi un tono da principessa, soprattutto perché Elora non poteva essere presente. Indossai un abito viola scuro e mi feci acconciare i capelli da Willa.

«Se avessi saputo che saresti stata così bella, mi sarei anch'io vestito elegante», scherzò Loki quando Finn e Thomas lo introdussero nella Sala della Guerra. Finn lo spinse su una sedia con gesto gratuitamente brusco, ma il Markis non protestò.

«Non prenderti queste confidenze con la principessa», lo ammonì Duncan guardandolo severamente.

Loki passò in rassegna i presenti. Ad accogliere Sara saremmo stati Duncan, Finn, Thomas, Tove, il cancelliere e io. Tutti gli altri, pronti a intervenire in caso di necessità, sarebbero rimasti fuori, perché non volevamo dare a Sara l'impressione di averle teso un'imboscata.

«Cos'è, ci avete ripensato? Avete deciso di giustiziarmi?», domandò Loki osservandoci. «Perché avete tutti delle facce da funerale».

«Non adesso», dissi giocherellando nervosamente con un bracciale e controllando l'orologio.

«E quando, principessa?», mi chiese Loki. «Fra meno di un quarto d'ora me ne andrò».

Alzai gli occhi al cielo e non risposi.

Avevo cominciato a fare su e giù per la stanza quando il campanello suonò, facendomi sobbalzare. Lo scambio sarebbe dovuto andare liscio, senza intoppi, ma avevo paura degli imprevisti. Non sarebbe stata la prima volta che mio padre mentiva e ingannava i Trylle.

«Ci siamo», dissi inspirando a fondo.

Con il trattato in mano, un rotolo di carta legato con un nastro rosso, guidai il corteo lungo il corridoio fino all'ingresso. Subito dietro di me c'erano Duncan, a sinistra, e Tove, a destra. Finn e Thomas camminavano di fianco a Loki, tenendolo sottobraccio per scongiurare l'eventualità che desse in escandescenze. Il cancelliere chiudeva il corteo.

Altre due guardie avevano accolto la regina ed erano rimaste in attesa accanto a lei. Restava immobile al centro dell'atrio, col mantello rosso cremisi punteggiato di fiocchi di neve. Si era tolta il cappuccio, lasciando scoperte le guance arrossate dal freddo. Con lei c'era soltanto il piccolo Ludlow, l'hobgoblin che avevo conosciuto nel castello dei Vittra.

«Principessa», disse Sara nel vedermi, sorridendomi affettuosamente. Mi fece una piccola riverenza che ricambiai, attento che la mia fosse altrettanto breve.

«Regina. Spero abbiate fatto buon viaggio», la salutai.

«Sì, anche se c'era un po' di ghiaccio per le strade», rispose indicando il portone con la mano avvolta in un guanto di velluto. «Spero di non avervi fatto aspettare».

«No, siete puntuali», la rassicurai.

«È arrivata», disse Loki. Immaginavo che stesse cercando di divincolarsi dalla stretta di Finn e Thomas, ma non mi girai a guardare. «Potete lasciarmi?».

«Non prima che l'accordo sia concluso», rispose Finn a denti stretti.

«Mia regina, possiamo sbrigarci, per favore?», le chiese Loki con tono irritato. «Questo cercatore sta allungando le mani».

«Il Markis non vi ha recato troppo disturbo?», domandò Sara arrossendo per l'imbarazzo.

«Non troppo», replicai con un lieve sorriso. «Restituendovelo, avremo in cambio una tregua che durerà fino alla mia incoronazione, esatto?».

«Sì», annuì Sara. «Finché Elora sarà regina, i Vittra non attaccheranno. Ma la tregua cesserà non appena prenderai il suo posto».

Le porsi il trattato. Mi aspettavo che lo aprisse per controllare che tutto fosse in ordine e invece si limitò ad annuire di nuovo, apparentemente decisa a fidarsi di noi.

«Adesso possono lasciarmi?», chiese Loki.

«Sì», dissi.

I rumori che provennero alle mie spalle mi fecero capire che era in corso una piccola scaramuccia. Poi Loki mi passò accanto, sistemandosi la camicia. Sara lo guardò con aria di biasimo e lui si fermò al suo fianco.

«Siamo a posto, allora?», domandò il Markis.

«Sembrerebbe di sì», rispose Sara. «Principessa, sai già di essere sempre la benvenuta nel nostro palazzo».

«Lo so», ammisi.

«Il re mi ha chiesto di invitarti a venire», proseguì lei. «Se decidessi di tornare dai Vittra e prendere il posto che ti spetta al suo fianco, concederebbe la grazia a Förening e a tutti i suoi abitanti».

Esitai, non sapendo come rispondere. Non volevo andare e certo non credevo alle promesse del re, ma rifiutare era difficile. Se avessi accettato avrei garantito la salvezza di tutti coloro a cui volevo bene, Matt e Finn in primo luogo.

Lanciai uno sguardo a Loki, aspettandomi che si mettesse a ridere o m'invitasse scherzosamente ad andare con lui, ma anche il suo sorrisetto irriverente era sparito. Deglutì, e nei suoi occhi color miele mi parve d'intravedere un'ombra di paura.

«Principessa», disse Tove posandomi una mano sul braccio. «Abbiamo altri appuntamenti oggi pomeriggio. Forse dovremmo congedare i nostri ospiti».

«Sì, naturalmente», replicai con un debole sorriso. «Se volete scusarci, abbiamo in effetti degli impegni inderogabili».

«Ma certo», disse Sara sorridendo. «Non vogliamo rubarvi altro tempo».

«Meglio così», esclamò Loki sorridendomi, con aria sollevata. «Ondarike non è un luogo adatto a una principessa».

«Markis», lo riprese Sara senza scomporsi.

Mi fece un'altra riverenza, che ricambiai di nuovo, e si voltò per andarsene. Ludlow, l'hobgoblin, non aveva aperto bocca e adesso aveva alzato lo strascico di Sara, per evitare che strusciasse a terra. Mentre si avvicinavano al portone, Loki fece per dire qualcosa, ma lei lo zittì.

Poi lui si voltò un'ultima volta e i nostri sguardi s'incrociarono. Mi sorpresi nel constatare quanto mi addolorasse vederlo andar via. Non avevamo passato molto tempo insieme eppure, praticamente dalla prima volta che l'avevo visto, avevo provato uno strano senso di connessione con lui.

Dopodiché uscì dalla porta e dalla mia vita, lasciandomi addosso una gran voglia di piangere.

Quando se ne furono andati, feci un gran sospiro.

«Non è stato così terribile», esclamai. In realtà, non lo era stato affatto. La tensione precedente l'incontro era stata di gran lunga la cosa peggiore.

Il cancelliere era sudato come un maiale, ma quella non era una novità. Rivolsi a Tove un sorriso di gratitudine. Era stato importante averlo al mio fianco. È sempre bello sentirsi spalleggiati.

«Quei piccoli hobgoblin mi fanno orrore», commentò Duncan rabbrividendo al ricordo di Ludlow. «Non capisco come facciano a viverci insieme».

«Sono sicuro che loro pensano la stessa cosa di te», borbottò Finn.

«Credo che siamo tutti d'accordo sul da farsi», intervenne il cancelliere torcendosi le mani grassocce.

«Sarebbe a dire?», domandai, visto che non avevo la più pallida idea di cosa fare.

«Dobbiamo attaccarli mentre la tregua è ancora in atto», azzardò il cancelliere. Il sudore colava nei suoi occhietti e formava degli ampi aloni sul suo vestito bianco.

«Ma l'obiettivo della tregua era ottenere la pace», dissi perplessa. «Se li assaliamo ci ritroveremo in guerra».

«Dobbiamo sorprenderli, aggredendoli quando meno se

lo aspettano», insisté il cancelliere con guance tremolanti. «È la nostra unica opportunità di avere la meglio!».

«No, la vera opportunità è di riprenderci dall'ultimo attacco e trovare un modo per risolvere pacificamente questo conflitto», dissi scuotendo la testa. «Dobbiamo lavorare per aumentare la coesione interna e rafforzarci il più possibile. O per trovare qualcosa da offrire ai Vittra per convincerli a lasciarci in pace».

«Be', già sappiamo quale sia l'offerta migliore», replicò il cancelliere squadrandomi.

«Non siamo disposti a negoziare con loro», s'intromise Finn.

Il cancelliere lo guardò in cagnesco. «Di certo, *tu* non negozierai con nessuno».

«Non possiamo scartare a priori la possibilità di negoziare», intervenne Tove e, prima che Finn potesse ribattere, proseguì. «Naturalmente, non gli daremo mai la principessa. Ma non possiamo escludere altre opzioni. Sono già morte troppe persone. E, nonostante tutti questi anni di guerra, nessuno ancora può dirsi vincitore. Credo che dovremo trovare una strada alternativa».

«Sono d'accordo», confermai. «Dovremo sfruttare la tregua per capire quale possa essere quella strada».

«Volete trovare qualcos'altro da barattare?», chiese il cancelliere con tono sarcastico. «Non possiamo fidarci del re dei Vittra!».

«Se lui gioca sporco, non vuol dire che dobbiamo farlo anche noi», insistei.

«E l'unico motivo per cui la scorsa volta abbiamo vinto, è che abbiamo giocato in casa e i loro giocatori migliori sono rimasti in panchina», disse Tove. «Se li attaccassimo, sarebbero loro ad avere questo vantaggio. Ci farebbero a pezzi, come tutte le volte precedenti. Dobbiamo imparare dai nostri errori».

«E va bene!», esclamò il cancelliere alzando le mani. «Fate come vi pare. Ma sarete voi a sporcarvi le mani di sangue, non io».

Il cancelliere se ne andò infuriato per quella palese sconfitta e io sorrisi a Tove.

«Grazie per il sostegno», gli dissi.

«Sono qui apposta», rispose lui facendo spallucce.

23. La proposta

Quando Sara e Loki se ne furono andati, passai da Elora per raccontarle come me l'ero cavata. La trovai sdraiata nello studio, con Garrett seduto al suo fianco. Aveva un colorito migliore, ma era ancora stravolta.

Mi limitai a riportare l'essenziale, eppure sembrarono entrambi orgogliosi di me. Era stato il mio primo incarico ufficiale in veste di principessa, ed ero riuscita a portarlo a termine con successo. Mia madre si spinse addirittura a dire che ero stata brava. E mi congedai con un incredibile senso di soddisfazione.

Mentre raggiungevo la mia stanza, incontrai Tove. Veniva dalla cucina e in mano aveva dell'uva. Me ne offrì ma scossi la testa perché non avevo nessuna voglia di mangiare.

«Ti senti già una vera principessa?», mi domandò masticando un acino.

«Non lo so», risposi togliendo la collana di diamanti che avevo indossato per sostenere la parte. «In realtà, non so se mi ci sentirò mai. Credo che avrò sempre l'impressione di essere una ciarlatana».

«Be', a guardarti, sembri proprio una principessa».

«Grazie», feci sorridendo. «Tu sei stato bravissimo oggi. Eri concentrato e molto regale».

«Grazie». Si lanciò un chicco d'uva in bocca e fece un gran sorriso. «Prima dell'incontro, ho passato un sacco di tempo a spostare i mobili della mia stanza. A quanto pare è servito».

«Decisamente».

Camminammo in silenzio per un po'. Lui mangiava la frutta mentre io giocherellavo con la collana. Ma con lui tacere non era imbarazzante, anzi, mi rallegrai di quanto fosse piacevole. Era bello stare con qualcuno senza provare un senso di costrizione, d'imbarazzo o di dolorosa limitazione.

Iniziai anche a capire l'opinione di Elora e Finn. Tove era forte, intelligente e gentile, ma troppo consumato dai suoi poteri per poter essere un vero leader. Nonostante ciò era stato bravissimo a spalleggiarmi e sapevo che sarebbe rimasto sempre al mio fianco, qualunque cosa fosse accaduta.

«E insomma...», Tove ruppe il silenzio mandando giù l'ultimo acino e, fermandosi improvvisamente con gli occhi incollati al pavimento, si sistemò i capelli arruffati dietro le orecchie. «Immagino che la regina ti abbia parlato dell'accordo che ha fatto con mia madre». Rimase un momento in silenzio. «Sai... riguardo al nostro matrimonio».

«Sì», risposi annuendo. Il fatto che avesse tirato fuori l'argomento mi mise in agitazione.

«Non mi piace questo loro complottare alle nostre spalle, come se fossimo pedine anziché persone». Mordicchiandosi l'interno della guancia, spostò lo sguardo verso il fondo del corridoio. «Non è giusto, e l'ho detto ad Aurora. La deve smettere di trattarmi come un... non so cosa. Come una pedina, appunto».

«Già», continuai ad annuire.

«Pensa di potermi far fare sempre ciò che vuole e so che tua madre fa lo stesso con te». Sospirò. «È come se, prima del nostro ritorno, si fossero fatte un sacco d'idee su come saremmo stati e ora si rifiutassero di cambiare parere nonostante sia chiaro che siamo diversi da come si aspettavano».

«È vero», commentai.

«Conosco il tuo passato». Mi diede un'occhiata che durò appena un secondo. «Aurora mi ha detto di tuo padre e del fatto che rischi di perdere il diritto al trono a causa sua, a causa degli errori dei tuoi genitori. Ma io so che è un'idiozia, perché sei potentissima e hai a cuore la sorte delle persone».

«Grazie», dissi perplessa.

«Devi diventare regina. Chiunque abbia un po' di sale in zucca lo sa. Il problema è che la maggior parte della gente non ha sale in zucca». Si grattò la testa e spostò il peso da un piede all'altro. «Non te lo toglierei mai. Qualunque cosa accada, non ti toglierei mai lo scettro e ti difenderei da chiunque cercasse di farlo».

Non replicai. Era la prima volta che lo sentivo parlare tanto e non capivo dove volesse andare a parare.

«So che sei innamorata di... insomma, non di me», disse soppesando le parole. «E neanche io sono innamorato di te. Ma ti stimo e ti apprezzo».

«È reciproco», ammisi, e lui fece un piccolo sorriso.

«Ma nessuno dei mille motivi è il motivo». Fece un gran sospiro. «Detta così è incomprensibile. Voglio dire: è vero che hai bisogno di qualcuno che stia al tuo fianco e ti aiuti a restare sul trono, ed è vero che quel qualcuno posso essere io. Ma... credo che il vero motivo sia che... mi va».

«Cosa?», domandai mentre lui finalmente trovava la forza di ricambiare il mio sguardo.

«Vuoi... cioè, ti va di sposarti?», mi chiese. «Con me?».

«Ehm...», non sapevo che dire.

«Se non vuoi, amici come prima», si affrettò ad aggiungere. «Te l'ho chiesto perché a me sembra una buona idea».

«Sì», risposi, scoprendo il mio consenso nel momento

stesso in cui lo diedi. «Voglio dire: sì, mi va. Lo farei... ti sposerò».

«Sì?!», esclamò sorridendo.

«Sì». Deglutii a fatica e mi sforzai di ricambiare il sorriso.

«Bene». Tirò un gran sospiro e tornò a guardare verso il fondo del corridoio. «È una cosa buona, no?».

«Sì, immagino di sì», feci. E lo pensavo davvero.

«Già», annuì. «Anche se adesso mi sta venendo da vomitare».

«Penso che sia normale».

«Bene». Annuì di nuovo e mi guardò. «D'accordo, allora ti lascio fare... le tue cose. E vado a fare le mie».

«OK», replicai.

«Va bene». Mi diede una pacca sulla spalla, annuì per l'ennesima volta e se ne andò.

Non sapevo bene in cosa mi fossi ficcata. Non amavo Tove e lui certamente non amava me.

Tra di noi c'erano comprensione e stima, e questo era già qualcosa. Ma, soprattutto, il regno aveva bisogno del nostro matrimonio. Elora era convinta che sposare Tove fosse la cosa migliore per me e per i Trylle.

Dovevo fare ciò che era meglio per il nostro popolo e l'avrei fatto, anche se si trattava di sposare Tove. Dopotutto, c'erano uomini peggiori in circolazione.

Misi dei vestiti più comodi e mi feci accompagnare da Duncan nella biblioteca perché mi aiutasse a trovare dei buoni manuali di Storia Trylle che iniziai subito a sfogliare. Finn mi aveva dato un'infarinatura prima della cerimonia di battesimo, ma se dovevo governare era indispensabile che conoscessi fino in fondo questa gente.

Trascorsi il resto della serata in biblioteca, raccogliendo il maggior numero d'informazioni possibile. Duncan finì per addormentarsi, rannicchiato in una poltrona. Era tardi quando lo svegliai per farmi riaccompagnare in camera. Non che il cercatore, per di più assonnato, potesse offrire una grande protezione, ma tanto sapevo di non averne bisogno.

La mattina seguente io e Tove ci recammo nella sala del trono per riprendere l'addestramento e mi sentii sollevata da quel ritorno alla routine. Duncan venne con noi e, se pure notò qualcosa di strano tra me e Tove, non commentò. L'idea di essere fidanzata mi faceva uno strano effetto, però Tove fu bravo a mantenere la mia attenzione sul nostro lavoro.

Ero sempre più padrona dei miei poteri che, nel frattempo, andavano rafforzandosi. Sollevai il trono da terra, con sopra Duncan, senza neanche più bisogno di concentrarmi troppo. Sentivo un dolore sordo e pulsante dietro agli occhi, ma non ci feci caso.

Quando Tove fece volare in cerchio una sedia per mostrarmi l'esercizio che dovevo eseguire, non potei fare a meno di pensare a Elora. I suoi poteri l'avevano consumata, rendendola debole e fragile.

Sapevo che eravamo costretti a usarli per evitare di impazzire e Tove, in particolare, era sano di mente solo perché si scaricava esercitandoli spesso. Eppure la cosa mi angosciava. Non volevo che facesse la fine di mia madre, che stava morendo di vecchiaia prima ancora di aver compiuto quarant'anni.

A fine allenamento ero stanca ma potevo dirmi davvero felice perché stavo diventando più forte e più sicura di me.

Andai a trovare Elora, ancora convalescente, nello studio. Che non stesse più sdraiata sulla chaise-longue era un buon segno. Peccato che avesse ricominciato a dipingere.

Era seduta su uno sgabello, rivolta verso la vetrata, e aveva davanti un cavalletto. Sembrava incurante del fatto che lo scialle in cui era avvolta fosse scivolato lasciandole scoperta una spalla. I capelli, sciolti, le scendevano lungo la schiena, ormai più argentei che neri.

«Sicura che sia una buona idea?», le chiesi entrando.

«Ho una terribile emicrania da giorni, devo farmela passare», disse tracciando un'ampia pennellata sulla tela.

Mi avvicinai per vedere meglio il quadro, ma non c'era altro che un cielo notturno. Elora smise di dipingere e posò il pennello sul cavalletto.

«Volevi dirmi qualcosa, principessa?», chiese girandosi verso di me. Constatai con sollievo che i suoi occhi non erano più lattiginosi come prima.

«No», risposi scrollando il capo. «Volevo solo vedere come stavi».

«Sto meglio», rispose con un gran sospiro. «Non tornerò mai a essere quella di una volta, però sto meglio».

«È già qualcosa».

«Immagino di sì». Di nuovo guardò verso la vetrata.

Era una giornata nuvolosa. Neve e vento si erano finalmente placati, ma il cielo restava grigio e torbido. Gli aceri e gli olmi avevano perso quasi tutte le foglie e se ne stavano secchi e spogli ad affrontare l'inverno. I sempreverdi che ricoprivano i promontori sembravano sfibrati dai recenti rovesci e i loro rami erano incurvati per il peso del ghiaccio.

«Tove mi ha chiesto di sposarlo», le dissi e lei girò la testa di scatto. «E io ho accettato».

«Hai acconsentito a onorare gli accordi?», chiese Elora inarcando un sopracciglio con aria meravigliata e contenta.

«Sì», annuii. «È... la soluzione migliore per il regno, ed è mio dovere adottarla». Annuii ancora per convincermene. «E Tove è un bravo ragazzo. Sarà un buon marito».

Appena pronunciai quelle parole mi resi conto di non avere idea di cosa fosse un buon marito. Avevo avuto pochissimi contatti con coppie sposate e non avevo mai avuto un ragazzo. Non sapevo come definire Finn, ma di certo non contava granché come esperienza.

Elora mi stava ancora fissando. Deglutii e mi sforzai di sorridere. Non era quello il momento di rimuginare su ciò che mi aspettava. Il matrimonio era ancora lontano, ci sarebbe stato tempo d'imparare cosa significava diventare moglie.

«Sì, ne sono certa», mormorò Elora tornando a voltarsi verso il quadro.

«Davvero?», le chiesi.

«Sì», rispose, sempre dandomi le spalle. «Non ti farò ciò che è stato fatto a me. Se fossi costretta a chiederti di fare qualcosa di terribile per il bene dei Trylle, non mi tirerei indietro. E acconsentire sarebbe tuo dovere. Ma ti direi esattamente come stanno le cose. Non ti lascerei mai andare alla cieca».

«Grazie», replicai sentitamente. «Ti sei pentita di aver sposato mio padre?».

«Cerco di evitare i rimpianti», disse stancamente riprendendo in mano il pennello. «Il dubbio non si addice a una regina».

«Perché non ti sei mai risposata?», le domandai.

«E con chi?».

Stavo quasi per nominare Thomas, ma si sarebbe infuriata. Non avrebbe mai potuto farlo, era un cercatore, e per giunta già sposato. Ma il motivo della sua rabbia sarebbe stato un altro. Ero certa che sarebbe andata su tutte le furie perché ero venuta a sapere della loro relazione.

«Garrett?», suggerii, ed Elora fece un verso simile a una risata. «Ti ama ed è un illustre Markis. Sarebbe adatto».

«Non è poi così illustre», replicò. «Sì, è premuroso, ma il matrimonio non ha nulla a che vedere con la premura. È un'alleanza tra due fazioni e, per quanto mi riguarda, non ho avuto bisogno di allearmi con nessuno».

«Non ti andrebbe di sposarti per avere qualcuno accanto?», le domandai. «Non ti senti mai sola?».

«Una regina è tutto tranne che sola». Rimase col pennello a mezz'aria, puntato verso la tela, come se stesse per dipingere. «Non ho bisogno dell'amore, o di un uomo, per sentirmi completa, e un giorno scoprirai di non averne bisogno neanche tu. I corteggiatori vanno e vengono, chi resta sei tu».

Puntai lo sguardo fuori dalla finestra, non sapendo cosa replicare. La sua era una visione nobile e fiera, ma anche un po' tragica. Pensare che sarei stata sola, che sarei morta sola, non era affatto confortante.

«Inoltre, non volevo che Willa diventasse una pretendente al trono», aggiunse Elora riprendendo a dipingere. «Se avessi sposato Garrett, lei sarebbe diventata principessa, una legittima candidata alla corona, e non potevo permetterlo».

«Willa non sarebbe una cattiva regina», dissi, rendendomi conto con stupore che lo pensavo davvero.

Da quando ero arrivata, Willa era maturata e mi piaceva sempre di più. Aveva una sensibilità e una perspicacia di cui all'inizio non l'avevo creduta capace.

«Il problema non si pone. Sarai tu la prossima regina».

«Fra un bel po', spero», sospirai.

«Devi essere pronta, principessa», disse voltando la testa per guardarmi. «Devi prepararti a quest'eventualità».

«Sto facendo del mio meglio», la rassicurai. «Mi alleno e partecipo a tutte le riunioni. Sono anche andata in biblioteca a studiare. Ma continuo a pensare che mi ci vorranno anni per sentirmi pronta a essere regina».

«Non hai tutto questo tempo a disposizione», disse Elora.

«Che vuoi dire?», le chiesi. «Quando diventerò regina? Quanto tempo ho?».

«Vedi quel quadro?», e indicò una tela appoggiata a uno scaffale.

L'avevo già notata. Era un mio ritratto in primo piano, nel quale apparivo praticamente identica a com'ero in quel momento e indossavo un abito bianco. Sul capo portavo un'elaborata corona di platino tempestata di diamanti.

«Sì, e allora?», le chiesi. «Un giorno diventerò regina. Si sapeva».

«No, guardalo bene», disse indicandolo con il manico del pennello. «Osserva il tuo viso. Quanti anni hai?».

«Avrò...», mi accovacciai di fronte al quadro e socchiusi gli occhi. Era impossibile averne la certezza, ma non sembravo invecchiata di un giorno. «Non ne ho idea», mi alzai in piedi. «Potrei averne venticinque, per quanto ne so».

«Può darsi», mi concesse Elora. «Ma a me non sembra».

«E cosa ti sembra?», domandai. Mi voltò di nuovo le spalle, enigmatica. «In ogni caso, in che modo diventerò regina?».

«Il successore viene incoronato alla morte del sovrano precedente», rispose senza girarci troppo attorno.

«Vuoi dire che diventerò regina dopo la tua morte?», le domandai col cuore che mi martellava in petto.

«Sì».

«Quindi pensi che...», dovetti inspirare a fondo per trovare la forza di andare avanti, «presto morirai?».

«Sì». Rispose continuando a dipingere, quasi chiacchierassimo del tempo anziché della sua morte imminente.

«Ma...», scossi il capo. «Non sono pronta. Ci sono ancora troppe cose che devi insegnarmi!».

«Proprio per questo ti ho messo sotto pressione, principessa. Sapevo che il tempo stringeva e che dovevo essere dura, per metterti alla prova ed essere sicura che fossi in grado di sostenere questa responsabilità».

«E adesso ne sei sicura?».

«Certo». Tornò a guardarmi. «Non farti prendere dal panico, principessa. Qualsiasi ostacolo incontri, non devi mai farti prendere dal panico».

«Non mi sto facendo prendere dal panico», mentii. Mi sembrava che il cuore volesse uscire dal petto e mi girava la testa. Decisi di andare a sedermi sul divano.

«Non morirò domani», disse Elora con tono vagamente irritato. «Hai ancora tempo per imparare, ma devi concentrarti al massimo sul tuo addestramento. Devi ascoltarmi con attenzione e fare tutto ciò che dico».

«Non è questo il punto», insistei scuotendo la testa e alzando lo sguardo su di lei. «Ti ho appena conosciuta, e adesso che finalmente cominciavamo ad andare d'accordo, tu muori?».

«Lascia da parte i sentimentalismi, principessa», mi rimproverò. «Non abbiamo tempo per queste cose».

«Ma non sei triste?», le domandai con le lacrime agli occhi. «O spaventata?».

«Principessa, dico sul serio». Alzò gli occhi al cielo e mi voltò le spalle. «Adesso devo dipingere. Ti consiglio di andare in camera tua e calmarti. Una principessa non deve mai farsi vedere mentre piange».

La lasciai sola a finire il dipinto. La mia unica consolazione era che Elora aveva detto che una principessa non deve mai *farsi vedere* mentre piange, non che non deve mai piangere. Mi venne il dubbio che mi avesse mandato via per questo. Non per lasciarmi piangere, ma perché lei stessa potesse farlo.

24. Trillico

Se persino Loki era venuto a sapere del mio matrimonio combinato, ben presto l'avrebbero scoperto tutti. Pensai che fosse meglio informarne personalmente i miei amici, e li chiamai tutti a raccolta.

Willa e Duncan magari avrebbero reagito con entusiasmo, mentre non sapevo come l'avrebbero presa Matt e Rhys.

Probabilmente non altrettanto bene.

Ci incontrammo nel salotto al primo piano, quello che un tempo era stato la camera dei giochi di Rhys. Sul soffitto era dipinto un cielo azzurro pieno di nuvole bianche e sugli scaffali d'angolo erano ancora ammucchiati diversi giocattoli. Matt se ne stava seduto sul divano tra Rhys e Willa, Duncan sul pavimento con la schiena poggiata al divano.

«Ho un annuncio da farvi». Ero in piedi di fronte a loro e cercavo di scaricare la tensione girando e rigirando l'anello che portavo al pollice.

Lo sguardo diffidente di Matt non aiutava e, come se non bastasse, Rhys sorrideva come un cretino. Era felicissimo di quell'invito, perché ultimamente ci eravamo visti poco. Aveva passato molto tempo con il fratello ed ero venuta a sapere che aveva cominciato a uscire con Rhiannon.

«Di che si tratta?», mi domandò Matt con tono già duro.

«Sono buone notizie», dichiarai.

«Sputa il rospo, allora», m'interruppe Willa con un sorriso incerto. «Questa suspense mi sta uccidendo». Aveva cercato di estorcermi l'informazione prima che gli altri arrivassero, ma avevo resistito perché preferivo dirlo a tutti insieme.

«Volevo che sapeste che... ehm...». Mi schiarii la gola. «Mi sposo».

«Cosa?», ringhiò Matt.

«Oh mio dio!», esclamò Willa con occhi scintillanti. «Con chi?».

«Allora è vero?», chiese Duncan guardandomi sbalordito. Evidentemente, anche a lui era giunta voce.

«Con Tove Kroner», dissi.

Willa lanciò un gridolino e applaudì portandosi le mani alla bocca. Credo che non sarebbe stata più eccitata neppure se fosse stata lei a sposarsi.

«Tove?», chiese Matt perplesso. «Ma è fuori di testa! Pensavo che neppure ti stesse simpatico».

«Sì che mi sta simpatico», dissi. «È un bravo ragazzo».

«Oh mio dio, Wendy!», ripeté Willa, e saltò giù dal divano rischiando quasi di dare un calcio in testa a Duncan. Si avvicinò e mi abbracciò con trasporto. «Che emozione! Sono così contenta per te!».

«Congratulazioni», disse Rhys. «È un ragazzo fortunato».

«Non posso credere che non me l'abbiate detto», fece Duncan. «Abbiamo passato la mattinata insieme!».

«In realtà non l'abbiamo ancora detto a nessuno», risposi sottraendomi all'abbraccio di Willa. «Non so neanche se mi sia permesso dirlo, ma volevo che lo sapeste».

«Non capisco», disse Matt alzandosi in piedi, chiaramente turbato dalla notizia. «Mi sembravi tutta presa da quel Finn».

«No», replicai abbassando gli occhi e scuotendo la testa. «Non sono presa da nessuno». Feci un gran sospiro. «È tutto passato».

E con sorpresa mi resi conto che forse era vero. Non che lo avessi dimenticato, anzi. Ma iniziavo a pensare che non saremmo mai stati insieme. E non per la diversa estrazione sociale. Fosse stato solo questo mi sarei battuta, avrei contestato le leggi vigenti e avrei cercato di cambiarle.

Ma non ne potevo più della sua passività, del fatto che non mi prendeva sul serio e non faceva nulla perché stessimo insieme. In ogni storia d'amore bisogna essere in due.

«Il tuo matrimonio sarà incredibile!», esclamò Willa che teneva le mani strette al petto per trattenersi dall'abbracciarmi di nuovo. «Quand'è il grande giorno?».

«Non lo so ancora di preciso», ammisi. «Dopo che avrò compiuto diciotto anni».

«Mancano solo tre mesi!», gridò Matt.

«Non c'è quasi tempo per i preparativi!», sentenziò Willa impallidendo. «C'è talmente tanto da fare». Poi fece una smorfia. «Oh, Aurora metterà bocca su tutto, vero?».

«Eh già». Anch'io m'incupii, rendendomi conto che avrei avuto una suocera da incubo. «Immagino di sì».

«Mi sento così fortunato a essere un maschio e non dovermi occupare di queste faccende», commentò Rhys con un sorrisetto.

«I preparativi sono la parte migliore», dichiarò Willa prendendomi sotto braccio. «Scegliere i colori, i vestiti, i fiori, gli inviti… cosa c'è di più divertente?».

«Wendy, lo vuoi davvero?», mi domandò Matt guardandomi dritto negli occhi.

«Certo che sì, Matt», disse Willa alzando gli occhi al cielo con ostentazione. «Essere una principessa e sposare un principe con un matrimonio in grande stile è il sogno di ogni bambina».

«Tecnicamente Tove è un Markis, non un principe», le feci notare.

«Avete capito cosa volevo dire», replicò lei. «È una favola che si avvera».

«Willa, piantala un attimo», intervenne Matt con uno sguardo tanto torvo da farla indietreggiare e abbandonare la presa del mio braccio. «Wendy, vuoi davvero sposare quel tizio?».

Feci un bel respiro e annuii. «Sì, lo voglio».

«D'accordo», si arrese Matt con tono dubbioso. «Se è questo quello che vuoi, avrai il mio appoggio. Ma se ti fa soffrire lo ammazzo».

«Non mi aspetterei niente di meno, da parte tua», gli dissi sorridendo. «Ma andrà tutto bene».

Willa riprese il suo chiacchiericcio esaltato, elencandomi tutte le cose meravigliose di cui ci saremmo dovute occupare, ma ben presto smisi di ascoltarla. Rhys e Matt non dovevano, né tantomeno volevano, stare a sentire quel genere di discorsi, perciò tagliarono la corda per dedicarsi a qualche attività enormemente più spassosa. Duncan era la mia guardia del corpo, quindi non poteva andarsene, ma d'altronde sembrava più interessato di me alle chiacchiere di Willa.

Alla fine, anche lei si stancò. Disse che sarebbe andata a casa a prendere un po' di cose, per tornare l'indomani di buon mattino e mettersi all'opera. Lasciammo il salotto ascoltando l'elenco di cose che avrebbe portato.

«Ci vediamo domani, OK?», fece stringendomi il braccio.

«Sì».

«È un momento emozionante, Wendy», tentò di ricordarmi. «Su con la vita».

«Ci proverò», dissi sforzandomi di sorridere.

Scoppiò a ridere per quel mio magro tentativo e se ne andò. Mi appoggiai al muro, accanto alla porta del salotto. Duncan rimase accanto a me, ma taceva.

Willa aveva ragione. Tutta questa storia somigliava a una favola. Allora perché mi sembrava tutt'altro?

Diedi un'occhiata in fondo al corridoio e vidi che Finn era di ronda serale. Stava venendo nella mia direzione per controllare l'ala nord, ma non appena mi vide si fermò. I suoi occhi scuri incrociarono i miei per un istante. Poi si voltò e tornò sui suoi passi.

Il giorno dopo mi svegliai felice di avere l'allenamento per distrarmi da tutto ciò che girava attorno al fidanzamento, ma dopo dieci minuti che ero scesa dal letto, in casa fece irruzione Aurora. Aveva battuto sul tempo Willa, rubandole il posto. Quando lo venne a sapere, Willa ci rimase molto male, ma si sforzò di mantenere un atteggiamento affabile nei confronti della mia futura suocera.

C'incontrammo nella sala da pranzo ufficiale, dove Aurora poté sfruttare il lunghissimo tavolo per disporre le innumerevoli scartoffie che si era portata. C'erano liste degli invitati, mappe dei posti a sedere, campionari di colori e tessuti, riviste, cartamodelli, libri. Tutto l'immaginabile per organizzare un matrimonio.

«Naturalmente la festa di fidanzamento dovrà essere questo finesettimana, visto che mancano pochi mesi al matrimonio», disse tamburellando su un calendario posato sul tavolo.

Ero seduta a capotavola, con Aurora da un lato e Willa dall'altro. La prima era china sul piano, avvolta in un vaporoso abito verde. La seconda, con le braccia incrociate sul petto, la guardava in cagnesco.

«Prima della festa dobbiamo decidere lo schema colori e scegliere testimoni e damigelle», disse Aurora.

«Non c'è tempo», replicò Willa scuotendo la testa. «Non riusciremo mai a occuparci di tutte queste cose mentre organizziamo la festa. Mancano pochi giorni».

«Dobbiamo distribuire gli inviti al matrimonio il prima possibile. Li consegneremo a mano durante la festa di fidanzamento», disse Aurora. «Quand'è il tuo compleanno, principessa?».

«Ehm, il 9 gennaio», dissi.

«Perché dobbiamo dare gli inviti a mano?», chiese Willa. «Perché non spedirli come fa la gente normale?».

«Perché non siamo gente normale», rispose Aurora lanciandole un'occhiataccia. «Siamo Trylle e siamo nobili. La tradizione vuole che gli inviti vengano distribuiti a mano durante la festa di fidanzamento».

«D'accordo, ma allora ci conviene rimandare la festa di almeno una settimana», disse Willa.

«Non ho intenzione di discuterne con te», ribatté Aurora raddrizzando la schiena e massaggiandosi la fronte. «Sono la madre dello sposo e la festa è organizzata da me. È una faccenda che non ti riguarda e si terrà come e quando riterrò più opportuno».

«D'accordo», fece Willa alzando le mani come se non gliene importasse nulla, ma si vedeva benissimo che era indispettita. «Fa' come ti pare, è tuo diritto».

«Per adesso occupiamoci del matrimonio», riprese Aurora volgendo lo sguardo su di me. «Chi hai scelto come testimoni e damigelle?».

«Ehm...», feci spallucce. «Willa sarà la mia testimone, ovviamente».

«Grazie», sospirò lei rivolgendo un sorriso compiaciuto ad Aurora.

«Certo», replicò questa con un mezzo sorriso e scrisse il nome di Willa su un foglio. «E poi?».

«Non lo so», ammisi scuotendo la testa. «Non conosco quasi nessuno qui».

«Ottimo. Ho stilato una lista per te», disse passandomi un elenco di tre pagine. «Sono tutte Marksinna giovani e onorabili che sarebbero perfette come damigelle».

«Ma è solo una lista di nomi con qualche inutile notiziola», dissi scorrendo l'elenco. «Kenna Thomas ha i capelli neri, le lentiggini e suo padre è il Markis di Oslinna. Per me non significa niente. Dovrei scegliere delle estranee basandomi sul colore dei capelli?».

«Se vuoi le posso scegliere al posto tuo», propose Aurora. «Ma per semplificarti le cose le ho messe in ordine di preferenza, anche se vanno tutte bene».

«Posso aiutarla io», intervenne Willa togliendomi di mano l'elenco prima che potesse farlo Aurora. «Le conosco quasi tutte». Andò direttamente in fondo all'elenco, dandomi la piccola soddisfazione di scegliere quelle che ad Aurora piacevano meno.

«Non posso limitarmi a Willa?», domandai. «Sono sicura che neanche Tove ha tanti amici da chiamare come testimoni. Potremmo optare per un matrimonio intimo».

«Non essere ridicola», ribatté Aurora. «Sei una principessa. Non puoi optare per un matrimonio intimo!».

«Aurora ha ragione», disse Willa, a cui sembrava dispiacesse doverlo ammettere. «Devi organizzare una cerimonia in grande stile. Devi dimostrare a tutti che è una principessa quella con cui hanno a che fare».

«Non lo sanno già?», domandai senza retorica, e Willa fece spallucce.

«Ricordarglielo non fa mai male».

«Visto che tuo padre è fuori dai giochi, potrebbe accompagnarti Noah all'altare», disse Aurora scribacchiando qualcos'altro sul foglio.

«Noah», domandai, «tuo marito?».

«Sì, è la persona adatta», rispose lei brusca.

«Ma lo conosco a malapena», replicai.

«Be', non puoi certo andare all'altare da sola», sottolineò Aurora con sguardo irritato.

«Non può accompagnarmi Matt?», le chiesi. «Di fatto è stato lui a crescermi».

«Matt?». Aurora sembrava confusa e quando capì di chi stavo parlando arricciò il naso con aria sdegnata. «Quel giovane umano? Assolutamente no. Non dovrebbe neanche stare a palazzo. Anzi, se qualcuno lo scoprisse diventeresti lo zimbello del regno».

«Allora... d'accordo». Mi spremetti le meningi in cerca di un sostituto per Noah. «E Garrett?».

«Garrett Strom?». Aurora aveva un tono esterrefatto, probabilmente perché avevo trovato un candidato idoneo.

«Praticamente è il suo patrigno», osservò Willa con un sorrisetto malizioso. Se suo padre mi avesse accompagnato all'altare, lei e la sua famiglia avrebbero guadagnato prestigio.

Ma non era questa la ragione per cui lo avevo scelto. La verità è che Garrett mi stava simpatico, ed era quanto di più vicino a una positiva figura paterna potessi trovare.

Willa e Aurora continuarono a battibeccare e alla fine mi dovetti congedare. Avevo bisogno di una pausa dalle loro velate frecciatine. Poiché il mio unico obiettivo era stare alla larga da entrambe, iniziai a vagare senza meta per il corridoio.

Giunsi vicino alla Sala della Guerra e udii delle voci provenire dall'interno, perciò aprii la porta e feci capolino. Il cancelliere, con quel suo solito colorito malaticcio, sedeva alla scrivania, davanti a una pila di carte. Di fronte a lui c'erano Tove e Finn, intenti a parlare, mentre Thomas cercava qualcosa nella libreria.

«Che fate?», domandai entrando.

«I ragazzi hanno un piano idiota e io li sto assecondando», rispose il cancelliere.

«Non è idiota», disse Finn guardando torvo il cancelliere, che era però troppo impegnato ad asciugarsi la fronte per accorgersene.

«Stiamo cercando un modo per prolungare la tregua», mi spiegò Tove. «Stiamo studiando i vecchi trattati stipulati coi Vittra e con le altre tribù, per vedere se esistono dei precedenti».

«Avete trovato qualcosa?», domandai.

Mi avvicinai alla scrivania e diedi un'occhiata ad alcuni documenti. La maggior parte era scritta in una lingua dai caratteri esotici, per me incomprensibile. Quando avevo curiosato nella biblioteca, mi ero accorta che molti dei testi più antichi erano scritti in quella lingua.

«Ancora niente che faccia al caso nostro, ma abbiamo appena cominciato», fece Tove.

«Non troverete nulla di utile», si sbilanciò il cancelliere. «I Vittra non cambiano mai i loro accordi».

«Cosa serve per prolungarla?», domandai ignorando il cancelliere.

«Non lo sappiamo di preciso», ammise Tove. «Ma potremmo trovare dei cavilli linguistici da usare contro di loro».

«Cavilli?», chiesi.

«Sì, come Tremotino», disse Finn. «Infilano sempre una qualche astuzia nei trattati. Sembra impossibile, ma a volte si riesce a invalidarli».

«Ma io ho letto il trattato. Non c'è nulla del genere», feci decisa. «L'unica cosa è che la tregua sarà in vigore finché non diventerò regina. Quindi se non lo diventassi mai...».

«No, questo è fuori discussione», disse Finn prendendo una pila di carte.

«Ma se non salissi mai al trono la pace sarebbe garantita a tempo indefinito, no?», domandai.

«Ne dubito», rispose Tove. «Il re troverebbe un modo di aggirare il problema, prima o poi. E, a quel punto, sarebbe ancora più incattivito».

«Ma...». Non seppi più che dire e sospirai. «In questo caso, perché affannarsi a cercare un modo di prolungare la pace? Il re scoverebbe il modo di aggirare qualsiasi nostra trovata».

«L'obiettivo non è prolungare la pace più a lungo possibile», spiegò Tove guardandomi negli occhi. «Ci accontentiamo di avere un po' più di tempo per riuscire a risolvere definitivamente la questione».

«Credete che sia possibile?», domandai.

«L'unica cosa che il re capisce è la violenza», sbottò il cancelliere. «Dobbiamo sferrare un attacco risolutivo, il prima possibile».

«Ci abbiamo già provato», esclamò Tove esasperato, «più e più volte! Il re è immune ai nostri assalti! Non possiamo fargli nulla!».

Appena disse queste parole, capii. Quando mi aveva parlato di Loki, aveva detto che soltanto lui, Elora e io potevamo sopraffarlo e che non sapeva neppure se saremmo stati in grado di ucciderlo. Ma il re era molto più forte di Loki.

Nessuno era mai stato capace di fermarlo. Elora non era abbastanza potente e la concentrazione di Tove era troppo altalenante. Io invece avevo la forza del re e i poteri di Elora.

«Volete che uccida il re», dissi. «Volete estendere i termini della tregua per darmi il tempo di finire l'addestramento».

Sia Tove che Finn evitarono il mio sguardo, dandomi la certezza che le cose stavano proprio così.

Volevano che uccidessi mio padre.

25. Una fiaba

Thomas tirò giù dallo scaffale un grosso volume, lo posò sul tavolo con un gran tonfo e dalla copertina di pelle si sollevò una nube di polvere. Tove era così intento a evitare il mio sguardo che il rumore del libro lo fece sobbalzare.

«Questo potrebbe rivelarsi utile», annunciò Thomas. «Ma è scritto in trillico».

«Cos'è il trillico?», domandai, ansiosa di passare a un qualsiasi argomento diverso dal parricidio.

«È l'antica lingua Trylle», mi spiegò Finn indicando sulle carte quei caratteri esotici. «Solo Tove riesce a leggerlo».

«È una lingua morta», aggiunse il cancelliere. «Non so come mai ci sia ancora qualcuno che la capisce».

«Non è poi così difficile», disse Tove avvicinandosi al libro. Quando lo aprì, dalle pagine si sprigionò un odore di muffa. «Posso insegnartelo, se vuoi».

«Sì, è una buona idea», dissi. «Ma non ora. Dobbiamo concentrarci sulla proroga del trattato, giusto? Cosa posso fare?».

«Studiare i documenti», rispose Finn spulciando tra le carte sul tavolo e passandomene parecchie. «Vedi se riesci a trovare qualcosa su trattati e tregue, anche con tribù diverse dai Vittra. Tutto può tornare utile».

Tove, seduto in una delle poltrone di pelle invecchiata, si immerse nella lettura. Io mi sistemai per terra, con la mia pila di carte davanti, apprestandomi ad affrontare il burocratese Trylle. Ben presto ebbi l'impressione di avere a che fare un'accozzaglia d'indovinelli e scioglilingua e, più volte, fui costretta a chiedere aiuto agli altri per capirci qualcosa.

Ma mi consolai quando lo stesso Tove chiese a Finn di aiutarlo a interpretare un brano. Finn, in piedi accanto alla poltrona, si chinò sulla pagina in questione e poi si mise a discutere con Tove sul possibile significato.

Mi sembrava molto strano che Finn e Tove andassero tanto d'accordo. Ogni volta che flirtavo con un ragazzo il cercatore impazziva di gelosia, ma con Tove, che era il mio promesso sposo, sembrava non avere nessun problema.

Finn alzò la testa dal libro e, prima di riabbassarla, lasciò che i nostri occhi s'incontrassero per un secondo. Tanto bastò perché cogliessi qualcosa nel suo sguardo, un desiderio di cui sentivo la mancanza, e mi chiesi nuovamente se avessi fatto la scelta giusta.

«Principessa», mi chiamò Aurora dal corridoio.

Non ci vedevo nulla di male nello stare seduta per terra a leggere, ma ero certa che lei avrebbe avuto qualcosa da ridire, quindi mi alzai di corsa e posai le carte sul tavolo per risparmiarmi una paternale su quali fossero i comportamenti adatti a una nobile signorina.

«Principessa», ripeté Aurora facendo capolino nella stanza. «Ah, eccoti. E sei insieme a Tove, perfetto. Dovete venire a ripassare i dettagli del fidanzamento».

«Oh, giusto». Suo figlio mise il libro da parte e mi sorrise imbarazzato. «Questioni matrimoniali... Ormai ci tocca occuparcene».

«Già», dissi annuendo.

Lanciai una rapida occhiata a Finn. La sua espressione si era indurita, ma non aveva alzato lo sguardo. Mentre Aurora ci guidava fuori dalla stanza dicendoci quel che dovevamo fare prima del matrimonio, mi voltai ancora una volta a guardare Finn.

Aurora ci tenne in ostaggio per un tempo interminabile e Willa non contribuì ad alleggerire l'atmosfera. Se si fossero sposate loro due, tutto sarebbe stato più semplice. Quando finalmente Aurora ci lasciò andare, persino Willa fu felice di filarsela.

Duncan mi stava aspettando e andammo in cucina per cenare assieme. Tove tornò a lavorare nella Sala della Guerra, mentre Willa si allontanò dicendo che aveva un impegno. Sapevo che avrei dovuto aiutare Tove, ma stavo morendo di fame e in quel momento per me era più importante mettere qualcosa sotto i denti.

Raccontai a Duncan delle ricerche di Tove e Finn e dei documenti scritti in trillico. Lui mi disse che gli sembrava di aver visto un libro scritto in trillico nel salotto di Rhys, cosa tutto sommato non sorprendente, perché molti mänks attraversavano una fase in cui cercavano d'impararlo.

Non c'era fretta, ma anche a me sarebbe piaciuto studiarlo. Subito dopo cena, ci spostammo in salotto. Trovai la porta chiusa ma, poiché lo erano quasi tutte nel palazzo, non ci feci caso e la aprii senza bussare.

A quanto pare, pur senza volerlo, mi mossi silenziosamente, perché ne Matt né Willa si accorsero che ero entrata. O forse erano solo troppo presi da ciò che stavano facendo.

Willa era sdraiata sul divano e Matt sopra di lei. Come al solito, lei portava un vestitino corto e lui, facendole scorrere una mano sulla coscia, lo stava tirando ancor più su. Willa aveva l'altra gamba attorno alla vita di Matt e, baciandolo, teneva una mano affondata tra i suoi capelli.

«Oh mio dio!», esclamai. Non avrei voluto, ma mi era scappato.

«Wendy!», gridò Willa e Matt saltò su immediatamente.

«Che succede?», domandò Duncan che si trovava dietro di me e stava cercando di mettersi in mezzo per proteggermi da un eventuale pericolo.

«Zitti!», sibilò Willa trafficando col vestito nel tentativo di coprirsi un po'. «Chiudete la porta!».

«Oh, sì», ed eseguii la richiesta evitando di guardarli.

Non che stessero facendo niente di particolarmente spinto, ma era la prima volta che vedevo Matt in atteggiamenti... compromettenti. Aveva avuto pochissime ragazze e quasi mai le aveva portate a casa. Mi faceva uno strano effetto immaginarlo a fare cose con qualcuno.

Quando infine lo guardai, mi accorsi che era paonazzo, tutto spettinato e rimaneva a testa bassa continuando a lisciarsi le pieghe della camicia. Aveva delle macchie di rossetto su una guancia e sulla bocca, ma non ebbi il coraggio di farglielo notare.

«Wow! Voi?», esclamò Duncan con un gran sorriso. «Bravo, Matt! Non avrei mai creduto che Willa potesse frequentare qualcuno di estrazione sociale tanto diversa».

«Taci, Duncan». Lei lo guardò in cagnesco sistemandosi la cavigliera.

«Non essere volgare», ringhiò Matt e il cercatore fece un passo indietro, come se temesse di beccarsi un cazzotto.

«E non ti azzardare a dirlo a qualcuno», lo ammonì Willa. «Sai bene cosa succederebbe se si venisse a sapere».

Willa era una Marksinna e, anche se i suoi poteri non erano neanche lontanamente paragonabili ai miei, era una delle più potenti rimaste in circolazione. Matt era un umano, membro di una famiglia ospite, quindi nella scala sociale ancor più in basso dei cercatori e dei mänks. Se Matt fosse stato sorpreso a imbastardire la stirpe di Willa, sarebbero stati entrambi esiliati.

E di certo non volevo che accadesse, visto che erano due dei miei migliori amici. Non solo mi sarebbero mancati, ma c'era anche il rischio che i Vittra cercassero di mettere le mani su di loro per arrivare a me. Dovevano assolutamente restare al sicuro a Förening.

«Tranquilla che non dirò nulla», assicurò Duncan, e si fece una croce sul cuore per dimostrare la propria buona fede. «Non ho mai detto a nessuno di Finn e della principessa».

«Duncan, sta' zitto!», sbottai. Non mi sembrava proprio il momento di ricordare a Matt quella faccenda.

«Ti prego, non ti arrabbiare», disse Willa, erroneamente convinta che la mia irritazione fosse dovuta a lei. «Non avremmo mai voluto che lo venissi a sapere in questo modo. Stavamo aspettando il momento giusto per dirtelo, ma ultimamente ne hai passate talmente tante...».

«E tutto questo non cambia i nostri sentimenti per te», si affrettò ad aggiungere Matt. «Ti vogliamo entrambi un mondo di bene», disse indicando se stesso e Willa, ma senza guardarla. «Anzi, è proprio una delle cose che ci hanno unito. Non volevamo ferirti».

«Ragazzi, non sono ferita», precisai scuotendo la testa. «Né arrabbiata. E neppure granché sorpresa».

«Sul serio?», mi domandò Willa inclinando la testa da un lato.

«Sì. Stavate sempre insieme e non facevate altro che flirtare», dissi. «Avevo intuito che c'era sotto una storia. Solo, non mi aspettavo di sorprendervi *così*».

«Scusa», disse Matt arrossendo di più. «Non avrei mai voluto, davvero».

«No, fa niente», risposi con un'alzata di spalle. «Non è grave».

Guardai prima l'uno e poi l'altra. Osservai gli occhi scuri di Willa, pieni di preoccupazione, e i suoi capelli castano chiaro che le scendevano su una spalla in morbide onde. Era molto bella e mi aveva già ampiamente dimostrato il suo affetto e la sua lealtà.

«Siete una bella coppia», conclusi. «E vi auguro di essere felici».

«Siamo felici», disse Willa sorridendo e rivolgendo a Matt uno sguardo talmente amoroso che anche lui fu costretto a sorridere.

«Sì, siamo felici», confermò lui distogliendo gli occhi per voltarsi verso di me.

«Bene. Ma dovete stare attenti. Non voglio che vi scoprano e vi mandino via. Ho bisogno di voi».

«Lo so», confermò Willa. «Aurora ti mangerebbe viva se non fosse per me».

«Non me lo ricordare», mormorai con una smorfia e mi lasciai cadere su una delle vecchie poltrone sacco di Rhys. «E non sono passate neanche quarantotto ore da quando mi sono fidanzata. Si preoccupano tutti dei Vittra, ma vi garantisco che sarà questo matrimonio la causa della mia morte».

«Se non lo vuoi sposare, non sposarlo», disse Matt. Si mise a sedere sul divano, accanto a Willa, assumendo di nuovo il tono critico da fratello maggiore. «Non devi fare nulla contro la tua volontà».

«Il problema non è Tove», risposi scrollando il capo. «Sposarlo mi sta bene».

«Sposarlo "ti sta bene"?», mi fece eco Willa ridendo e prendendo Matt sottobraccio. «Che cosa romantica!».

«Avresti dovuto vedere come me l'ha chiesto», replicai.

«Ma l'anello dov'è, tra l'altro?», chiese Willa guardandomi le mani. «L'hanno mandato indietro perché era della misura sbagliata?».

«Non lo so». Osservai le mie mani, come se l'anello potesse materializzarsi magicamente. «Non mi ha regalato nessun anello».

«Ma è terribile!», esclamò Willa posando la testa sulla spalla di Matt. «Dobbiamo rimediare immediatamente. Magari domani ne parlo con Aurora».

«No!», dissi piena di foga. «Per favore, non dirle nulla. Mi costringerebbe a sceglierne uno orrendo».

«Come può costringerti a fare qualcosa?», mi chiese Duncan. Si era seduto per terra, accanto a me, con le gambe incrociate.

«Sei la principessa, lei è una tua sottoposta».

«Conosci Aurora», sospirai. «Ha i suoi sistemi».

«Che stranezza», disse Duncan osservandomi come se mi vedesse sotto una nuova luce. «Pensavo che i nobili avessero tutta un'altra vita. Credevo che tu fossi totalmente libera».

«Nessuno è del tutto libero», risposi d'un fiato. «Passi con me quasi venti ore al giorno, sai bene quanto del mio tempo è libero».

«Che cosa deprimente», commentò accasciandosi. «Pensavo che la tua vita fosse così perché eri appena arrivata, invece non cambierà mai, vero? Dovrai sempre rendere conto a qualcuno».

«Così pare», gli dissi. «La vita non è una fiaba, Duncan».

«E poi, sai come si dice», intervenne scherzando Willa, «anche i ricchi piangono».

«Ecco, con questa battuta terrificante direi che siamo a posto», feci alzandomi. «Ho un sacco da studiare stasera e domani devo alzarmi presto perché vorrei allenarmi un po' prima che arrivi Aurora. Pensi di riuscire a tenerla impegnata finché non vi raggiungo?».

«Se proprio devo», mugolò Willa.

«Non lavorare troppo», si raccomandò Matt mentre uscivo. «Devi trovare il tempo di viverti la giovinezza, sei ancora una ragazzina».

«Temo che la mia giovinezza sia finita», risposi senza alcuna ironia.

26. Avance

Willa se la filò nel bel mezzo dei preparativi. Disse che doveva cenare col padre, ma secondo me non ne poteva più di Aurora.

Eravamo nella sala da ballo. Il lucernario era stato finalmente riparato, ma lo strato di neve che vi si era depositato bloccava la luce e dava alla sala l'aspetto di una grotta. Aurora mi assicurò che la coltre sarebbe stata rimossa prima della festa di fidanzamento, come se me ne importasse qualcosa.

La mia futura suocera schizzava da un lato all'altro della sala, stabilendo la disposizione dei tavoli e delle decorazioni. Le davo una mano ogni volta che me lo permetteva, cioè quasi mai. Quel poveretto del suo assistente correva su e giù come un pazzo per assecondare tutte le sue richieste.

Quando finalmente gli permise di ritirarsi per la notte, ero seduta al pianoforte e suonavo a ripetizione l'inizio di *Per Elisa*, l'unico pezzo che conoscevo.

«Dovrai prendere delle lezioni di piano», commentò Aurora. Aveva in mano un grosso raccoglitore nero, zeppo di scartoffie relative al matrimonio, e lo posò indelicatamente sul piano, producendo uno sgradevole suono metallico. «È incredibile che tu non l'abbia già fatto. In che razza di famiglia hai vissuto?».

«Lo sai benissimo», risposi continuando a suonare sempre le stesse note, ma più forte, perché avevo capito che le dava ai nervi. «Hai anche conosciuto mio fratello».

«A proposito», disse. Si tolse qualche forcina dai capelli, lasciando che i boccoli le ricadessero liberi sulle spalle. «Devi smetterla di chiamarlo fratello. È di cattivo gusto».

«Lo so», replicai. «È un'abitudine difficile da perdere».

«Ci sono diverse abitudini che dovresti perdere. Se non fossi la principessa, certo non perderei tempo ad aiutarti in questo senso».

«Be', grazie della disponibilità», borbottai.

«Prego. Anche se so che stai facendo del sarcasmo». Aprì il raccoglitore, e iniziò a sfogliare le carte. «Non c'è tempo per farti fare un vestito su misura, quindi domani a mezzogiorno Frederique Von Ellsin porterà i migliori capi già confezionati per farteli provare».

«Sarà divertente», dissi, e lo pensavo davvero. Frederique era il sarto che aveva creato il vestito per la cerimonia di battesimo e mi faceva piacere rivederlo.

«Principessa!», sbottò Aurora. «La vuoi piantare con questa solfa?».

«Certo». Abbassai il coperchio della tastiera. «Bastava chiedere».

«Grazie», disse accennando un sorriso. «Devi imparare le buone maniere, principessa».

«Già le conosco e, quando serve, le uso», sospirai. «Ma adesso sono stanca. Non stiamo facendo altro da tutto il giorno. Possiamo riprendere domani?».

«Sei *fortunata* che ti lasci sposare mio figlio», disse scrollando il capo e chiudendo di scatto il raccoglitore. «Sei maleducata, ingrata e scostumata. Tua madre ha più volte rischiato di farci sterminare. Dovrebbe essere mio figlio l'erede al trono, non tu. Se non nutrisse un'inspiegabile affetto nei tuoi confronti, ti rovescerebbe, prendendo il posto che gli spetta».

«Wow». La fissai con occhi sgranati. Ero davvero rimasta senza parole.

«Questo matrimonio è una disgrazia». Fece schioccare la lingua. «Se si venisse a sapere che sei stata disonorata da quel cercatore, mio figlio diventerebbe lo zimbello del regno». Si portò una mano alla tempia e scosse la testa. «Sei solo fortunata».

«Hai assolutamente ragione». Mi alzai in piedi, serrando i pugni. «È una vera fortuna che tuo figlio non sia come te. Sarò io la prossima regina, non tu. Impara a stare al tuo posto, *Marksinna*».

Impallidì e mi guardò con occhi terrorizzati. Sembrava che non si riuscisse a capacitare di quanto era appena successo. Anche lei, come me, era logorata dalla tensione per i preparativi e, per un momento, aveva dimenticato quale fosse il suo ruolo.

«Principessa, sono veramente mortificata», balbettò. «Non avevo intenzione. È un periodo stressante per me».

«Lo è per tutti», le ricordai.

Continuando a farfugliare scuse, Aurora raccolse le sue cose e corse via dicendo che l'aspettavano a casa. Non l'avevo mai vista svignarsela a quel modo. Né ero sicura che scontrarmi con lei fosse stata la scelta giusta ma, in quel momento, non me ne importava niente.

Solo una cosa contava: finalmente ero sola. Niente guardie. Niente Duncan, Tove o Aurora. E avevo davvero bisogno di una boccata d'aria fresca.

Mi sbrigai per evitare di essere intercettata. Sapevo di dover cogliere l'attimo, prima che qualcuno arrivasse a chiedermi di fare qualcosa. Magari solo quattro chiacchiere, ma non mi andava neanche di parlare. Volevo solamente un attimo di respiro.

Attraversai di corsa il corridoio dell'ala nord e uscii da una porta laterale che dava su un vialetto di ghiaia costeggiato da alte siepi. Girava attorno alla casa, scendendo lungo il fianco del promontorio, e portava nel meraviglioso giardino segreto. Tutto era ricoperto di neve che scintillava come un diamante alla luce lunare. L'inverno avrebbe dovuto uccidere tutte le piante che invece erano un tripudio di fiori blu, rosa e viola, resi ancor più belli dalla brina cosparsa sui petali.

Le foglie dell'edera e dei glicini che crescevano sul recinto erano ancora di un bel verde brillante. Persino il ruscello che attraversava il frutteto in fiore continuava a scorrere e formare la sua piccola cascata, anziché ghiacciarsi come sarebbe stato normale.

Il freddo del sottile strato di neve che scricchiolava sotto i miei piedi scalzi non mi disturbava. Continuai a scendere lungo il fianco del promontorio, talvolta scivolando, ma senza mai cadere. Infine giunsi al laghetto, dove c'erano due panchine curve, e mi misi a sedere sulla più vicina.

Adoravo quel giardino: era veramente un luogo incantato. Mi poggiai allo schienale, inspirando a pieni polmoni la gelida aria notturna. Quando espiravo, il mio fiato si condensava in una nuvoletta di vapore che scintillava alla luce della luna. Ero stata davvero troppo tempo chiusa in casa.

Lo schianto di un ramoscello, alle mie spalle, mi distolse dai pensieri. Mi girai di scatto ma non vidi nessuno, però notai delle ombre in movimento vicino a una siepe che costeggiava il muro di cinta.

«Chi c'è?», domandai.

Immaginavo si trattasse di Duncan o di un altro cercatore che avevano spedito a riprendermi. Ma nessuno rispose e iniziai a temere che uscire da sola non fosse stata una buona idea. Ero in grado di difendermi, ma non volevo trovarmi nella necessità di farlo.

«So che c'è qualcuno», dissi alzandomi. Superai la panchina e m'inoltrai in mezzo agli alberi.

Accanto al muro c'era qualcuno. Ero troppo lontana per distinguerne i lineamenti, la luna però gli illuminava i capelli e riuscii a capire che erano chiari.

«Chi c'è?», ripetei.

Raddrizzai la schiena, cercando di apparire il più imponente possibile: impresa ardua per una principessa vestita come tale, sola, di notte, in un giardino.

«Principessa?!». Aveva un tono sorpreso e si avvicinò un po'. Fece capolino da dietro un albero, poi si incamminò verso di me e, finalmente, riuscii a vederlo bene.

«Loki?», esclamai sentendomi riempire di gioia e, subito dopo, di confusione. «Che ci fai qui?».

«Sono venuto per te». Sembrava meravigliato quanto me. «Che ci fai qui fuori?».

«Avevo bisogno di prendere una boccata d'aria. Ma non capisco: come facevi a sapere che ero qui?».

«Non lo sapevo. Sono venuto qui perché è il punto d'accesso migliore», disse indicando il muro di cinta. «Basta scavalcarlo. Vi suggerisco vivamente di provvedere, in termini di sicurezza».

«Che sei venuto a fare?», gli domandai di nuovo.

«Non fare finta di non essere contenta di vedermi». Quel suo solito sorrisetto impudente gli illuminò il volto. «Sono sicura che sei stata tristissima da quando me ne sono andato».

«Non direi proprio», replicai con tono beffardo. «Sono stata impegnata nei preparativi per la mia festa di fidanzamento».

«Sì, ho saputo di questa faccenda orribile», disse arricciando il naso con aria disgustata. «Proprio per questo sono venuto a salvarti».

«A salvarmi?», gli feci eco.

«Sì, come il principe in sella al cavallo bianco». Allargò le braccia e mi fece un inchino. «Ti prenderò in spalla e scavalcherò il muro, come se fossi Raperonzolo».

«Raperonzolo era rinchiusa in una torre e il principe saliva usando la sua treccia», lo corressi.

«Perdonami, i Vittra non credono nelle fiabe e nelle filastrocche».

«Neanche io», dissi. «E non ho bisogno di essere salvata. Sto qui perché è qui che devo stare».

«Oh, andiamo», disse Loki scuotendo la testa. «Principessa, mica ci crederai sul serio? Non sei obbligata a vivere rinchiusa in un orribile castello, fidanzata a un noiosissimo bamboccio, costretta a sgattaiolare fuori nel cuore della notte per prendere una boccata d'aria».

«Grazie dell'interessamento, Loki. Ma sono felice qui». Mentre lo dicevo, mi resi conto di non sapere se fosse vero.

«Con me avresti una vita avventurosa». Si appese a un ramo e iniziò a dondolarsi, fino a spiccare un salto, atterrando sulla panchina con grazia sorprendente. «Ti porterò in luoghi esotici. Ti farò vedere il mondo. Ti tratterò nel modo in cui una principessa dovrebbe essere trattata».

«Sì, sì, tutto fantastico», dissi sorridendogli, anche se non gli credevo ero lusingata dalla sua proposta. «Ma... perché?».

«Perché?», ripeté Loki ridendo. «Perché no?».

«Ho la sensazione che tu stia solo cercando d'indurmi a venire meno alle mie responsabilità di principessa Trylle, per farmi passare dalla vostra parte», dissi in tutta onestà.

«Credi sia un'idea del re?», chiese Loki rimettendosi a ridere. «Il re mi detesta. Mi disprezza. Minaccia quotidianamente di tagliarmi la testa. Per venirmi a prendere, la regina ha dovuto opporsi alla sua volontà. Lui non desiderava altro che mi uccideste».

«Mi hai fatto venire ancora più voglia di tornare a Ondarike», dissi sarcastica.

«Chi ha parlato di tornarci? Ti sto dicendo di scappare da tutto: dai Trylle, dai Vittra, da questa insulsa nobiltà con le sue insulse regole», descrisse un ampio cerchio col braccio.

«Per questo eri così preoccupato quando la regina mi ha invitato a venire con voi?».

«Quello è stato un momento terrificante», ammise. «Per un attimo, ho davvero temuto che potessi accettare, e allora sarebbe stata la fine».

«La fine?», gli chiesi perplessa.

«Il re non ti avrebbe mai più lasciato andare», mi spiegò. «E lì non sopravvivresti».

«Come fai a esserne sicuro?», gli chiesi. «Sono forte, sveglia e, a volte, persino coraggiosa».

«È esattamente questo il problema. Sei troppo buona, coraggiosa, gentile e bella». Saltò giù dalla panchina, atterrando di fronte a me. «Il re distrugge tutto ciò che è bello».

«Allora come mai tu sei ancora vivo?». Voleva essere una presa in giro e invece i suoi occhi si riempirono di dolore. Si affrettò ad abbassarli e disse: «È una storia troppo lunga, principessa. Non stasera. Ma ti garantisco che la mia sopravvivenza ha avuto un prezzo». Si calmò e tornò a sorridere. «Aspetta un attimo. Hai appena detto che sono bello e coraggioso?».

«Non credo proprio», dissi ridendo e facendo un passo indietro, poiché percepivo fin troppo acutamente la sua vicinanza. Sembrava emanare calore, oltre che fascino. «Insomma: cosa succederebbe se accettassi la tua offerta? Dove andremmo? Che faremmo?».

«Che gioia sentirtelo chiedere», disse illuminandosi. «Ho un po' di soldi da parte. Non tanti, a dire il vero, ma ho nascosto alcuni dei gioielli che appartenevano a mia madre. Se li impegno, potremmo andarcene ovunque. Dove preferisci».

«Non mi sembra granché come piano».

«Alle Isole Vergini», si affrettò a dire avvicinandosi. «Non avremmo bisogno del passaporto e non c'è nemmeno un troll da quelle parti. Passeremmo le giornate in mezzo all'oceano e le notti sulla spiaggia». S'interruppe e mi rivolse un sorriso dolorosamente sincero. «Noi due soli».

«Non posso». Scossi la testa, combattendo la tentazione di accettare, di fuggire dalle pressioni e dallo stress della vita a palazzo. «Non posso abbandonare il regno. I doveri che ho nei confronti di questa gente m'impongono di restare».

«I doveri che hai nei confronti di te stessa t'impongono di essere felice!», insisté Loki.

«No, invece», ribadii. «Troppe cose mi legano a questo posto. Senza contare che sono fidanzata».

«Non sposare lui», disse con tono sprezzante. «Sposa me piuttosto».

«Sposare te?», replicai ridendo. «Hai detto che dovrei sposarmi solo per amore».

«Infatti». In quel raro momento di sincerità Loki mi parve bello da togliere il fiato. Si avvicinò ancora, fin quasi a sfiorarmi. «Wendy, sposami».

«È...». Scossi la testa, sconvolta dalla sua proposta. «È una cosa senza senso, Loki. Ci conosciamo appena e tu sei... sei un nemico».

«Lo so che ci conosciamo da poco, ma appena ti ho vista ho sentito... una grande sintonia e so che l'hai sentita anche tu».

Annaspai, volevo negare ma non ci riuscivo. «Loki, non possiamo decidere di costruire una vita assieme sulla base di una sintonia».

«Non m'interessano le mie origini, non m'importa a quale popolo appartieni», si limitò a rispondere. «Posso renderti felice e tu mi rendi felice. Potremmo vivere per sempre felici e contenti».

I suoi occhi, fissi sui miei, persino in quell'oscurità scintillavano dorati. Fui lentamente invasa da una strana sensazione di rilassamento che svanì nel momento stesso in cui capii che stava cercando di farmi perdere i sensi.

«Cos'è successo?», domandai recuperando lucidità. Loki era a pochi centimetri da me. Sapevo che avrei dovuto fuggire, ma non lo feci.

«Non voglio farti questo», disse piano. «Quello che ti ho detto vale ancora. Voglio essere sicuro che quando stai con me è perché lo vuoi, non perché sei costretta».

«Loki...», tentai di protestare.

Posò le mani sul mio viso. Erano calde, nonostante si fosse arrampicato su un muro gelato. Si chinò verso di me, ma un attimo prima che le sue labbra toccassero le mie si fermò. Frugò il mio sguardo per essere sicuro che non vi fosse traccia di resistenza. E non c'era.

Quando le nostre bocche s'incontrarono, sentii un fuoco divampare dentro di me. Loki aveva un sapore dolce e fresco, e la sua pelle profumava di pioggia. Le ginocchia mi cedevano e il cuore batteva all'impazzata. Fece scorrere le dita tra i miei capelli, stringendomi a sé. Lo abbracciai. Il suo corpo forte e possente era premuto contro il mio, riuscivo a sentire i suoi muscoli di marmo tiepido e seppi che avrebbe potuto ridurmi in polvere se avesse voluto. Ma l'ardore del suo abbraccio era accompagnato da un'incredibile delicatezza.

Avrei voluto cedere, accettare la sua proposta, ma la voce della ragione mi assillava. Il mio stomaco passava dalla leggerezza ai crampi, e viceversa.

«No, Loki». Mi staccai dalla sua bocca, riprendendo fiato. Gli misi le mani sul petto e mi scostai, indietreggiando. «Non posso. Mi dispiace».

«Wendy». Loki mi osservò mentre mi allontanavo da lui sempre di più. La sua espressione disperata e vulnerabile mi stringeva il cuore.

«Mi dispiace. Ma non posso».

Gli voltai le spalle e corsi a palazzo, temendo che sarebbe bastato un istante in più d'esitazione per farmi cambiare idea.

27. Sacrificio

I giorni successivi furono confusi e indistinti. Feci di tutto per non pensare al bacio con Loki e al terribile dolore che provavo all'idea che forse non lo avrei mai più rivisto. Ma ero costretta a buttarmi tutto alle spalle e andare avanti col mio fidanzamento.

L'addestramento con Tove mi lasciava sempre un noioso dolore alla base del cranio. Al resto della testa ci pensava sua madre, con cui continuavo a occuparmi dell'organizzazione della festa. Willa faceva del suo meglio per mediare, ma Aurora non sembrava disposta a mettere da parte i nostri vecchi dissapori.

Elora stava meglio, tanto che un giorno si unì a noi. Credevo che la sua presenza avrebbe contribuito ad allentare la tensione, ma mi sbagliavo. Quando Aurora non era impegnata a punzecchiare me, si concentrava su di lei. E quando non punzecchiava lei, si accanivano entrambe su di me.

Passai quasi ogni sera in biblioteca, insieme a Duncan, a studiare tutto il possibile sulla vita Trylle. Avevo trovato un dizionario di trillico che ero costretta a consultare di continuo durante la lettura dei documenti più antichi. Era impossibile indovinare il significato delle parole, anche perché l'alfabeto trillico era completamente diverso da quello inglese. La parola trillico, ad esempio, era scritta così: Трыллйц.

L'unica luce accesa era quella della scrivania a cui ero seduta, immersa nella lettura di un volume. Duncan stava frugando negli sterminati scaffali in cerca di quelli che, a suo avviso, erano i libri migliori. Riguardo alla storia Trylle ne sapeva più di me, ma non molto.

«Si studia fino a tardi, eh?», domandò Finn all'improvviso tanto che mi spaventai quasi fino a urlare. Stava accanto alla scrivania e non mi ero neppure accorta del suo ingresso.

«Già». Riabbassai lo sguardo sulle pagine sbiadite dal tempo, cercando di concentrarmi sulla lettura anziché su di lui.

Era la prima volta che ci parlavo da quando avevo baciato Loki e avevo la strana sensazione di averlo tradito. Idea del tutto insensata, visto che ero fidanzata con Tove e che quel poco che c'era stato tra me e Finn era finito da tempo.

«Devo andare a controllare una cosa», disse Duncan, decidendo che era il caso di defilarsi.

Non mi sembrava necessario, perché non credevo che Finn e io avremmo avuto bisogno di privacy, ma apprezzai il gesto. Mi rivolse un sorriso incoraggiante e sgattaiolò via lasciandomi sola con lui.

«Che cerchi?», mi chiese accennando con la testa alla pila di libri sulla scrivania.

«Niente di particolare. Un po' di tutto», risposi facendo spallucce. «Ho pensato che era giunta l'ora di studiare la mia storia».

«C'è parecchio da studiare», disse Finn.

«Già, me ne sto rendendo conto». Mi appoggiai allo schienale per poterlo guardare. La bassa luce della lampada lasciava buona parte del suo viso in ombra, ma tanto cambiava poco perché la sua espressione sarebbe stata comunque imperscrutabile.

«Domani ci sarà la festa di fidanzamento», disse. «Non dovresti essere di sopra a farti bella con Willa?».

«No. Me ne occuperò domattina», sospirai, pensando alla lunga giornata che mi attendeva.

«A proposito, forse dovrei farti le mie congratulazioni».

«Sul serio?». Chiusi il volume che stavo leggendo e mi alzai in piedi.

Non mi andava più di stargli così vicino, quindi presi il libro e andai a rimetterlo a posto. Non sapevo lo scaffale giusto, ma avevo bisogno di una scusa per allontanarmi.

«Stai per sposarti», insisté Finn con tono calmo e distaccato. «Le congratulazioni sono d'obbligo».

«Sarà». Ficcai il libro sulla mensola e mi voltai verso di lui.

«Non puoi avercela con me perché sono partecipe», disse Finn con una sfumatura d'incredulità nella voce.

«Posso avercela con te per quello che mi pare», risposi appoggiandomi alla libreria. «Ma il punto è che proprio non ti capisco».

«Che c'è da capire?», domandò.

«Mi hai praticamente strappato un braccio perché pensavi che stessi flirtando con Loki. E adesso che io e Tove stiamo per sposarci, ci tratti come se nulla fosse».

«Sono due cose totalmente diverse», rispose scrollando il capo. «Il Vittra era l'uomo sbagliato per te. Ti avrebbe fatto del male. Mentre Tove è l'uomo a cui eri destinata».

«A cui ero destinata?», gli feci eco con tono derisorio. «Mi hai salvaguardata per lui? Per essere sicuro che nessun altro mi disonorasse prima che divenissi sua?».

«No, certo che no. Ho salvaguardato *te*, punto e basta. Te, il tuo buon nome, la tua immagine».

«Già. Era proprio questo che stavi facendo quando m'infilavi la lingua in bocca».

«Non capisco perché devi sempre essere così volgare», disse abbassando gli occhi con espressione di biasimo.

«E io non capisco perché devi sempre essere così perbenino!», ribattei. «Perché una volta tanto non mi dici cosa provi veramente? Sto per sposare un altro! Non te ne importa proprio niente?».

«Certo che me ne importa!», urlò Finn con gli occhi infuocati.

«E allora perché non fai nulla?», gli domandai con le lacrime agli occhi. «Perché nemmeno ci provi a fermarmi?».

«Perché Tove si prenderà cura di te. Ti difenderà». Deglutì. «Potrà fare delle cose per te, *con* te, che per me sarebbero impossibili. Perché mai dovrei toglierti tutto questo?».

«Perché mi vuoi bene».

«È proprio perché ti voglio bene che *non* posso!».

«Non ti credo». Scossi la testa. «Vedermi con lui non ti fa né caldo né freddo. Perché ti sei arrabbiato tanto quando mi hai visto con Loki? Avevi ammesso di essere geloso di me e Rhys. Eppure, se sto con Tove, va tutto bene».

«Non va tutto bene». E fece un sospiro di frustrazione. «Ma quando sei con Tove è diverso. Non mi dà altrettanto fastidio».

«E per quale motivo, si può sapere?», gli chiesi totalmente sconcertata.

«Perché è gay, Wendy!», esclamò infine, esasperato.

Tale fu lo shock che per un attimo non riuscii a parlare. Mi limitai a rivivere mentalmente tutti i momenti passati con Tove, fino a convincermi del fatto che l'affermazione di Finn era plausibile.

«Gay?», domandai piano.

«Non dirgli che te l'ho detto, d'accordo?», chiese con una smorfia colpevole. «Non avrei dovuto. Sono fatti suoi e non sta a me sbandierarli ai quattro venti».

«Ma allora perché mi sposa?».

«Cosa ti ha detto quando ti ha fatto la proposta?», mi chiese Finn.

«Ha detto... che lo faceva perché credeva in me e voleva che prendessi io le redini del regno», dissi ripensando a quella conversazione. «L'ha fatto per aiutarmi, per salvare la nostra gente. Lo stesso motivo per cui io ho accettato.

È gay», ripetei. Dopo aver assorbito l'impatto di quella notizia, fui scossa da un'altra rivelazione. «Ecco perché non t'importa. Sai che non lo amo, che non lo amerò mai, quindi preferisci che mi sposi con lui! Invece pensavi che fossi innamorata di Loki o che me ne potessi innamorare».

«Non si tratta solo di questo, Wendy», replicò. «Loki ti farebbe del male».

«Ma non è per questo che hai perso la testa. Eri geloso perché pensavi che potessi amare qualcun altro». Dentro di me, sentii montare la rabbia. «Preferisci vedermi vivere nella menzogna piuttosto che sapermi felice con un altro».

«Credi che saresti felice con un Markis Vittra?», replicò sprezzante. «È un uomo pericoloso, Wendy. Non ero affatto tranquillo quando ti ronzava attorno».

«Non eri tranquillo perché sapevi che gli voglio bene!».

«Esatto!», urlò. «E non dovresti! È malvagio!».

«Ma se neanche lo conosci!», gridai.

«Cos'è, vuoi scappare con lui?». Il suo viso si fece una maschera di pietra, per nascondere qualsiasi traccia di dolore. «È questo che stai dicendo? Che vi ho impedito di coronare il vostro sogno d'amore?».

«No, non sto dicendo questo», dissi tentando di ricacciare indietro le lacrime. «Sono io che mi sono imposta di non fuggire con lui, perché sapevo di dover restare per il bene del regno. Ma non riesco a credere che tu sia così egoista. Dici che tutto ciò che fai, lo fai per me. Ma se fosse vero mi spingeresti a cercare la felicità, anziché tenermi qui con te, prigioniera».

«E in che modo ti avrei tenuta prigioniera?».

«In questo modo!», dissi indicando prima lui e poi me.

«Non posso stare con te, né senza di te. Sono bloccata in questa situazione, senza via d'uscita. Ti voglio bene, non posso smettere di volertene, e a te non importa un bel niente!».

«Wendy», mormorò e la sua espressione si addolcì. Si avvicinò e io indietreggiai fino a sbattere contro la libreria, ormai in trappola. Allungò una mano, che respinsi.

«No!», gridai, col viso che grondava lacrime. «Guarda cosa mi stai facendo. Guarda quanto mi fai soffrire. Ti *odio*!».

Alzò una mano e mi scostò i capelli dalla fronte. Cercai di scansarmi ma lui non si mosse. Si era avvicinato tanto da schiacciarmi col suo corpo. Cercai di spingerlo via ma rimase saldo al suo posto. Immobile. Con la mano che teneva sul mio viso mi costrinse ad alzare la testa e guardarlo.

I suoi occhi erano profondi e nerissimi e, come al solito, mi tolsero il fiato. Fece scorrere le dita lungo l'attaccatura dei miei capelli. Della furia che mi aveva animato rimaneva solo il trasporto.

Si chinò in avanti e mi baciò. La sua bocca premeva avida sulla mia. Un fremito violento s'irradiò dal mio cuore al resto del corpo, che fu scosso dai brividi. Mentre mi baciava disperatamente, sentivo la barba graffiarmi le guance.

Quando le sue labbra scesero sul mio collo, gemetti e gli affondai le dita tra i capelli. Sospinti dal suo peso, andammo a sbattere contro gli scaffali, facendo cadere i libri a terra. E ben presto crollammo anche noi, l'uno sull'altra.

«Finn!». Era la voce tonante di Thomas.

Finn interruppe il nostro bacio rimanendo però sopra di me. Ansimava e non mi staccava gli occhi di dosso. Aveva gli occhi infiammati di desiderio, ma al di là di quel fuoco scorsi il terrore. Si era reso conto di aver fatto una cosa terribile e non sapeva come rimediare.

«Finn!», urlò di nuovo Thomas. «Allontanati prima che qualcuno vi veda».

«Sissignore», e si alzò inciampando sui libri sparsi attorno a noi. Con molta più calma mi alzai anch'io, tirandomi giù il vestito.

«Fuori di qui!», sbraitò Thomas rivolto al figlio. «Vatti a dare una ripulita!».

«Sissignore. Domando scusa, signore», disse Finn a occhi bassi. Cercò di guardarmi, ma la vergogna lo costrinse ad affrettarsi fuori dalla stanza.

«Scusa», farfugliai, non sapendo che altro dire. Sentivo ancora il sapore di Finn sulle mie labbra, il pizzicore della sua barba sulle guance.

«Non devi scusarti con me», disse Thomas, rivolgendomi uno sguardo molto meno severo di quello che aveva riservato al figlio. «Devi salvaguardare te stessa, principessa. Va' in camera tua, dimenticati di ciò che è successo e prega che nessuno mai lo scopra».

«Sì, vado», mi sbrigai a rispondere, e scavalcai con cautela i volumi che avevo attorno. Ero ormai sulla soglia quando Thomas mi fermò.

«Mio figlio non mi racconta quasi nulla della sua vita», disse. Mi fermai, voltando la testa verso di lui. «Non siamo mai stati molto vicini. Il nostro è un lavoro duro, che ti isola. Questa è una cosa che ci accomuna».

«A dire il vero, non mi sento così isolata», dissi. «Ho sempre qualcuno attorno».

«Sei stata fortunata, ma non sarà sempre così». S'interruppe, inumidendosi le labbra. «Talvolta si è costretti a scegliere tra il dovere e l'amore. È una scelta difficile, la più difficile di tutte. Ma la risposta giusta è sempre una sola».

«Cioè il dovere?», domandai.

«Nel mio caso sì: il dovere era la risposta giusta», disse Thomas soppesando le parole. «E sarà sempre la risposta giusta per Finn».

«Già», ammisi abbassando gli occhi. «Lo so fin troppo bene».

«Spesso i cercatori vengono guardati dall'alto in basso», seguitò mentre alzava una mano prima che potessi obiettare. «Non da tutti, ma da molti. Siamo compatiti. Ma una vita al servizio del popolo è una vita onorevole. Ed è essenziale per il progresso del regno.

Anche la vita della regina è al servizio del popolo, come quella di un cercatore, e forse persino di più. Tua madre ha dedicato l'intera esistenza alla sua gente. Non c'è onore più grande di questo. Non esiste impresa più nobile. Ed è l'onore che spetterà anche a te, principessa».

«Lo so», dissi, sentendomi ancor più oppressa di fronte a quella prospettiva.

«Alla fine scoprirai che attraverso il sacrificio si riceve più di quanto si dona», disse. «È stato un piacere parlare con te, principessa, ma adesso ti lascio andare in camera tua».

«Grazie», risposi.

Mi fece un inchino e io me ne andai. Feci di corsa tutto il tragitto che mi separava dalla mia stanza, sollevando l'orlo della gonna per non inciampare. I capelli si erano sciolti e mi coprivano la faccia, per fortuna. L'ultima cosa di cui avevo bisogno era che qualcuno vedesse la vergogna che mi riempiva gli occhi e le lacrime che mi rigavano il volto.

28. Onore

«Sei splendida», disse Willa per la centesima volta al mio riflesso.

Mi trovavo immobile davanti allo specchio e lei era alle mie spalle. Sembrava senza dubbio che stessi ammirando il mio abito bianco, ma in realtà riuscivo a malapena a riconoscermi in quell'immagine riflessa.

Alla vigilia della mia festa di fidanzamento, avevo baciato ben due ragazzi diversi. Stranamente, ripensavo più spesso al bacio di Loki. Mi aveva rinvigorito, infondendo nuova vita nella mia anima. Mi pareva che il bacio di Finn, invece, avesse soltanto prosciugato le mie energie. Loki mi aveva chiesto di sposarlo, mentre Finn mi aveva respinta, come aveva già fatto e come avrebbe fatto sempre.

Dopo tutto quello che era successo, avevo solo voglia di piangere, ma alla fine decisi che i miei sentimenti per Loki e per Finn non contavano nulla. Non più. Ero una principessa, con dei doveri nei confronti del suo regno e del suo promesso sposo. Tove e Förening meritavano di meglio, quindi dovevo migliorare. E diventare ciò di cui avevano bisogno.

«Forza, Wendy», m'incitò Willa prendendomi per un braccio e trascinandomi via. «La festa sta per cominciare, non c'è tempo per indugiare davanti allo specchio».

Annuendo, la seguii. Pensavo che avrei avuto qualche minuto per riprendermi e invece, appena mettemmo piede fuori dalla stanza, mi trovai davanti Tove.

«Scusa», disse notando la mia espressione. «Non volevo spaventarti».

«No, fa niente». Mi sentivo la bocca addormentata e facevo fatica a parlare.

«Allora vi lascio, piccioncini», disse Willa facendomi l'occhiolino.

«Spero che non porti sfortuna vederti prima della festa». Si mise una mano in tasca. «Non so cosa richieda il protocollo, ma dovevo darti una cosa. Ho pensato fosse meglio farlo prima della festa».

«Non dovevi farmi nessun regalo».

«Sì invece». Tove tirò fuori dalla tasca una scatolina portanelli. «Direi che fa parte dei miei doveri. Avrei dovuto dartelo quando ti ho chiesto di sposarmi, ma è stata una proposta un po' patetica».

«A me è piaciuta», gli dissi sorridendo. «È stata dolce».

«Be', spero che l'anello ti piaccia». Me lo porse, col coperchio di velluto ancora chiuso. «A mia madre fa schifo».

«Allora mi piacerà di sicuro», replicai facendolo scoppiare a ridere.

Presi la scatolina e, con mani tremanti, la aprii. Era una fascetta di platino piuttosto larga, lavorata a forma di edera, che andava avvolgendosi attorno all'enorme smeraldo incastonato nel mezzo. Il resto dell'anello era tempestato di piccoli diamanti.

«Oh, Tove, è stupendo». Lo feci scivolare sul dito, genuinamente soffocata dall'emozione. Era un anello bellissimo, come il gesto che lo aveva accompagnato.

Anche se lui non me lo aveva detto e io non avevo intenzione di dirgli che lo sapevo, ero ormai certa che Finn aveva ragione. Tove era gay. Non ci saremmo mai amati, ma eravamo amici e potevamo trovare il modo di essere felici. O almeno me lo auguravo.

«Sì?». Tove mi fece un sorrisetto sbilenco, con aria sollevata. «Bene. Ero veramente preoccupato. Non sapevo proprio se ti sarebbe piaciuto».

«Sì, è assolutamente perfetto». Gli sorrisi a mia volta, con le lacrime agli occhi.

«Bene». Si morse un labbro. «Sei davvero bella, oggi».

«Grazie. Anche tu», replicai, indicando l'elegante completo di pantaloni e gilet che indossava. «Sei in grande spolvero, Markis».

«Grazie, principessa». Mi porse il braccio. «Vogliamo raggiungere la nostra festa di fidanzamento?».

«Volentieri», dissi prendendolo sottobraccio. Ci avviamo verso la sala da ballo, pronti a diventare i leader di cui i Trylle avevano bisogno.

Glossario dei termini Trylle

Aura: impercettibile alone luminoso che si irradia da persone e oggetti. Aure di colore diverso indicano differenti stati d'animo e qualità interiori.

Cercatore: membro della società Trylle che riceve un addestramento specifico finalizzato a rintracciare e a riportare a casa i changeling. I cercatori non possiedono poteri paranormali, se non la capacità di sintonizzarsi con i troll che stanno cercando o che sono sotto la loro sorveglianza. In questo modo sono in grado di percepire se i changeling sono in pericolo e a che distanza si trovano. Dopo i mänsklig, occupano il gradino più basso della scala sociale Trylle.

Changeling: un neonato Trylle scambiato segretamente con un altro umano.

Chiaroveggenza: capacità di prevedere eventi futuri, soprattutto attraverso percezioni extrasensoriali.

Cicogna: termine gergale e spregiativo per "cercatore". «Sai che ai ragazzini si racconta che sono le cicogne a portare i bambini? Be', siccome a portarli qui sono i cercatori, li chiamiamo cicogne».

Förening: capitale del regno Trylle. Comprensorio recintato che sorge sui promontori del fiume Mississippi, in Minnesota.

Famiglia ospite: famiglia presso la quale viene lasciato il changeling. Viene scelta in base allo status sociale e, ancor di più, alla prosperità economica. Più alto è il rango di provenienza del changeling, più la sua famiglia ospite sarà potente e benestante.

Hobgoblin: troll orribilmente deforme che non supera i novanta centimetri d'altezza.

Mänsklig: spesso abbreviato in "mänks". La traduzione letterale del termine è 'umano', ma nell'uso comune indica il bambino umano di cui il changeling Trylle ha preso il posto.

Markis: titolo nobiliare maschile in uso nei regni Trylle e Vittra. Assimilabile al titolo di duca, viene conferito ai troll che possiedono poteri eccezionali. Nella scala sociale, occupano un gradino più alto rispetto al Trylle medio, ma sono subordinati a re e regine. Di seguito, la gerarchia vigente nel regno Trylle:

- Re/ Regina
- Principe/ Principessa
- Markis/ Marksinna
- Cittadino Trylle
- Cercatore
- Mänsklig
- Membri di famiglie ospiti
- Umani (senza legami con la società Trylle)

Marksinna: titolo nobiliare, in uso nei regni Trylle e Vittra, quale equivalente femminile del Markis.

Ondarike: capitale del regno Vittra. Vi sorge la reggia, residenza del re, della regina e della maggior parte dei Vittra più influenti. Si trova nel Colorado settentrionale.

Persuasione: blanda forma di controllo mentale. Consiste nel potere di indurre qualcuno a fare qualcosa con la sola forza del pensiero.

Psicocinesi: la capacità di generare o controllare il movimento di oggetti inanimati, ma non solo, senza contatto fisico. È uno dei poteri paranormali di cui sono dotati i troll. Tra gli altri, si possono ricordare il controllo mentale, la chiaroveggenza, la pranoterapia, il teletrasporto e la trasmutazione.

Trylle: troll di bell'aspetto dotati di poteri paranormali. La pratica dei changeling è un caposaldo della loro società. Come tutti i troll, sono irascibili, astuti e spesso egoisti. Un tempo molto numerosa, la loro popolazione sta diminuendo, come i loro poteri paranormali. Tuttavia continuano a essere una delle tribù più popolose. Sono considerati di indole pacifica.

Trillico: antica lingua usata dai Trylle per evitare che i loro documenti più importanti potessero essere letti dagli umani. La sua scrittura non è in alfabeto latino, ma in caratteri che ricordano il cirillico.

Finito di stampare
nel mese di giugno 2012
nello stabilimento grafico
Puntoweb S.r.l. di Ariccia (Roma)
per conto di
Fazi Editore